招財進寶 2

文創風 259

天然宅 著

目錄

第三十一章　送禮立名

剩下的九斤豆腐，冬寶切下了一塊，足有三斤重，給大舅送了過去。

「大舅、妗子，這是我們做出來的豆腐，給你們嚐嚐。」冬寶笑著把豆腐遞給了高氏。

李立風看了眼豆腐的大小後，搖頭對冬寶說道：「昨天不都跟妳們說了，給這麼多幹啥？多留下來賣點錢！」

高氏立刻從冬寶手上接過了豆腐，笑著對李立風說道：「冬寶好心來孝敬你這個當大舅的，你在那裡還不說聲好？冬寶，別搭理妳舅啊，這禮妗子收了！」

「那當然得收啊！」冬寶笑道。「大舅，我娘她們還在集市上等著我，我先走了。」

大舅連忙說道：「他娘，去給冬寶包兩斤紅糖。」

冬寶笑嘻嘻地搖了搖頭。「家裡吃不上。我先走了！」拿了紅糖，高氏肯定和大舅鬧氣，還是算了。

剛走出鋪子，冬寶就聽到高氏的說話聲——

「你給她們買那個門，二兩多銀子！我收她們塊不值錢的豆腐咋不該啊？」

「她們現在日子難……」大舅的聲音漸漸地低了下去。

冬寶長吁了一口氣，輕手輕腳地跑遠了。

三個人挑了擔子回家後，冬寶把剩下的六斤豆腐切成了六份，張秀玉秤了一下，驚訝地發現都是一斤重，上下浮動連半兩都不到。

「冬寶，妳真是神了！」張秀玉驚喜地拍著冬寶的肩膀誇獎道。

糟！冬寶一驚。切豆腐這事她前世做過無數遍了，閉著眼睛都能幹好，只是她忙著賺錢，忘了真正的宋冬寶小朋友壓根兒不可能切這麼準的啊！

李紅琴笑道：「冬寶就是聰明！我聽說那些在藥鋪裡抓藥的師傅，有人抓兩年就一抓一個準，有些人則是抓了一輩子藥，還是得用秤。人跟人不一樣，就是有的聰明有的笨啊！」

幸好，大咧咧的李紅琴沒把這事放在心上。

剩下的六份豆腐，冬寶分配了一下，栓子家、村長家、滿堂叔家、荷花嫂子家和大橋伯家，一家一份。這些人要麼是幫過她們家的，要麼是債主。

「咱一家送一塊，娘妳跟我一起去。」冬寶說道。

「我也要去？」李氏嚇了一跳。

冬寶說道：「妳當然得去。就說妳如今病好了，帶著我想辦法賣豆腐賺錢，只要攢夠了錢，就立刻還上，感謝他們借了我們錢，豆腐是給他們添個菜的。」

「我嘴笨，不會說這些場面話……」李氏有點畏縮。「要不，冬寶妳說吧。」李氏已經完全將冬寶看成了主事人了，女兒比她聰明，那就女兒當這個家吧！

冬寶笑道：「娘，妳心裡咋想就跟他們咋說。咱們這回去送禮，除了寬他們的心，也是給村裡人傳達一個意思——咱們跟我奶他們不是一路人了，咱們做事踏實厚道，對得起良心。」

李氏明白了，說道：「送，咱們得送。寶兒啊，娘嘴笨，說的要是不行，妳得在一旁幫著娘說。」

「那是必須的啊！」冬寶笑道。

李氏試探地問道：「咱們……是不是得給妳爺妳奶送一塊？」不等冬寶回答，李氏又說道：「不是我想送，孝道擱這裡擺著。妳爹雖然走了，可那是妳奶妳爺，咱要是不送，村裡人要戳咱脊梁骨——」

冬寶打斷了李氏的話，斬釘截鐵地說道：「不送！他們有地產糧食，有房子不漏雨，咱們家一分地都沒有，分給咱倆的這房子就剩一間不漏雨，村裡人要是有人敢戳咱們脊梁骨，那就是和他們一樣的人，理那種人做甚。」以德報怨，那不是她宋冬寶的行事風格。

李紅琴看冬寶不高興了，連忙對李氏說道：「妳看妳，就是壞在心軟上了。妳閨女看得比妳清楚！」

李氏不好意思了。「我這也是在宋家習慣了……算了，聽冬寶的，咱不給他們送。」

冬寶笑了笑。「剩下的這塊豆腐給秋霞嬸子，大實哥和全子都喜歡吃。」她只願意對那些善良的、幫助過她的人好。

吃飯前，冬寶和李氏挎了籃子，挨家送豆腐，一來讓大家知道，生意不是那麼好做的，還有好多豆腐沒賣完，二來也是給村裡人樹立一個態度——她們想盡一切辦法要賺錢還債。

下午的時候，村裡就傳遍了，說秀才娘子和秀才閨女都是實誠厚道人，跟老宋家的人不一樣。還有更重要的一條消息——秀才娘子家的豆腐挺好吃的，跟以前帶澀味的豆腐完全不一樣！

宋榆後悔得腸子都青了，如今沒李氏幹活了，也賣不了冬寶。要是李氏還在宋家，這一天天的出去賣豆腐，錢還不跟流水似的往家裡淌？冬寶一個丫頭片子，不算宋家人，那錢就等於是他兩個兒子的啊！

宋榆如今再看李氏和冬寶，就像是搶了他錢的仇人，回到家就直奔黃氏那裡，說道：「娘，妳知道不知道？大嫂的身子好了，還跟冬寶一起賣豆腐！」

黃氏愛答不理地說道：「知道。」

宋榆見黃氏這種不冷不熱的態度，就急了。「娘，這不是個事兒啊！妳得管管！」

「咋管啊？」黃氏說道。想著如今自己一把年紀了，辛苦操勞的，還要伺候宋二孀，罵得再狠也解不了黃氏心中的怨氣了。

宋榆愣了一下，立刻說道：「娘，妳得把大嫂叫回來。都怪那大夫診錯了，才害得咱分家的。」

黃氏也後悔分家了，要是不分，有李氏在，家務活兒哪用得著她動一根手指頭？

「這哪行啊？」黃氏恨恨地說道。「分家文書都寫好了。」

宋榆早想到這一層上了，口沫橫飛地給黃氏出主意。「妳是大嫂的婆婆，就算是分了家，妳說啥她們還能不聽了？妳把大嫂和冬寶叫回來，還不是一句話的事。」

黃氏目光陰沈，半晌才說道：「你大嫂好說，冬寶那丫頭可是個不聽話的。」

「一個丫頭片子，能頂啥事？」宋榆說道。「她們給那荷花家裡都送豆腐了，就咱家不送！骨肉至親都讓那糊塗娘兒倆當仇人了。娘，讓大嫂和冬寶自立門戶不行，兩人沒個長輩指點，辦事不講究。」

黃氏有自己的顧慮，當初是她和宋榆堅持要把病得快不行的李氏「扔」出去的，如今人家好了，又叫回來，等於讓村裡人戳她一輩子脊梁骨。最重要的是，冬寶那丫頭心野得很，只怕是不會聽她的話的。

「娘，大嫂在集市上賣豆腐可賺錢了。」宋榆說道。「瞅見的人都說，來吃的人都沒斷過趟。娘，要是妳把大嫂叫回來，想供老三讀多少年都行啊！」

最後一句話徹底打動了黃氏。宋柏唸書花銷大，今年準備下場試一試，試成了就是個秀才，不能在這個時候斷了供應，否則她就得賣地供宋柏讀書了。家裡的地本來就少，要是再賣地，一家人吃飯都成問題了。

「我去叫她回來。」黃氏下定了決心。她是婆婆，叫兒媳婦幹啥，媳婦就得幹啥，不然就是不孝順。

臨近中午的時候，冬寶和李氏去了林家，把豆腐給了秋霞嬸子。秋霞嬸子從醬缸裡撈了兩斤多的醃蒜瓣和酸豆角，讓冬寶帶回去。

冬寶沒推辭，兩家人都這麼熟了，客氣反而疏遠了兩家的關係。

兩個人到家沒多久，大門就被敲響了，林實在門外喊道：「冬寶，在家嗎？」

冬寶連忙跑去開門，就看到林實揹了兩大捆柴禾站在門口，衝她微微一笑。

「妳家要熬豆漿，廢的柴禾多，單靠在樹林子裡撿肯定不夠。」林實笑道。「這是剛才我跟我爹去樹林子劈下來的，夠妳們燒個幾天的，用完了我們再去砍。」

冬寶不知道說啥好了，她剛剛還在考慮柴禾的問題，林實就把柴禾送上門了。總感覺欠林實的人情越來越多，怎麼也還不完了。

兩人剛把柴禾卸到地上，門口黃氏的聲音就傳了過來——

「冬寶，妳娘人在哪兒啊？」

冬寶嚇了一跳，回身看過去，黃氏正撇著嘴，打量著她家裡刷了新漆的大門，一雙小眼睛四下張望了一番後，目光就定格在了院子裡的那個小磨盤上面。

李氏聽到聲音，趕忙從灶房裡出來了。看到黃氏，她有些害怕，叫了一聲。「娘。」

黃氏哼了一聲，問道：「妳病好了？」

「還沒好利索，晚上老咳嗽。」冬寶搶先回答道。

「我沒問妳！大人說話，哪有妳一個丫頭片子插嘴的分兒！」黃氏瞪了冬寶一眼，又對李氏說道：「既然好了，那收拾收拾回家吧！」

「啊?!」李氏的臉唰地就變白了，半晌說不出話來。

大約是因為底氣不足，黃氏的語氣分外的「和藹」，又說道：「愣著幹啥？還不趕緊收拾東西！」

「奶，這裡就是我們家，我們哪兒也不去！」冬寶也才反應過來。她想過宋家人可能會來要錢，也可能來要吃的，就是沒想過黃氏會跟「失憶」了一樣，跑來喊她們「回家」。

李紅琴聽到院子裡的說話聲，就從灶房裡出來了，手裡還拿著一把磨得鋒利的菜刀。

「喲，大嬸子來了！啥事啊？」

黃氏見到李紅琴就沒好氣，然而她也不敢太招惹李紅琴，對這種狠起來能拚命的潑辣女人，黃氏心裡怵得很。

環視了一圈後，黃氏十分惱火，發現她能拿捏的也就只有李氏一個軟包子了。「老大媳婦，妳這病好了就跟我回家去吧！」

「娘，回去幹啥啊？」李氏問道。

黃氏強按捺著跳起來罵李氏的衝動，說道：「我回去尋思了幾天，妳們孤兒寡母的哪能獨立門戶？還是得咱們一大家子一起過。趕緊地，收拾收拾回去吧！」

李氏臉色慘白，吶吶地說道：「娘，分家文書都寫了，白紙黑字都過了衙門了。」

宋楡一直躲在門口往裡頭張望，這時連忙跑進來，指著李氏說：「大嫂，妳這麼說可不對啊！分家文書算啥？再大能大過咱一家血親？咱娘都發話了，妳給個話，回是不回？」

冬寶笑盈盈地開口了。「既然我奶發話了，我們肯定得回家。不過，有個條件。」

宋楡一瞧冬寶那笑臉，就覺得心裡發麻，防備地問道：「啥條件？」

「二叔，男子漢大丈夫，一個唾沫一個坑，當初吵著鬧著要分家的是你和我奶，我奶是長輩就不說了，只要你把當初噴出去的唾沫星子舔回來，我跟我娘就當這家從來沒分過！」

冬寶冷笑。開什麼玩笑，這群人還真當自己是統治階級的奴隸主啊？

「妳！」宋榆惱羞成怒，揚起巴掌就要往冬寶臉上拍，被林實一把拉住了，使勁往後推了他一把，宋榆踉蹌了幾步，才站穩了身子。

林實板著臉說道：「宋二叔，你當這裡是你家啊？再敢打人，別怪我不把你當長輩！」

黃氏見兒子吃了虧，立即指著林實大罵。「我們老宋家的事，有你開口的分兒？老大媳婦，妳喪良心啊！夥著外人來打妳小叔子，妳對得起我可憐的大兒子嗎？」

「大實哥不是外人。」冬寶笑道，拉住了林實的手。到現在聽了黃氏幾個月的罵，翻來覆去也就這幾句話，實在是沒什麼新意。簡言之，只要不把黃氏當回事，她就沒啥戰鬥力了。

李紅琴聽不下去，怒氣沖沖地舉著菜刀大聲罵道：「誰喪良心？妳個老貨再叫喚一聲試試！信不信老娘一刀砍死妳？大不了老娘一命抵一命！」

黃氏嚇得躲到宋榆身後，又怕又惱，衝李氏叫了起來。「老大媳婦，妳就看著妳姊砍死我啊？喪良心啊！」

「大中午的，別吵了！」冬寶有些煩了。「奶妳趕緊回去吧，分家文書都過了衙門，妳再吵也沒用，非得逼我跟我娘去衙門找縣太爺評理嗎？縣太爺可不跟我娘一樣好脾氣。」

「妳敢！」黃氏氣勢洶洶地叫道。「妳三叔認得衙門裡的人，都熟得很，要拿也是拿妳跟妳娘！」

「宋奶奶，聽說三叔今年要下場考秀才吧？」林實笑道。「要是這會兒上有人告你們家，宋家的名聲不好聽了，官老爺可就會抹了三叔考試的資格。」

「就是！三叔嫌我是吃白飯的，要賣了我供他唸書，這些都得跟官老爺好好說道說道。」冬寶乘機說道。

林實皺眉說：「嗯，那就是德行有虧了。不但強賣姪女，還要謀占寡嫂的財產，上報給縣太爺的話，就能讓他這輩子都考不了秀才。」

黃氏的心一下子涼了起來，她雖沒什麼文化，也知道想考個功名，名聲不能差了。

「大嫂，妳看妳，咋連個家都當不起來？淨讓冬寶一個丫頭片子合著一個外人來欺負她親奶奶、親二叔，傳出去叫人家咋看妳？這還沒咋就要告她三叔去了，口氣真大啊！大嫂，還不趕緊給娘賠個禮！咱娘是看妳們孤兒寡母的太單，立不起來，天天念著妳們呢！妳們倆給荷花、大橋他們送豆腐，都不給咱娘送，不是叫人說妳們閒話嗎？」宋榆裝模作樣地打圓場。

冬寶抽了抽嘴角。她相信黃氏會天天念叨她們倆，可要麼是念叨少了李氏沒人幹活，要麼是念叨沒早賣了她換錢。至於豆腐，她就是不給送！想吃？可以啊，拿錢買吧！

李氏擦了擦有些發紅的眼角，深吸了一口氣，說道：「我就是個沒用的人，當不起家來。冬寶比我聰明，誰聰明誰就當家，我閨女不會坑我。」

「二叔，你趕緊帶我奶回去吧。奶，三叔學業要緊。」最後一句話，冬寶加重了語氣。

她還記得自己很小的時候，學校裡一個老師家裡不過是拌了幾句嘴，老師的哥哥和嫂子竟到學校裡大鬧，在門口破口大罵，從此以後那個老師的名聲就臭了，還被迫離開了學校。

古代應該比那個時候更加的保守才對，她要是豁出去了，到聞風書院門口練嗓子，估計宋柏的下場會比較「可觀」。

「對！大嬸子趕緊回去吧，我們這兒飯菜差，可別耽誤了大嬸子吃中飯。」李紅琴大嗓門地笑道。

從冬寶家裡出來後，黃氏氣得肺都要炸了，呼哧呼哧地喘著氣，一路走得飛快。

「等三兒中了，我叫她們在全村人跟前給我磕頭賠禮！」黃氏咬牙切齒地罵道。

跟在一旁的宋榆小心翼翼地問道：「娘，要是老三今年沒中，還讓他唸不唸了？」

「唸！」黃氏斬釘截鐵地說道。「秀才是那麼好考的嗎？你大哥不也考了好些年才考上？別看現在花的多，將來你三弟當了官，掙的也多。等你三弟當了官，好好修理那兩鱉孫！」

吃中飯的時候，李紅琴搖頭嘆道：「我真是服了她，咋就下得了那張老臉來說這話？」

李氏的心情有些沈重。「這是沒完沒了了……」

「娘，別想那麼多了。」冬寶勸道。「我奶他們是啥樣的妳還不知道嗎？妳要是把他們當回事，那就是坑自己。」

宋家人能坑得了對他們掏心掏肺的宋秀才，能坑得了善良怯懦的李氏，卻坑不了她宋冬寶！

他們也就只能坑那些臉皮薄、把他們當親人的人了。

第三十二章　勸解

等到晚上睡覺的時候，被窩裡，張秀玉對李紅琴說道：「娘，今天大實哥一句話就把冬寶她奶給打發得不敢吭聲了，可真厲害。」

李紅琴聽著女兒羞怯中帶著憧憬的聲音，心裡一下子警覺了起來。

李紅琴內心掙扎了半天後，索性直接問道：「秀玉，妳是不是看上大實了？」

張秀玉唰地紅了臉，拉高了被子擋住臉，不吭聲。

李紅琴急了，一把拉下了張秀玉的被子，小聲說道：「問妳話，趕緊的！」

「大實哥……」張秀玉想起林實俊秀溫柔的面容，一顆少女的心就像頭小鹿一般亂撞。

「人挺好的。」

李紅琴嘆了口氣。

張秀玉是個心思敏感的，看李紅琴這麼個反應，心裡先涼了一截。「妳不喜歡大實哥？」

「大實那孩子心眼兒好，為人實誠，娘咋會不喜歡他呢？」李紅琴嘆道。「妳小姨分家那天，我就看中他了。我私底下問過妳秋霞嬸子，說是不打算這麼早給林實定下來，當時我沒想那麼多，可這兩天我瞧明白了，人家是早就有打算了。」

張秀玉有些失落，半晌才輕聲問道：「什麼打算啊？」

李紅琴哭笑不得。「傻丫頭，妳看看這些天他往妳小姨家跑了多少趟？又不是親戚，咋就對妳小姨家的事這麼上心？今天宋老二要打冬寶，他攔在前頭，恨不得把宋老二揍一頓呢！」

「冬寶還小啊……」張秀玉吶吶地說道，比林實小了四歲呢！

「小四歲算啥啊？秀玉啊，別想著林實了，沒那個緣分。昨天他來送狗崽，知道妳在家，還一直站在門口等我們回來。他要是有那個意思，還不敲門讓妳開門說說話啊？」李紅琴說道。

張秀玉生平頭一次有暗戀的對象，少女懷春還沒萌芽就被扼殺了，心裡頭空落落的，覺得委屈，又覺得無奈。她想，冬寶挺好的，自己沒她聰明，也沒她長得好看，大實哥會喜歡冬寶一點都不稀奇。

「秀玉，娘以後給妳留心著，肯定還有比大實更好的男娃。」李紅琴拍了拍張秀玉的肩膀，語重心長地說道：「不管人家大實心裡頭咋想，妳都不能有怨氣或使性子，叫人知道了看不起。娘平時咋教妳的，記得嗎？咱可不是那小心眼、上不得檯面的人。」

「娘！」張秀玉翻身摟住了李紅琴的胳膊，輕聲嗔怪道：「我是那樣的人嗎？」她很喜歡冬寶妹子，林實看上的人是冬寶，她只會替兩人高興。

李紅琴呵呵地笑了起來，她就知道，她女兒是個好的！

另一間房裡，李氏想起白天黃氏過來無理糾纏一事就發愁。

「娘，妳得學學大姨。」冬寶認真地說道。「妳看我奶，見了我大姨跟老鼠見了貓似的。她誰都不敢惹，就只敢惹妳！」

李氏愣了下，問道：「咋學啊？我嘴笨，不會罵人，跟人說不上兩句話就不知道該說啥了。」

冬寶噗哧一聲笑了。「不用學咋罵人的，下回我奶再過來，妳就舉著菜刀衝過去，保管嚇跑她。」

李氏連連擺手。「那可不行，那是妳奶。」

冬寶哼哼了兩聲。黃氏就是個欺軟怕硬的，對她客氣她只當是妳怕了她，對她來硬的她立馬就慫了。

「寶兒，咱這兩天賣的錢，妳都記下了沒？」李氏問道。

「娘妳猜猜咱們賺了多少？」冬寶反問道。

李氏笑道：「妳叫我幹活行，叫我算帳就不成了，我這腦子就是一盆漿糊。妳腦子好，跟娘說說，讓娘也高興高興。」

冬寶笑嘻嘻地扳著指頭說道：「一斤豆子三文錢，能出三斤豆腐或四斤豆花。咱們一斤豆腐賣兩文，一斤豆花差不多能賣四碗，也就是八文錢。今天一共用了二十斤黃豆，十五斤拿來做豆花，五斤做豆腐。娘，妳算算，咱們毛利多少錢？」

李氏瞪大了眼睛。「還真讓娘算啊？」

「娘妳將來可是得做大地主婆的，不會算帳哪行啊？」冬寶催促道。

「好好好！」李氏笑了起來，念叨著。「咱們黃豆的本錢是六十文，豆花能賣……四百八十文……豆腐三十文……」算著算著，李氏的聲音都抖了，不算不知道，一算嚇一跳，小本生意看著一文兩文的不起眼，積累下來很是可觀啊！

「其實咱們賺不了這麼多。」冬寶輕聲說道。「咱們豆花給得實在，碗堆得高高的，所以一斤盛不了四碗，香油、滷汁也都捨得放，還有燒的柴禾啥的。以後豆花、豆腐賣的更多了，柴禾還得另外掏錢買。」

李氏點點頭，不過就算這些都納入成本，今天也賺了三、四百文，這是她以前想都不敢想的。這樣下來，很快就能還掉債了！

冬寶睡意朦朧中，跟李氏說道：「明天買個帳冊、買筆墨，把開銷跟進帳都記下來，還要跟大實哥學寫字……」

李氏輕輕拍了拍已經睡著了的冬寶，抹掉了眼角沁出的淚花。宋楊雖然是個秀才，可他卻從來沒教過冬寶寫字，還不是看不起冬寶是個閨女。

冬寶用上了剩下的三十斤豆子，二十斤做了豆花，剩下的十斤做成了豆腐。

天麻麻亮的時候，李氏和李紅琴就挑著擔子上路了，兩個人一路走來，擔子換了幾次肩膀。

李紅琴笑道：「頭一天的時候就那麼點豆花，一點兒都不覺得累，如今東西越來越多，還真有點吃力。」

李氏也點頭。今天磨了三十斤豆子，又過濾了豆渣，連能吃苦的她都覺得胳膊疼得不行了。「姊，今天弄完後，妳就帶著秀玉回家去吧，這兩天累壞妳了。」

李紅琴板了臉。「妳當我是妳親姊嗎？妳一個人能弄得完這恁些豆子？」

「才不讓大姨走呢！」冬寶笑道。「我給大姨開工錢，包妳和秀玉姊吃住！」

「啥工錢啊！」李紅琴爽利地大笑。「跟大姨別見外！錢上我幫不了妳們，幹活還能幫不了？」

冬寶笑咪咪地聽著。她可不打算放李紅琴和張秀玉走，這個世界上，她能靠得住的人太少了，李紅琴和張秀玉便是她打算長期合作的對象之一，她準備給兩個人發工錢。

今日的生意比昨天更好，李氏和李紅琴忙得連擦汗的時間都沒有。

全子和栓子也跑到集上來看熱鬧了，兩個饞嘴的小男娃還打著來混豆花吃的小念頭。

冬寶給他們一人盛了滿滿一大碗，等兩個人吃了個底朝天，摸著肚子打飽嗝的時候，冬寶才笑咪咪地對兩個人說道：「豆花好吃吧？你們吃了我多少碗豆花啦？算沒算過多少錢啊？」

看冬寶的眼睛幾乎都笑成兩枚閃著光的金元寶了，全子和栓子兩個小吃貨本能地感覺到身後一陣陣涼風颼颼而過。大家都這麼熟了，還要錢啊？

「那個……冬寶姊。」全子厚著臉皮，笑得一臉討好。「我們沒錢。」

冬寶點點頭，笑咪咪地說道：「我知道你們沒錢，而且這豆花以後你們還能隨便吃、敞開了吃，不過麼，得拿東西來換！」

一聽不是要錢，全子和栓子立刻鬆了口氣。「要啥東西啊？」

「你們會摸魚摸蝦吧？就在河邊下簍子，不要大魚，就要小魚小蝦，能弄多少給我多少就行了。」冬寶說道。

村頭小河的岸邊水草豐茂，有很多小魚小蝦藏匿在裡面，村裡頭沒人吃這些東西，因為沒什麼肉，料理起來也極為麻煩。

「冬寶姊，妳還要給我們炸小魚吃啊？」全子可開心了。

冬寶笑咪咪的，一字一句地說道：「不、是。」

吃貨全子立刻耷拉下了耳朵。

「你們給我撈小魚小蝦，我給你們發工錢，一斤兩個錢。」冬寶笑道。

「真的？」全子和栓子高興得要跳起來了，要是能掙到錢，這在村裡的孩子們當中，他們可是頭一份啊！

「當然是真的了。」冬寶一臉嚴肅。「不過你們得記清楚了，我不要河裡的大魚，你們要是敢下河去玩，以後就別來吃我們家的東西了。」她這是為了兩個孩子著想。誰能保證到河裡不出問題？冬寶只需要他們在岸邊撈些小魚小蝦就行了。

全子和栓子對視了一眼，無奈地吐了吐舌頭。每年都聽說過有小孩去河裡洗澡淹死的慘事，大人們是嚴厲禁止小孩下河的，發現了就是一頓好打。兩個男娃剛才不約而同地打算藉這個機會好好下河玩一玩的，結果想法還未實施，就被冬寶給扼殺在搖籃裡了。下河玩固然有吸引力，可明顯冬寶做的好吃東西和豆花更讓人捨不得。

今天做的豆花同樣賣得很快，豆腐也賣了二十五斤，來買豆腐的人不少是回頭客，豆腐肯定能賣得越來越多的。

她和張秀玉力氣小，光靠李氏和李紅琴兩個女人幹活，顯然是跟不上的，從長遠看來，肯定要雇人幫工。但她們家裡沒個支撐門戶的男人，來幫工的人萬一有個什麼壞心，就麻煩大了。

冬寶家攤子的兩旁分別是賣燒餅的和賣炒花生、炒瓜子的，冬寶家的生意興隆，吸引了不少人過來，很多人買了一碗豆花後會再買一個燒餅或者一、兩文錢的瓜子回去，連帶著這兩家的生意也好了不少。

剩下的豆腐，冬寶切了兩塊，每塊都有八兩重，拿葉子包了給了旁邊兩個擺攤的人。賣燒餅的老陳頭和賣瓜子的耿婆子樂得合不攏嘴，老陳頭拿了幾張剛出爐的燒餅，一定要冬寶接著，耿婆子也拿紙袋子裝了滿滿一袋子的花生和瓜子，笑著說讓小姑娘嚐嚐她的手藝。

兩家鄰攤都不是什麼壞人，挺好說話的，禮節上也有來有往，這是好事。

耿婆子問道：「冬寶她娘，妳們這是打算長年擺攤賣豆花、豆腐了？」

李氏點點頭，問道：「咋啦？」

老陳頭說道：「妳們不知道，在這街上擺攤得繳稅，耿嫂子一個月繳二百個錢，我吧，一個月繳二百六十個錢。」

耿婆子說道：「咱這裡算好的，攤上了個有良心的所官老爺，姓嚴，問咱要的稅少。聽說別的鎮上，官差老爺若見你生意好，有的是理由搜刮你，賺的錢還裹不住繳的稅呢！」

「妳們生意好，先給妳提個醒。」老陳頭說道。「估摸明後天就得有官差老爺過來問妳們收稅了，妳們把自己家裡的情況說得可憐點，官差老爺要是可憐妳們，就能少收一點。」

李氏心裡有點著慌，她一直在家幹活，基本上從沒出門見識過什麼人，一聽到要和官差打交道，她心裡就犯怵。

「陳大爺，我爹是秀才，年前就沒了，我跟我娘被我奶和我叔趕出家門，除了一間破房子，啥都沒有。你給估摸一下，官差老爺會問我們要多少？」冬寶問道。

耿婆子和老陳頭齊齊愣住了，沒想到面前這辛苦勞作的婦人竟然是秀才娘子！

「不好說，我猜頂多五百個錢。妳們跟嚴大人求求情，肯定能少收妳們一些的。」老陳頭說道。

冬寶點點頭，比她預想的好多了。只要做生意就得上稅，這是自然的，好在她們還算幸運，沒有倒楣地碰到刮皮的貪官。

去給大舅送完豆腐後，冬寶從今天的收入中拿了二十個錢去街上的紙筆店買了一本空白本子，花了六個錢，而筆最便宜的也要三文錢一枝，上檔次的狼毫、羊毫就更貴了，筆墨紙硯一套買下來就要四十文錢！

冬寶可算明白了供養一個讀書人有多不容易了，光是筆墨紙硯，一年下來就得不少錢，普通的莊戶人家很難供養得起。冬寶只買了一枝最便宜的筆和一小塊墨，連帳本一共花了十二文。現在是創業初期，能省就省。

然而回去路過豬肉攤子時，冬寶看著案子上的肋排，嚥了嚥口水。來這裡這麼久，除了那次跟林實出去烤了魚和蝦吃，她幾乎要忘掉肉是個什麼味道了。

再回到李氏那裡時，冬寶手裡就提了一塊麻繩捆起來的五花肉。比起肉，她其實更喜歡吃排骨，可排骨比肉貴，而且在莊戶人家看來，吃排骨浪費，不如吃純肉划算。

李氏看到冬寶手上的東西時愣住了，除了本子和筆，還有一塊豬肉。

冬寶笑了笑。「娘，咱也改善改善生活。」吃的好，身體才會好，幹活也才有勁。

若是黃氏在場，鐵定要大罵一頓，罵冬寶不經她同意就亂花錢，好吃嘴！但李氏不是黃氏，她只會檢討自己沒用，累得女兒連口肉都吃不到。

「好，咱中午吃肉。」李氏笑道。

回到村裡後，三個人先去了老成家的鋪子，冬寶這回直接要了一百斤豆子，請老成等會兒送到家裡去，老成自然滿口答應。

「秀才娘子，生意不錯啊！」老成笑道。

李氏還是有些放不開，侷促地笑道：「能還上債就行。」

「妳們這回分家出來是吃了大虧，鄉親們都看在眼裡。分出來也好，日子眼見越來越好，馬上就熬出來了。」老成壓低聲音笑道。

冬寶心思一動，每到晚飯前，雜貨鋪這裡都會聚集一批人嘮嗑，算是新聞集散地。

「好啥啊？」冬寶半真半假地抱怨道：「老成叔，你不知道，昨天我奶說先前的分家不算數，讓我和我娘回家呢！」

老成聞言，眼珠子都瞪圓了。「這咋不算數了？」

冬寶嘆了口氣。「我娘臉皮薄，我奶就一個勁兒地讓我娘帶著我搬回去。我二叔說，我奶想我和我娘了，家雖然分了，住還是能住一起的。肯定是想要我娘回家後接著做生意，錢他們拿，我娘下午還能幫我奶幹活……哎，不說了。」說著，冬寶從擔子裡拿出刀，切了一塊豆腐給了老成。「老成叔，只顧著跟你說這些雞毛蒜皮的事，忘了給你這個了。回家炒菜，可好吃了。」冬寶笑道。

「哎喲，這可使不得！」老成連忙推辭。

冬寶笑道：「不值啥錢的，老成叔嚐了要是覺得好吃，就多跟人家說說，好讓人家多買我們家的豆腐，照顧一下我們的生意，我和我娘身上還背著債咧！」

老成叔拍著胸脯，豪氣萬千地說：「沒問題！豆子下午我就叫貴子給妳們揹過去。」又從貨架上抓了一把高粱糖，塞到了冬寶手裡。

三個人挑著擔子回去了。

路上，李氏猶豫了幾次，忍不住對冬寶說道：「寶兒，老成可是個愛說嘴的，妳以後別說妳奶了。」她是個厚道實誠人，沒辦法接受在背後說長輩的閒話，就算對長輩有不滿，她也不會拿到外面跟外人講。

「冬寶說的對！」李紅琴不高興了。「說妳多少次了，妳就是不聽！她奶咋不欺負別人，就欺負妳？還不是因為妳忍著她、讓著她。就她幹出來的那事，人家當面不說，背後也會戳她脊梁骨。」

李氏回頭看了眼村子北頭宋楊墳墓的方向，嘆了口氣。

「娘，我奶那人，心裡頭就只有我三叔和大毛、二毛，妳就是對她好，她也不會領妳的情。妳要是軟弱了，她就會硬逼著妳帶著我回去，那咱就白分家了。妳得為我想想啊！」冬寶說道。

儘管宋楊從來沒對她好過，李氏還是盡全力維護著宋楊的母親，這並不關什麼夫妻恩愛之情，而是李氏作為一個傳統的賢良婦人，用道德對自己做出的要求。

冬寶就是看中了老成叔好說嘴這個特點。她可是給了老成叔一塊豆腐做「酬金」的，老成叔做生意那麼多年，人精似的人物，哪會不知道自己的意思？雜貨鋪聚的閒人多，冬寶相信老成叔會很識趣地把該嘮的好好嘮一嘮。

當整個村子裡提起宋家人就嗤之以鼻的時候，黃氏就不能不考慮宋柏的名聲了。至少，黃氏會收斂一些。

李氏想起分家前，日日心焦憂慮，唯恐唯一的女兒被賣掉，簡直是在地獄裡煎熬。再想想現在的日子，就像是升了天似的，喝口水都覺得是甜的。

「好，都依妳！」李氏笑道。為了冬寶，她也不能順了婆婆的意思。冬寶聰明，幹啥成啥，就按冬寶的意思來吧，反正冬寶不會讓她吃虧的。

第三十三章 吃肉

三個人剛走到家門口，家裡的大門就開了，張秀玉站在門口笑道：「娘、小姨，妳們咋現在才回來？」

李紅琴笑了起來。「今天做的豆花多，就多賣了一會兒。」

冬寶笑咪咪地舉起了手上的五花肉。「秀玉姊，看這是啥？今兒個咱們吃肉。」

回家沒多久，全子和栓子就來敲門了，兩個人一人抱進來半簍子小魚小蝦。小魚小蝦不停地翻騰著，銀色的魚鱗在陽光下泛著光。

「冬寶姊，妳要的小魚小蝦我們逮回來了！」全子叫道。

冬寶先看了看兩人的頭髮，見是乾的，才放下心來。兩個男娃皮是皮了點，還是聽話的，沒有下河玩水。冬寶掂量了下簍子後，數出來兩個錢，遞給了全子和栓子。「給你們倆的工錢。」

這個時代有花椒、桂皮等香料，卻沒有辣椒，也沒有味精、雞精粉。想要得到「鮮」，就得另想辦法。

小魚小蝦抹上點鹽，曬乾後，切得碎碎的，撒到豆花上，能增加豆花的香味。

兩個小男孩也不和冬寶客氣了，笑嘻嘻地接過了錢，齊齊地衝冬寶道了謝。「謝謝冬寶姊！」

冬寶擺了擺手。「全子，你回去跟嬸子說一聲，中午你和大實哥就在我們家吃飯吧。栓子你也來。」

全子當下就應道：「好！」

栓子也趕忙答應了。冬寶做的飯好吃，他爹就常常羨慕他能在冬寶家蹭飯吃，有口福。

上午在鎮上買的五花肉肥多瘦少，冬寶細細地切成片，放到燒熱的大鍋裡爆炒，接著把切好的豆腐放進去，快速地翻炒，豆腐吸收了肉裡頭的油，散發出誘人的香味，饞得小黑在冬寶腳邊唧唧叫著，把冬寶給氣笑了，拿腳輕輕地把小黑推出了灶房。

等火候差不多了，冬寶便往鍋裡倒了兩瓢水，翻攪了幾下後，把切好的黃心菜放進去，用小火燉了起來。

李氏揉了高粱麵和玉米麵，在鍋沿上貼餅子。

林實過來時揹了一大捆柴禾，李氏十分過意不去。「昨天送來的柴火還沒燒完呢！」

「砍這點柴禾不費啥功夫。」林實笑道。在林實眼裡，一捆柴禾算不上幫忙，如今他家和冬寶家，都沒法計較誰幫誰了。冬寶家的豆渣都給了他們家，這可是餵豬的好東西，一年下來能省不少糧食，更別提全子這個小吃貨老是白吃冬寶家的東西了。

「冬寶姊，妳做的啥？老遠我就聞見香氣了！」全子嚷嚷道，好想去揭開鍋蓋，看看鍋裡是啥好吃的？

「就是豆腐，不過是燉出來的。」冬寶笑道。

吃飯的時候，冬寶把燉好的豆腐菜端到了飯桌上，先給李氏和李紅琴各挾了一塊肉。

「娘、大姨，妳們吃肉。」

李氏的眼睛頓時就紅了，給林實幾個孩子們也都挾了肉。「大家都吃。」在黃氏手下討飯吃的時候，她作夢也沒想到會有自己掙錢買上肉、放心吃肉的這一天。

等吃完了飯，老成叔的兒子貴子就送來了豆子。

冬寶跟林實說自己想學寫字，以後要學著記帳，林實聽了連連點頭，回家把自己在私塾裡用過的書都拿了過來，作為冬寶的啟蒙教材。

有了老師，教她一個就太浪費了，因此冬寶拉了張秀玉、全子和栓子一起當林實的學生。冬寶的目的只是多認幾個字，林實便只選了《三字經》來教上面的字。幾個人捨不得在紙上練字，一人折了一根小樹枝在地上練習寫字，把字劃拉熟練了，才由林實教下一個字。

這個時代的字有點像小篆，對於冬寶來說，有前世的基礎，學字並不是很吃力，她比全子和張秀玉他們學得都快。

老成家的雜貨鋪這會兒漸漸熱鬧了起來，村裡人都喜歡在吃完飯後聚到鋪子這兒嘮嗑。

「老成叔，最近咱村裡有啥大事沒有啊？」一個人蹲在地上問道。

老成笑道：「我最近聽說了個事，昨兒個中午宋秀才家的老太太跑到秀才娘子家，要秀才娘子帶著冬寶回宋家呢！」

「他們不都分家了嗎？回去幹啥啊？」其中一個漢子叫道。

老成叔笑了笑，高深莫測地搖了搖頭。「說原先分的家不算，以後還住一起，不分家了！」

聽得眾人面面相覷。「這叫啥事啊？宋老婆子幹的事真是越來越沒臉了！」

「還不是看秀才娘子做小生意賺錢，就後悔了，想昧人家的錢！我趕集看見過，攤上就沒斷過人，收錢都收不及呢！」

這幾日沒去鎮上的人聽到那人這麼說，都是又驚又嘆。

「秀才娘子賣的是啥？生意咋恁好？」一個中年婦人問道。

剛才接話的漢子說道：「我瞧著是賣豆腐。」

婦人驚訝不已。「不是說咱這裡水不好，做不出來好豆腐嗎？」

「那誰知道啊？」漢子搖頭。「秀才娘子做的豆腐肯定好，要不然咋那麼多人買哩？」

「欸欸，我知道！」一個精瘦的漢子興奮地叫了起來。「前幾天大豁子給秀才娘子家淘井，說那井水是甜的，說不定就是那口井出的水好。」

當即就有人反駁了。「大豁子的話你也信？他淘哪口井就誇哪口井的水是甜的。」

精瘦的漢子不樂意了。「那你說，為啥秀才娘子做出來的豆腐就好吃？」

反駁的人頓時語塞了。

眾人興奮熱烈地議論了半晌後，一致認為是秀才娘子前半輩子受苦遭罪有了回報，神仙賜給了她們孤兒寡母一口甜水井，給了她們一條活路。

就在這會兒，宋二叔斜敞著褂子，哼著不入流的小曲，吊兒郎當地往鋪子這邊來了。

見他過來，原本正在熱烈討論的眾人趕緊說起了別的事。

等人散了後，村裡頭一個閒漢拉了宋二叔到一旁說話，把眾人的話跟宋榆複述了一遍，最後拍著宋榆的肩膀，痛心疾首地說：「你家咋分家的？把那麼好的一口井分給了秀才娘子了。這井要還是你家的，你還愁啥？錢還不跟下雨似的往你家掉啊！」

宋榆很疑惑，他從來沒聽說過老宅那口井出什麼甜水啊，莫非真的是神仙相助？

「能咋辦？」宋榆抄著手嘆道：「我大哥沒了，大嫂和冬寶都是不講良心的，我們家供養她們吃喝這麼多年，分家的時候，錢、糧食、房子，啥都給了，她們倒好，翻臉不認人了！給大橋和荷花家裡送豆腐，都不給我娘送，心真是黑啊！二狗，你給評評理，這叫個什麼事！」

二狗一拍大腿。「也就你們老宋家人厚道！要是沒你家老宅那口井，她們能賺個屁錢！照我說，那錢就該是你們的！」

「就是！」宋榆激動得唾沫星子橫飛，總算是找到了知音。「我大哥沒了，我大嫂她就不是老宋家的媳婦了？掙再多的錢，那也該是我們老宋家的！冬寶一個丫頭片子頂啥事？丫頭片子就不算是家裡人，等到將來冬寶嫁出去了，誰還管她一個孤老婆子？還不得靠我家大毛、二毛？她……」

二狗耐著性子聽宋榆擺了一個時辰的理，最後勸道：「你大嫂和冬寶就這樣了，你們不管咋著，都得叫人說你們欺負人家孤兒寡母，不如……」二狗貼著宋榆的耳朵說了幾句話。

宋榆臉上就顯出了躊躇猶豫之色。

二狗急了，說道：「還猶豫個啥？你不老發愁將來沒錢給大毛說親嗎？」

宋榆嘟囔道：「照你說的，還不是得自己掏大勁幹？」他是個懶人，讓他幹活致富，他寧願這麼窮著，他只想把李氏和冬寶賺的錢弄到自己手裡。

二狗心裡把宋榆翻來覆去罵了幾遍，最後笑道：「用不著宋二哥出力，只要你想辦法把咋做的豆腐給弄清楚了，我賺了錢給你分乾股，二哥只用坐家裡收錢，這成不？」

他躲在一邊看得很清楚，秀才娘子一天都能賣上五、六百個錢，不用吆喝，客人就爭著買，這麼好的生意他要是不搶過來，哪會甘心？

「成！」宋二叔連忙答應了。

下午林實帶著全子回家了，冬寶回屋記了這幾天的帳，用的是簡體字和阿拉伯數字，是一本只有冬寶自己才看得懂的帳冊。

記完了帳後，李氏她們就開始準備晚飯了。

這會子，大門被宋二叔拍響了，宋榆的大嗓門在門外頭響了起來——

「冬寶，開開門！」

「啥事啊？二叔。」冬寶手裡不停地翻揀著籮筐裡的豆子，屁股都沒動一下。

宋榆又拍了幾下門。「冬寶，妳開下門，我進來挑兩桶水。」

冬寶愣了下，問道：「二叔，你咋到我家來挑水了？」兩家離得可不近啊！

好半天宋榆才說道：「大毛、二毛皮，家裡的井叫他倆倒髒東西進去了，這兩天水沒法吃了。快開門，我挑兩桶水就走，妳奶還等著做飯哩！」

騙鬼去吧！冬寶壓根兒不信。兩家隔這麼遠，村裡頭幾乎家家院子裡都有井，犯得著跑這麼遠來她們家挑水？

冬寶磨磨蹭蹭地走了過去，從門洞裡看到宋榆身上真是擔了兩個空水桶，便給他開了門。

宋榆進院子後，一雙眼睛四處瞧，恨不得看透屋裡頭都有些啥。瞅見冬寶放地上的籮筐時，宋榆疑惑地問道：「冬寶，妳把豆子放籮筐裡幹啥？曬豆子啊？」

冬寶強忍住笑，一本正經地點頭。「是啊，要曬得乾乾的才好用。」宋榆是個懶人，除了地裡的活兒，家務他可是看都不會看一眼的，要不然也不會問出來這麼好笑的問題。

「妳們就是用這個磨盤來磨豆子的？」宋榆指著院子裡的小磨盤問道。

冬寶不耐煩了，看著院子裡的井問道：「二叔，你還挑不挑水了？」

「挑！挑！」宋二叔氣哼哼地嘟囔道：「啥玩意兒！掙了幾個錢就翻臉不認人了，不是個東西！」

等宋二叔挑著水走了後，李氏才從灶房裡出來，問道：「妳二叔咋跑這麼遠來挑水？」

「還真是就為了挑水。」冬寶點頭道，小聲地對李氏說：「估計是以為咱們豆花做得好，是沾了這口井的光。」

「那他可做不成哩！」李氏也小聲地跟冬寶咬耳朵，最後母女倆相視一笑。

想「山寨」她們的豆腐，可沒那麼容易！

晚上臨睡前，冬寶拉著李紅琴和張秀玉，鄭重其事地拿了一百五十個錢給李紅琴。「大姨，這是我給妳發的工錢，以後咱們生意好了，妳的工錢還得往上漲。」

李紅琴被手裡沈甸甸的銅錢嚇了一跳。「我來就是給妳們幫忙的，哪能要工錢？妳們都管吃管住了，再說妳們還背著債，早點還錢要緊。」

冬寶笑道：「大姨，這錢妳得拿著，我跟我娘哪能讓妳白下勁啊！就是拿這麼點錢去雇人，也雇不來大姨妳這樣掏心掏肺為我們好的呀！再說，我謙哥唸書不花錢啊？」

聽了最後一句，李紅琴才有些赧然地把錢收下了。她是想幫襯妹子兩天就走的，然而生意越來越好，飯吃的也好，加上冬寶給的工錢豐厚，她便起了一直幹下去的念頭。

二狗和宋榆得了水後一夜未睡，半夜悄悄起來，摸到了冬寶家，踩著一個破長條凳，趴到了牆頭，頂著露水，聚精會神地偷師了李氏和李紅琴磨豆腐的全部過程，眼都不敢眨一下。

「這豆子是泡軟的。」二狗自言自語道。

宋二叔在一旁說道：「下午我去挑水時，冬寶那丫頭說豆子曬乾了才好用哪！」

二狗頓時就無語了，很想問他一句。「冬寶叫你去跳河你去不去？」

等到李氏和李紅琴磨好了豆漿後，兩人合力抬著盛著豆漿的大桶去了灶房，趴在牆頭上的兩個人就看不到灶房裡的情形了。過了好大一會兒，冬寶從屋裡出來，進了灶房，不多時，一盆盆雪白的豆花就從屋裡端了出來，放到院子裡壓製成豆腐。

二狗觀摩了大致的過程後，心裡便有了譜。他從前也試過做豆腐，家裡還存著一罐鹽鹵。他瞧著李氏和冬寶做豆腐也沒啥特別的，又有了兩桶神奇的「井水」，堅信自己也能做出來好吃的豆腐。等到時候，他給這個沒腦子的宋楡出個主意，這口井就得歸他了！

冬寶依舊只泡了三十斤的豆子，二十斤做豆花，十斤做豆腐。全子和栓子逮的小魚小蝦被她攤到一張破葦席上曬著，冬寶抓了一把小魚小蝦，用菜刀剁得細細的，放到了碗裡，準備賣豆花的時候撒上一撮提味。

今天的豆花一如既往的受歡迎，豆腐也比昨天多賣了不少。等到收攤的時候，冬寶照舊切了一塊豆腐，用葉子包了，準備送給大舅。

冬寶跟李氏說了一聲後，就往李立風的鋪子跑去，背後聽到李紅琴對李氏感嘆道——「冬寶這孩子心裡透亮，啥事都有數，她知道誰對她好。」腦子活絡的女孩不少，然而難得的是，冬寶有一顆感恩的心。

冬寶小小地汗了一把，其實她不願意去大舅家的。主要是不喜歡大舅母高氏，高氏沒什麼壞心眼，和宋二嬸比起來都算是菩薩心腸了，但高氏尖酸吝嗇，每次冬寶去送豆腐，高氏表面上笑得很客氣，實際上眼神卻明明白白地寫著：妳們欠了我們那麼多，給我們這點子豆腐算什麼？

到李立風的鋪子時，正好趕上了聞風書院的學生下課，不一會兒，前來買糕點、果子的學生就把不大的鋪子擠得滿滿的。

糕點、果子只能當零食吃，當正餐吃肯定吃不飽，尤其這些學子都是十幾歲的少年，正是能吃飯的時候。要是每天蒸幾十個餅子、燒兩個菜，到書院門口賣，肯定不愁賣不出去。

冬寶越想越覺得這主意可行，餅子一文錢一個，菜兩文錢一勺，聞風書院上百個學生，就算有一半是家境富裕，自帶小廝伺候飯菜的，也有五十個學生需要吃飯，算起來至少有一百五十文錢，而本錢最多七十文。

「冬寶，咋又送豆腐來了？」李立風出來就看到了冬寶。「不是說了不用送了嗎？留著妳跟妳娘吃吧！」

「剩的還有很多，夠我們吃了。」冬寶笑道，把豆腐遞給了高氏，問道：「大舅，中午就忙這麼一會兒啊？」

李立風點點頭。「這群學生來得快，去得也快，買包點心就走了。」

「那他們中午就吃點心，不吃飯了？」冬寶問道。

「還是得吃飯的，光吃點心也吃不飽。」李立風笑道。「這會兒上，後灶那兒等做飯排隊的人多，他們先來買點東西墊墊肚子。」

冬寶點了點頭，遲疑了下，又看了眼李立風的鋪子。

李立風瞧著冬寶有話要說的樣子，問道：「咋啦？有啥話不能跟大舅說的？」

冬寶有點不好意思，指著聞風學院的門口說道：「大舅，我想在這裡擺個攤子，賣餅子、小菜給那群學生吃，你看成不成啊？」

「咋不成啊？」李立風點頭說道：「妳們也別在書院門口了，就在大舅這裡賣，家裡有爐子，啥都方便。」

冬寶連忙擺手。「那哪行啊！」要是搶了大舅鋪子裡的生意，那可就不好了。

「就這麼定了！」李立風連忙說道，似乎是看出了冬寶心底的憂慮，笑道：「別怕搶生意，大舅這鋪子要是只靠那幾個學生買果子，早該關門了。」

從大舅的鋪子裡出來後，冬寶遠遠地就瞧見幾個穿衙役服的男子正和李氏、李紅琴說些什麼，冬寶心頭一緊，拔腿就跑了過去。

第三十四章 山寨豆腐

「二位大嫂，我們瞧著妳們在這裡擺了幾天的攤子了，生意不賴，以後是打算長期擱這裡做生意了？」領頭的衙役問道。

說話的衙役不過十七、八歲，黑黑高高的，圓圓的臉，長相有幾分討喜，不知道是不是耿婆子說的那個嚴老爺？

「是啊。」李氏拘謹地說道。經過昨天耿婆子他們的提點，她猜得到這幾個衙役是來收稅的，心裡頭自然高興不起來。

圓臉小衙役笑了起來。「大嬸，妳要是只擺兩、三天攤子，我們就給妳行個方便，不要這個稅了，可妳要是天天來擺攤子，我們就不能不收了，不然不好跟上頭交代。這幾天我看妳們生意不賴，一個月就繳五百個錢吧！」

李氏是個老實人，嘴皮子不利索，一時間不知道該說什麼好。

「大哥，我跟我娘就靠這個攤子還債呢！您給行行好，能少收點嗎？」冬寶開口了，小女孩的聲音甜甜糯糯的。「我爹沒了，我奶把我跟我娘從家裡趕了出來，要是沒有這個攤子，我們就得去要飯了。」

圓臉小衙役愣了下，笑道：「小丫頭，妳們是哪兒的人啊？」

「我們是塔溝集的，我爹叫宋楊，是秀才，去年臘月上沒的。大哥您到我們村裡一打聽就知道了。」冬寶認真地說道。不是說這個嚴老爺人好嗎？咋也得照顧一下她們孤兒寡母的吧！

圓臉小衙役看了眼李氏和李紅琴，都是一臉勞碌相，不像撒謊圓滑之輩，便說道：「那這樣吧，我跟我們老大說一下妳們這個情況，明日再來收錢。」

「多謝大哥了！明天大哥早點來，我請你們吃豆花。」冬寶笑道。

圓臉小衙役擺了擺手，帶著幾個人往別的攤位上走了過去。

李氏和李紅琴心裡頭都有些不是滋味，兩個人都是儉省仔細慣了的，繳稅就等於是把辛苦掙來的錢白送出去，叫人心疼。

下午的時候，冬寶正和李氏幾個說自己的計劃，準備用豆腐做菜，在聞風書院賣午飯。幾個人正說得熱烈時，林實來家裡了，對李氏笑道：「大娘，門外頭站了個老太太，一個勁兒地朝裡頭瞧，我問她話她也不理我。」

李氏連忙從凳子上起身出去看，冬寶也跟了過去。

來人五十歲上下，身材瘦小，頭髮花白，眼睛犀利有神。

「這不是大姑嘛！」李氏認了一會兒才認出來，連忙拉過冬寶笑道：「寶兒，這是妳姑奶，快喊姑奶啊！」

「姑奶！」冬寶脆生生地喊了一聲，莫非她就是那個敢跟黃氏對著吵的、嫁到劉樓村去的姑奶奶？

宋姑奶奶點了點頭，問道：「楊大媳婦兒，我聽說妳們娘兒倆分家出來過了？」

李氏有些忧這個面容嚴厲的老太太，侷促不安地點點頭。「是啊。大姑，進屋裡坐吧！」

「不了，我這就回去。」宋姑奶奶說道，盯了眼院子裡的石磨，便背著手往外走。

李氏連忙攔住了。「大姑，留下來吃了晚飯再走吧，我送妳回劉樓。」

宋姑奶奶擺擺手。「家裡還有事。」說罷，又不經意地問道：「我聽說妳們在集市上賣豆腐，生意咋樣啊？」

「託您的福，還成。」李氏笑道。

冬寶麻溜地跑進灶房切了半斤豆腐，用樹葉子包好塞給了姑奶奶，笑道：「姑奶，這是我娘做的豆腐，您帶一塊回去嚐嚐。」冬寶記憶裡沒這個姑奶奶，因為宋家和宋姑奶奶在太爺爺和太奶奶死後基本上就斷了來往。不過她是長輩，沒做過對不住李氏母女的事，又提到了豆腐，冬寶給她點豆腐，雙方面子上都好看。

宋姑奶奶推辭道：「妳們剛立門戶，日子不好過，我沒啥能給妳們的，咋還能問妳們要東西？」

冬寶硬塞給了宋姑奶奶，笑道：「姑奶，這不是白給的，您回去嚐著要是好吃，在劉樓幫我們說道說道，誇誇我們家的豆腐，多叫人去買就成啦！」

「就是。」李氏連忙附和。「大姑，拿著吧，家裡還多著，吃不完明天也不能賣了……唉，我嘴笨，不會說，您回去嚐嚐吧！」

宋姑奶奶便接過了豆腐，嚴厲的眉眼柔和了許多，拉著李氏罵道：「姓黃的不是個東西！妳這些年受委屈了。妳們分出來也好，好日子在後頭，怎麼也比在她手底下討飯強！」

李氏是個厚道人，就是在親閨女面前也沒說過黃氏的一句不是，此刻不好接宋姑奶奶的話，便笑道：「大姑啥時候去集上？到我們攤子上吃碗豆花吧！」

從冬寶家出來走沒兩步，宋姑奶奶就板著臉站住了，衝不遠處的宋老頭說道：「你站那兒幹啥啊？來看看你那孫女還活著沒嗎？」

宋老頭尷尬不已，壓根兒沒想到會在這裡碰上妹妹，囁嚅道：「分家都幾天了，我心裡放心不下……」

「呸！」宋姑奶奶毫不留情面。「你就是個窩囊廢！姓黃的殺人放火你都不敢放個屁！要不是姓黃的，咱爹娘哪會那麼早就沒了？都是被她氣的！爹娘有你這個兒子，還不勝那些個絕戶……」說到去世多年的父母，宋姑奶奶的眼眶就忍不住泛紅。

宋老頭被潑辣的妹妹罵得臉頰通紅，羞愧難當，吶吶地辯解道：「妳嫂子她也是為了這個家，等老三考上了——」

「行了！」宋姑奶奶不耐煩地打斷了宋老頭的話。「你自己心裡有數就行，就算為了老三的前程，也不能弄這麼難看，爹娘的臉都叫你那混帳婆娘丟光了！」

宋老頭尷尬得想再說兩句補救補救，就聽到背後有人喊——

「娘，妳咋來這兒了？」一個三十上下的媳婦跑了過來，圓盤臉，對襟花布褂子。

「娘，妳咋不聲不響就從家裡走了？我跟銀生都急上火了，打聽到有人看見妳往塔溝集來了，就一路找了過來。」瞧見宋老頭站在旁邊，媳婦隨即叫了一聲。「大舅！」

「妳跟銀生就是急性子，我還能丟了？」宋姑奶奶抱怨了幾句，便在兒媳婦的攙扶下往回走。

等宋姑奶奶走遠了，宋老頭看了眼老宅，嘆了口氣，也背著手回家去了。

路上，銀生媳婦忍不住問道：「娘，妳來塔溝集幹啥？」

宋姑奶奶說道：「秀才媳婦分家了，我過來看看。」

「娘，大舅那一家子人都啥樣妳又不是不知道，他家的事咱少摻和。」銀生媳婦說道。

「秀才媳婦是個老實人，跟妳妗子不一樣。」宋姑奶奶說道。「冬寶那丫頭還硬給我切了塊豆腐。唉，看妳妗子這事辦的，丟人！」

銀生媳婦點頭稱是，婆媳兩個就相攙慢慢地往家裡走去。

送走了宋姑奶奶後，冬寶、張秀玉和全子就在林實的教導下學寫字。

林實先檢查了下三個人昨天才學的字。張秀玉記住的最少，臉色羞得發紅；全子也忘掉了幾個字；只有冬寶全部記了下來，而且字體端正，寫得也很熟練。林實誇獎冬寶之餘，暗暗心驚，下決心回去後得好好地溫書，要不然再過幾天，他就教不了冬寶這個聰明姑娘了。

第二天一早，李氏和李紅琴挑著豆花和豆腐去了鎮上，冬寶在家也沒閒著，她和張秀玉用五斤豆腐和黃心菜燴了一大鍋菜，又炕了二十五個高粱麵和玉米麵混合的餅子。

要。

冬寶深知，在鄉鎮上做飯菜生意，首先要量足，其次要油厚味重，才符合客戶口味需要。

冬寶和張秀玉把菜和餅子挑到了李立風的鋪子裡後，便先去了李氏和李紅琴那裡。如今正是集市上人最多的時候，冬寶和張秀玉過去就能幫把手。

這時候，全子和栓子飛奔過來，急急忙忙地跟冬寶說道：「冬寶姊！不好了，咱村裡的二狗在那邊也賣起豆腐了！他還跟人家說，他和妳們家的豆腐是一樣的！那不是騙人嗎？」

冬寶趕忙問道：「買他家豆腐的人多嗎？」

全子和栓子齊齊地點頭。「好多人一聽他說跟妳們的豆腐一樣，就買了。」

「真是豈有此理！」冬寶氣得兩眼冒火，山寨也就算了，居然還敢假冒！真當她們孤兒寡母是好欺負的？冬寶捋著袖子，殺氣騰騰。「走！不能叫他打著咱們的旗號騙人！」

李氏和李紅琴趕忙攔住了。「叫他去賣吧，他要是賣得不好吃，以後沒人買，肯定就賣不下去了。」

冬寶搖搖頭。李氏和李紅琴想息事寧人，寧可吃個啞巴虧，也不願意招惹又混又賴的二狗，但這事不能這麼算了！

「二狗賣豆腐確實不關咱們的事，但他不能說他的豆腐跟咱是一家的，咱們才開始賣豆腐，正是立口碑的關鍵時候。他的豆腐肯定沒咱們的好，借咱們的名頭得了錢，坑的卻是咱們，別人吃了他的豆腐上了當，以後見了咱的豆腐，他們還會買嗎？」冬寶鄭重地說道。

沅水鎮就這麼大，鄉親們買了劣質東西、吃了虧，還會跟街坊四鄰到處說道。名聲壞了，誰還來買你的東西？這點道理，李氏一想就明白，便點頭了。

「那我就去了。」冬寶笑道。

李氏叫住了冬寶。「還是娘去吧，妳一個小閨女過去不成。」

「娘，妳去了誰賣豆花？」冬寶說道。「我就去跟買他豆腐的人說說，咱們家的豆腐和他們的豆腐不一樣。集市上那麼多人，他不敢打人的。」

冬寶站到了凳子上，高聲對來買豆花、豆腐的人說道：「各位大叔大嬸們，我們家的豆花和豆腐在咱們沅水鎮是獨一份。有人見我們家東西好，眼紅了，騙人說他們家的豆腐和我們是一家的，大家留個心眼，認準我們這一家，千萬別被騙了！」

「放心吧！」一個四十左右的高壯漢子笑道。「我老王就認準妳們這一家了，只要來集上，就得到妳們這裡吃上兩碗！」

「多謝大叔了！」冬寶笑嘻嘻地說道。「王大叔今天的第二碗豆花，我們請了！」

王姓漢子豎起了大拇指誇獎道：「小姑娘小小年紀就這麼豪爽，將來一定有大出息。」

眾人紛紛笑了起來，不少熟客也附和著說道：「放心，我們就只來妳家吃。」

在全子和栓子的引路下，冬寶很快便在集市上找到了二狗的攤子。冬寶幾個走到攤子跟前時，二狗還在熱情地向一個老漢推銷。「老叔，我這豆腐跟東頭那兩媳婦賣的豆腐是一樣的，她們是我嫂子，忙不過來，託我幫她們賣的。」

「騙誰啊！」冬寶大聲喊道。「誰託你賣豆腐了？二狗你咋到鎮上來騙人了？」冬寶斷定二狗做的豆腐不好吃，要是好吃，他根本不用騙人說他賣的豆腐和她們賣的一樣。

二狗被冬寶那一聲喝嚇得哆嗦了一下，抬頭看是冬寶，旁邊站著全子和栓子，不過是三個半大娃娃，二狗便大聲喝道：「哪來的毛孩子？滾回家去！」橫眉瞪眼，目露凶光，朝冬寶揮舞了下手裡的刀子。

「你想幹啥？街上這麼多人看著，頂我們家名號賣假豆腐，還要殺人啊！」冬寶壓根兒不怕他，反而往前走了幾步。二狗再混再賴，他頂多敢打人、嚇唬人，卻不敢惹上人命官司，惡意殺人是要秋後砍頭的。

「再敢搗亂，老子揍死妳！大夥兒別聽這丫頭胡說八道，她腦袋有問題，還是天煞孤星命，被她家裡人趕出來了，沒人照看著，病得更厲害了。」眼看老漢不準備買了，圍觀的人也越來越多，二狗急得大叫。

冬寶哼了一聲，朝圍觀的人大聲喊道：「各位大叔大嬸，街東頭的豆花攤子是我和我娘擺的，我們可從來沒把豆腐分給別人賣過！這個人的豆腐是冒充我們家的，大家伙兒擦亮眼睛，千萬別上當受騙！」

「就是！」全子叫了起來，指著二狗大聲說道：「我們能作證，這個人在我們塔溝集就是個二流子！幹啥啥不行，就騙人最厲害！」

「你們這群小畜生！」二狗氣得嘴都歪了，看到旁邊有人賣柴的，上去抽了一根手臂粗的柴禾就要打人。

全子和栓子齊刷刷地擋到了冬寶前頭。大實哥教過他們，冬寶是女孩子，他們是男子漢，關鍵時刻要保護冬寶。

「二狗，你個壞蛋！賣了假豆腐還想打人！你要是打人，村裡人得攆你滾蛋！」冬寶指著二狗，氣勢洶洶地大叫。

二狗揚在空中的手就遲疑了下來，他不怕李氏和冬寶她們孤兒寡母，但他怕林福和洪大豁子不饒他。

圍觀的人指指點點了起來，有幾個買了二狗豆腐的人在集市上聽說了這事，折了回來，扯著二狗要他退錢。二狗此刻顧不上教訓三個娃娃了，梗著脖子說自己的豆腐好吃，賣出去就兩清了，堅決不退錢。

二狗又混又賴，說要錢沒有，他有臉，隨便讓他們打，就是別問他要錢了。幾個買了他豆腐的人都是一臉老實相，碰到這麼無賴的人皆氣得要命，卻沒辦法。

雙方僵持不下，這時冬寶對全子耳語了幾句，全子便飛快地跑了出去。

「好吃啥啊？」其中一個買了豆腐要退錢的人氣憤地說道：「我剛嚐了一口，又澀又鹹，這咋能吃啊！」

「咋不能吃啊？」二狗指著冬寶說道：「我用的豆子還有水，啥都跟她們家一樣，她家的豆腐能吃，我做的豆腐也能吃！」

冬寶聞言，想起了宋二叔從她們家挑走的兩桶水，心裡頓時有了主意。「二狗，你不是說你的豆腐好吃嗎？那你把你的豆腐吃下去半斤，我就把你的豆腐按三倍的價錢全買了！你說咋樣？」

二狗的眼珠子轉了轉，他做的豆腐啥滋味自己心裡清楚，吃下去半斤不得要他命啊！二狗趁人不注意，轉身就想跑，連攤子都不要了，可還沒跑出圍觀的人圈，就被一個穿著皂衣的衙役逮了個正著。

「大老爺饒命啊！」

見了官差，二狗立刻慫了，磕頭跪地求饒。

「大老爺，小人是頭一次出來做生意，被豬油蒙了心，求您饒了小的這次吧！」

冬寶認得這個年輕衙役，正是昨天來她們攤子上收稅的那個人。

「大哥，您來得正好！」冬寶連忙說道。「這個人賣假貨坑人，還不給人家退錢。」

幾個買了二狗家豆腐的苦主也七嘴八舌地說了起來，指責二狗坑人。

「這東西難吃得要命！還坑我們說是跟東頭那兩媳婦一家的！」一個大娘氣憤地說道。

這時候民風淳樸，雖然沒有達到夜不閉戶、路不拾遺，可也是十分安穩祥和的，賣假的吃食，絕對算是性質惡劣的大案件了。

圓臉衙役虎著臉，用力地把二狗往下一摜，大聲喝道：「咋回事？說清楚！」

二狗哭喪著臉說道：「官老爺，我那豆腐難吃是難吃了點，可絕對吃不死人的！不信我吃給您看！」說著，抓起一塊豆腐就往嘴裡塞。豆腐又鹹又澀，二狗痛苦得眉眼擠成了一坨，強嚥下去後，對衙役諂媚地笑道：「官老爺，您看，真吃不死人！」

「你騙人家說你的豆腐跟我們是一家的，要不然人家咋會買？吃不死人的東西就能吃了？你看你吃豆腐那樣，比喝苦藥還糟心。」冬寶說道。

圓臉衙役弄明白是怎麼回事了，見二狗這豆腐只是難吃，卻吃不死人，便不打算把二狗收押入監，對地上的二狗冷臉喝道：「還不趕緊把錢退了！」

二狗乖乖地把錢退還給客人，在眾人的哄笑和圍觀中，扛著擔子，飛也似地跑了。

第三十五章　學生餐

「大家記住啦，以後買好吃的豆腐，到街東頭我們家的豆腐攤上買，保證好吃，不好吃不要錢！」冬寶趁人還沒走，又給自己家做了個廣告。

圓臉小衙役笑道：「妳這小姑娘倒是膽大聰明啊！」他看得出來，剛才那個人一定是村裡的痞子閒漢，這小姑娘敢跟他槓上，膽子大得不一般。

冬寶笑了笑，嘴甜得很。「那是看官大哥您在不遠的地方站著，他幹了壞事，官大哥肯定饒不了他，我這才敢說他的。」

一句話，把小衙役捧得心裡極為舒坦，笑道：「妳甭叫我官大哥，我比妳大不了幾歲，妳就叫我梁哥吧。」

幾個孩子把梁哥拉到了東頭冬寶家的豆花攤子上，冬寶親手給梁哥盛了滿滿一大碗豆花，放了香油、滷汁，又撒了一大把碎蝦仁上去，遞給了梁哥。「梁哥，嚐嚐味兒咋樣？」

梁哥笑咪咪地接過了豆花，舀了一口送到嘴裡，誇獎道：「好吃！」一碗豆花不過幾下工夫，就被他吃得一乾二淨。

冬寶還要給他盛第二碗，被梁哥攔住了。

「不吃了！」梁哥笑道：「小姑娘，我昨天跟我們老大說了下妳們的情況，這個稅啊，以後一個月就收三百五十個錢，咋樣？」

「謝謝梁哥！」冬寶又驚又喜。她原以為昨天梁哥只是口頭上敷衍一下她們，沒想到真的幫她們爭取了少稅錢。

梁哥笑道：「謝我沒用，是我們老大人好。我話先給妳們說在前頭，在我們老大的地盤上做生意，頭一個講究的就是實誠，要是有啥不規矩的，到時候可不能讓妳們在這街上繼續做買賣了。」

「這個梁哥放心。」冬寶一口答應。「我們最實誠不過了，賣給人的東西只有多的，沒有少的。」

「小哥兒你儘管放心。」李氏笑道。「我們娘兒倆啥都沒有，就指望這個攤子當營生，吃飯還債，是要長久地幹下去的。」來來往往的食客不少，不少愛說笑的食客還要和李氏、李紅琴叨咕幾句，問些家住哪裡的啊、家裡莊稼啥樣之類的話題，剛開始，李氏很拘謹，還怕說得不好，人家不來吃豆花了，這兩天就好多了。生意好，李氏心裡頭舒坦，說話也有底氣，在鎮上眼界開闊了，人也變得開朗多了，再不是塔溝集上膽小怯懦的秀才娘子了。

「有妳們這話，我就放心了。」梁哥笑道。

冬寶從收錢的布袋裡數出了三百五十個錢，捧在手裡交給了梁哥。梁哥粗略地掃了一眼，就放到了腰上拴著的沈甸甸的口袋裡，然後給了冬寶一張印有時間的票據。

冬寶小心地把票據摺好放到了胸前後，熱情地招呼梁哥道：「梁哥，明天還來吃豆花啊！」

「有空就來！」梁哥笑道。「小姑娘還挺客氣的。」

「我叫冬寶，梁哥以後就叫我冬寶吧！」冬寶說道。

梁哥點點頭，臨走時從荷包裡摸出了點東西，順手一拋，東西就落到了放滷汁的碗蓋上，兩個銅板在鐵皮做的碗蓋上搖晃了半天，停了下來。

「這小哥兒咋恁客氣啊！」李氏看著兩個銅板，感慨道。從來只聽戲文裡演那些衙役欺壓老百姓的段子，沒聽說過衙役到街上吃了飯還給錢的。

冬寶請梁哥吃豆花，也是存了「賄賂」的意味，她們孤兒寡母的在街上難免遭人欺負，白吃她們家的豆花，要真碰上來鬧事的，梁哥咋也得幫個忙說句公道話，只是沒想到人家還給錢了。

「這嚴老爺是個好人，他手下的這群小哥兒也都不錯。以前不歸嚴老爺管事時，哎喲，那群衙役凶得，恨不得把你刮光刮淨！他們搜刮得多，繳上去的就那麼點兒，剩下的，可都叫他們給分了。」一旁的耿婆子誇張地笑道。

李氏和李紅琴也笑著點頭，一個月只繳三百五十文，這點錢一天就能掙回來了。

「秀玉姊呢？」冬寶問道。

李紅琴笑道：「去妳大舅家了，妳大舅家有爐子，她先去生上火，把菜放上去熱著，一會兒學生就下課了，怕放涼了不好賣。」

「那我得趕緊過去。」冬寶說著，就往聞風書院的方向走了過去。

全子和栓子連忙叫道：「等等我們！」

冬寶回頭看兩人捧著豆花，吃得滿頭大汗，哭笑不得地擺手。「你們慢慢吃吧！」

冬寶到的時候，大舅和張秀玉正在生火，不一會兒就引燃了爐子，張秀玉把盛菜的小鍋放到了爐子上加熱。

「寶兒，一會兒有人來了，妳招呼著，我盛菜。我嘴笨，說不好。」張秀玉對冬寶笑道，白淨的臉上還有一道黑灰印子。

冬寶用袖子給張秀玉擦去了臉上的黑灰，鼓勵道：「怕啥？說成啥樣是啥樣，咱們東西好，不怕他們不買。」

張秀玉笑了笑，貼著冬寶的耳朵，指著鋪子裡小聲說道：「生怕我聽不到，翻來覆去地說柴禾多少錢一斤、炭多少錢一斤。咱用她這點東西，頂多一、兩個錢，每天送她的豆腐都不止這個數了。」

「不理她！」冬寶笑道：「這邊生意要是好做，咱們就自己帶爐子過來，不用他們的。」

鍋裡的菜冒起了熱氣，豆腐和餅子的香氣傳得老遠，不一會兒，就有幾個穿著青布長袍的學生走了過來。

在冬寶的眼神鼓勵下，張秀玉脹紅了臉，結結巴巴地喊道：「賣菜、賣餅子啦！一個餅子一文錢，菜兩文錢一勺，不好吃不要錢！」

其實不用張秀玉賣力吆喝，就有不少學生循著飯菜的香氣直奔她們這個小攤子了。十來歲的年輕男孩，挨到中午早餓得前胸貼後背了。

很快地，冬寶的生意就開張了，她從豆腐攤上拿來的十個碗根本就不夠用，不少學生巴巴地等著前頭的人吃完，準備接著用碗買菜吃。

「這是啥菜啊？」有學生吃著覺得香，便問道。

冬寶笑道：「是豆腐！大哥要是覺得好吃，明天中午還來我們這兒吃唄！」

「豆腐也能這麼好吃？」來吃飯的學生都嘖嘖稱奇。

其中一個年紀稍長些的學生說道：「也不是所有地方的豆腐都不好吃的，我二叔走南闖北做生意，聽他說，有些地方的豆腐就挺好吃的。咱們這兒豆腐不好吃，都說是因為水不好。」

冬寶抿嘴笑了笑。哪裡是水不好，只不過是安州這個地方的人還沒掌握好點豆腐的手藝，別的地方已經有人摸索出來了而已。

還有不少人巴巴地等著碗吃菜，冬寶腦袋一轉，連忙說道：「各位大哥，你們在書院裡可有碗？拿來用也是一樣的。」

幾個學子恍然大悟，一拍腦袋，趕忙跑回去拿碗了。等他們再回來的時候，來的就不只這些人了。原來這些人回去後對那些排隊準備做飯的同窗一說有人賣飯，菜還挺香的，那些人就不想做飯了，直接拿了碗就奔過來了。

不一會兒工夫，一鍋菜和餅子就賣了個精光，還有不少聞訊過來的人沒趕上，冬寶連忙保證明日還會來，做的會比今日多。不少人吃完了菜，就順便去了李立風的鋪子，買了點心、糕餅。

在開始賣飯之前，冬寶已經預先給李立風留了兩勺菜，她家的勺子大，一勺菜就足夠一個人吃。

收攤的時候，張秀玉把爐子滅了，提到了鋪子的後院。回來的時候緊抿著唇，挑著擔子，拉著冬寶就走。李立風在鋪子裡正忙著，高聲叫她們中午在這兒吃飯，張秀玉恍然沒聽到一般，悶頭拉著冬寶走。

冬寶沒辦法，只得回頭對大舅喊道：「不了，大舅，我們回家去了！」

一路上，張秀玉的臉色都不怎麼好看，冬寶拉著她的手，笑嘻嘻地問道：「姊，妳咋啦？誰給妳氣受了？」

張秀玉嘟了嘟嘴。「除了她還有誰！我去後院還爐子的時候，她一個勁兒地唧唧歪歪，說什麼柴禾貴啦、煤炭貴啦，還說咱們擋了他們的生意，學生都買咱們的菜和餅子吃了，不買她家的點心了。」

冬寶嘆了口氣，高氏就是一個小氣巴拉的人，用她那點柴禾和煤炭根本不值錢，她們每天給大舅家送的豆腐和菜都遠遠超過這個數，至於擋生意就更沒有這回事了，學生買點心是當零食，該買還是買。冬寶反而覺得，因為她們擺攤子的緣故，出來的學生多了，鋪子裡的生意更好了。

當然，跟高氏掰扯這些道理沒什麼意義，她就是覺得她們占了她的便宜。

「再忍忍吧。」冬寶小聲說道。「等攢夠了錢，咱們也開鋪子，就不用借別人的屋簷了。」

張秀玉眼神閃亮亮的。「咱們也能開鋪子？」在她眼裡，開鋪子是一件很盛大隆重的事情，只有做大生意、大買賣的人才能開鋪子。像她爹，一年到頭地忙碌，也不過是趕馬車做買賣的，沒有自己的鋪面。

「那當然了，咱們不只要在沅水開鋪子，還要把鋪子開到安州去！」冬寶笑道。「到時候，咱們只用坐在家裡數錢就行了。」

張秀玉格格地笑了起來。「那咋行？生意越大越操心，而且數錢是帳房先生的事。」

「妳還挺懂行的嘛！」冬寶笑道。

「我爹跟我說起過安州城裡的大貨行，說那些東家可忙了，外人光看他們掙錢多，沒看到他們操心擔風險的時候。」張秀玉笑道。

冬寶點點頭，得到的越多，付出的也越多，做大買賣所要付出的心力比她們這點小本生意要大多了，不光拚技術、拚秘方，還要靠人脈、靠關係。她目前能依靠的人只有李氏，光是一個生意不錯的豆腐攤子，就有二狗這樣的人來搶生意了。二狗不過是個村痞，無權無勢的，冬寶不怕槓上他，可萬一來的是有點權勢的人，覬覦她們的豆腐生意，可怎麼辦？僅靠她們孤兒寡母的，要吃飽飯容易，想做大生意可就難了。

回到李氏那裡時，豆腐也賣光了，是幾日來頭一次賣完，這顯示著沅水鎮附近的人已經開始接受豆腐這種食品了，將來生意做大的日子，指日可待了。

趁著還沒散集，冬寶拉著張秀玉在集市上買了十斤小麥麵、一條三斤重的草魚、一塊兩斤重的豬肉，還有一個大葫蘆。

「咱們中午吃葫蘆餡的餃子。」冬寶笑嘻嘻地說道。

她實在是受不了吃高粱麵和玉米麵了！現在家裡的日子好過多了，改善生活是重中之重。

一家人懷著喜悅的心情往家裡趕，鄉間路上的野花開得正好，張秀玉是個手巧的，用路邊的小野花編了個花環，戴到了冬寶的頭上。

黑亮的頭髮，五顏六色的花環，襯得冬寶唇紅齒白，眉眼漂亮。

「冬寶的頭髮都比以前黑了。」李紅琴有些感慨。在宋家的時候，冬寶連飯都吃不飽，頭髮也發黃，這才幾日工夫，小姑娘已經比先前鮮亮了不少。

冬寶笑嘻嘻地說道：「娘和大姨也變白不少哩！」豆乳可是上好的美白佳品，天天做豆腐、吃豆腐，還能出不來一個「豆腐西施」？

其實李氏的變化是最明顯的，以前李氏每天都勞累，皮膚暗黃粗糙，精神狀態又差，現在李氏自己當家作主，生意好，不愁吃喝，精神氣十足，豆乳又滋養了她的手和臉，李氏彷彿脫胎換骨一般，成了另外一個人。

到家後，李氏和李紅琴開始和麵、剁餃子餡。

冬寶也要洗手幫忙，李氏不讓她動手，說道：「寶兒，去妳秋霞嬸子家，把大實和全子叫來咱家吃餃子。」

冬寶應了一聲就出了門，然而剛出門，就被人拉住手，拽到了一邊！冬寶嚇得一聲驚叫就要脫口而出，這會兒上看清楚了來人的臉，那聲尖叫才硬生生地憋了回去。

「嚇死我了，大實哥。」冬寶拍著胸脯說道。

林實低著頭看著冬寶，一雙溫潤和煦的眼睛此時卻含著怒氣，嘴唇也緊抿了起來。

「你怎麼啦？」冬寶覺察出了不對勁，拉著林實的袖子，小心翼翼地問道。

林實氣得腦袋一陣陣發暈，這小丫頭還跟沒事人一樣。「妳上午咋回事？一個人跑去砸二狗的攤子？他要是打妳咋辦？」一想到他一心護著的小姑娘可能挨打，林實心中好不容易平息下來的怒氣又湧了起來。

「哪是一個人……」冬寶訕訕地笑道：「不還有全子和栓子跟著的嗎？」林實沈著臉不搭理她，冬寶也覺得辯解得不大成功。在林實眼裡，全子和栓子加起來都算不上一個大人。

「他不敢打我的。」冬寶拉著林實的手，認真地說道：「他假冒我們家的豆腐，本來就心虛，再說，街上那麼多人看著，還有全子和栓子在，他不敢動這個手。」

林實伸手揉了下冬寶的腦袋，全子和栓子兩個小笨蛋回到家後，一個個眉飛色舞，激動不已地跟他講冬寶姊是多麼的厲害，敢和村裡最混賴的二狗槓上，真不愧是母老虎……

「以後再有這事，妳回來找我、找我爹都行。」林實俯下身子和冬寶平視。小姑娘臉龐紅潤，眉眼精緻，笑容甜美，嘴角還有一個若隱若現的梨渦，林實微微一笑，揉了揉她的頭，嘆道：「真是個不省心的小丫頭！」

冬寶嘟了嘟嘴，林實這話說的，生生地把她和全子那個小吃貨降到了一個等級上。

「知道了。」冬寶乖巧地點點頭。她要是不同意，林實絕對能揪著這事不放，非得讓她點頭認錯才行。她早看出來了，林實表面上客氣溫和，實際上卻絕對地堅持原則，要是惹到他了，他絕不退讓。

林實不滿意冬寶的「認罪態度」，更正道：「不是知道了，是記住了！」

「好、好，我記住了！」冬寶舉手投降。「大實哥，我正要去找你呢，中午我們家包餃子，你和全子來吃餃子吧！」

林實搖搖頭，笑道：「不了，妳們家吃頓好的不容易，妳們自己吃吧。」

「大實哥非得跟我們生分了啊？那以後我也不去大實哥家裡了。」冬寶大為不滿。

見小丫頭生氣了，林實笑了笑。「好，我這就回去叫全子。」

第三十六章　創立品牌

等林實帶著全子過來的時候，餃子餡已經剁好了，一群人正準備包餃子。林實不是外人，立刻去井邊打水洗了手，進屋包起了餃子。

李紅琴看著林實包的餃子，形狀漂亮，一看就是手巧勤快的人，不禁誇讚道：「大實包這餃子漂亮！」這麼好的男娃兒，要是留給自家當女婿該多好？不過，留給自己親妹子家也是一樣。

這天中午的餃子，是冬寶來這裡之後吃得最幸福的一餐，吃得飽又吃得好，冬寶幾乎都要流淚了。白麵就是比高粱麵、玉米麵好吃啊！

她決定了，以後要讓白麵走進自己的生活，不能再跟以前一樣頓頓吃高粱麵、玉米麵了。她還想買大米，煮大米飯吃。

吃過飯後，張秀玉搶先收拾了碗筷，到灶房裡洗碗去了。

冬寶翻箱倒櫃了半天，終於讓她找出一件破褂子，看樣式像是已故的秀才爹的，褂子前襟綴了幾個補丁，後背上一大塊布倒是完完整整的。

「妳這是幹啥？」李氏吃驚地問道。

冬寶把衣裳後背上的一大塊布剪了下來，對李氏笑道：「做咱們的招牌。」

「啥招牌啊？」全子一聽就來了興趣，蹲到冬寶身邊問道。

冬寶認真地說道：「以後咱們攤子上就豎一個招牌，讓別人都認準了咱們家的豆腐。二狗他今天假借咱們家的名頭賣豆腐，說明眼紅咱們家生意的人不是少數，要早做防範，萬一他們的豆腐不能吃，吃壞了人，也跟咱們無關，省得到時候牽扯不清。」

林實點頭，說道：「冬寶想的很對，難保那些心術不正的人想歪點子害人。」要是有人琢磨出了做豆腐的法子，又想除掉冬寶家這樣的競爭對手，肯定不會打什麼好主意。

「那咱招牌上寫啥？」李氏問道。

冬寶想了想，笑道：「咱就寫寶記豆腐，怎麼樣？」

李紅琴拍手笑道：「這個好，好聽又好記！」

幾個人當中，就數林實的文化水平最高，毛筆字寫得也最好看，因此寫招牌的任務當仁不讓地落到了林實頭上。

林實先是拿毛筆沾了水在石板上練習了半天，覺得滿意了，才鄭重其事地在布上寫下了「寶記豆腐」四個大字。

冬寶找了根竹竿，將招牌掛了起來。以後她們家的豆腐就有了自己的品牌，冬寶有自信將「寶記」推往安州，再推往整個大齣！

下午的時候，李紅琴帶著張秀玉說要回家一趟。

冬寶和全子跟著林實學了幾個字，便往老成叔的雜貨鋪子裡去，又要了一百斤黃豆。其實在鎮上的大糧店裡買黃豆要比在老成叔這裡便宜一點，可一來鎮上不給送貨，二來據冬寶所知，鎮上的大糧店都是單強的產業，她可不打算去照顧單強的生意，所以寧願多花幾文錢在老成叔這裡買。

老成叔還算厚道，賣給她們的黃豆都是好的，裡面的土坷垃和石子都非常少，也極少有壞豆子。冬寶聽說有些糧店專門欺負面生的人，一袋豆子能摻兩、三斤小石子，賺黑心錢。

到老成叔的雜貨鋪時，鋪子門口正好圍了一群人在閒聊，其中赫然就有上午在集市上落荒而逃的二狗，只見他光著膀子，流裡流氣地站在那裡，口沫橫飛地說著什麼。

他看到冬寶的時候，聲音戛然而止了，插腰瞪著冬寶，又看到了冬寶旁邊站著林實，原本想罵罵咧咧幾句的，也不敢罵了，只是心頭懷恨，張嘴吐了一口痰，差點吐到冬寶身上。

「哎喲，是秀才閨女啊！剛叔沒瞧見妳，莫怪啊！」二狗皮笑肉不笑地說道。

林實沈著臉看了他一眼後，拉著冬寶便繼續往前走，不搭理他。

進了老成叔家的鋪子後，冬寶對老成叔說道：「老成叔，等會兒讓貴子哥再去給我們家送一百斤豆子吧！」

老成叔笑得見牙不見眼。「好咧！貴子現在正好沒事，我這就叫他跟你們一起過去。」說罷，往門口喊了一聲。

蹲在門口聽村裡人閒話的貴子立刻跑了進來，衝冬寶和林實笑了笑，問道：「冬寶，這回還是一百斤豆子嗎？」

冬寶點點頭，笑道：「麻煩貴子哥了。」

貴子連忙擺手，掙錢的買賣，誰嫌麻煩啊？

等貴子揹著一個碩大的麻布口袋從雜貨鋪出來時，眾人不約而同停止了說話，看向冬寶的眼神既是羡慕又是複雜，冬寶家生意可真是好啊！

這個時候土地收成是莊戶人家絕大多數的經濟來源，頂多養頭豬、餵幾隻雞，賣雞蛋得幾個錢罷了，掙錢的機會是極少的。像冬寶家生意這麼好的攤子，村裡人可以說羡慕得不行。

「人家生意咋就恁好啊？」其中一個漢子忍不住將心裡話喃喃說出了口。

二狗陰陽怪氣地大聲說道：「你去娶了秀才娘子，白得了個那麼大的姑娘不說，多好的生意都是你的了。」

冬寶還未走遠，將二狗的話一字不漏地聽了個清楚。未等林實開口，冬寶就站住了，轉身衝二狗笑道：「二狗叔，你過來，我有話跟你說。」

周圍的人一下子哄笑了起來，立刻看向了二狗。

二狗有些心虛，不敢過去。冬寶身邊站著林實，雖然那小子才十四歲，可是已經長得人高馬大的，一拳揍過來自己肯定吃不消。

「二狗叔，你不敢過來嗎？」冬寶笑道。

看熱鬧的人紛紛嘲諷了起來。「二狗，看你個熊樣！連個小閨女你都怕！」

二狗強自爭辯。「誰怕啦？我還能怕她？」說著，就大步走了過去。

「啥事啊？」二狗昂著下巴問道。

冬寶暗中拉了拉林實的手，示意他別生氣，心平氣和地問道：「你早上去鎮上賣豆腐，咋非得說是跟我們家的豆腐一樣的咧？你這不是騙人嗎？」

「我咋騙人了？」二狗厚著臉皮，死不承認。「我用的是妳家的水，做出來的豆腐就是一樣的！」

「你啥時候得了我家的水啊？我們可沒把井借給別人用過。」冬寶又特意加重了語氣。「誰也甭想用，那口井是我們家的！」

「妳二叔不是從妳家挑了水？」二狗一急之下，脫口問道。莫非豆腐做不成，還是水的原因？

冬寶盯著二狗看，黑亮清澈的大眼睛看得二狗心裡直發虛，半晌，冬寶才哼了一聲，問道：「你親眼看到我二叔從我家挑水了？」

二狗心裡驚疑不定。水是宋老二直接挑到他家去的，他可沒看到宋老二去冬寶家擔水。有二狗這一瞬間的遲疑，足以讓冬寶判斷，二狗沒有看到二叔挑水，於是她接著說道：「我二叔是啥人，我娘病了他就要把我娘扔出去，還天天想賣了我給他兒子換白麵吃，我們家都不讓他進門呢！」冬寶撂下這麼一句話後，拉著林實說道：「大實哥，咱們走！」

林實會意，拉著冬寶往前走，邊對她小聲說道：「明兒個咱們去鎮上買把鎖，不在家的時候，就把井蓋子鎖起來。」聲音不大，卻足以讓二狗聽得一清二楚。

「宋老二你個混球，敢耍老子！」二狗陰著臉，他非得和宋榆好好算算帳不可。他承諾過宋榆，只要挑兩桶水給他，他賣豆腐得了錢後，就分給宋榆一百文的分紅。宋榆沒辦法從冬寶家裡挑到神奇的井水，居然拿普通的井水來糊弄他，害得他險些被官差抓去坐牢。

宋榆正坐在家裡等二狗來送「分紅」，等得不耐煩，打算去二狗家要時，二狗上門了。宋榆大喜過望，急忙迎了上去，結果被二狗一拳打到了臉上，結結實實地挨了幾下子。

一個罵另一個不要臉，連他都敢坑；另一個則是痛罵二狗想獨吞錢，水絕對沒有問題。兩人打了好一會兒，宋二嬸挺著肚子急得團團轉，又不敢上前拉架，怕自己的肚子有個閃失。

等兩人打累了，宋老頭和黃氏正好從地裡回來，才慌忙拉開了兩個人。

回到家裡，林實忍不住問道：「寶兒，妳跟二狗說那些幹什麼啊？」

冬寶笑了起來，說道：「大實哥不都猜到了嗎？還順著我的話說，誑二狗哩！」

不知道從什麼時候開始，林實也跟著李氏一樣，對冬寶的稱呼成了親暱的「寶兒」。

林實笑了笑，小丫頭又仗著聰明坑人了。只不過冬寶心裡有分寸，坑的都是品行不好的人。

冬寶第一次去鎮上買的石膏早就用光了，接下來的石膏是冬寶讓全子和栓子跑到別的藥鋪去買的，儘量不引人注意。

豆腐生意肯定會越來越好，僅僅靠李氏和李紅琴兩個大人操持，是無法做大的。

下午，冬寶依舊只泡了三十斤的豆子。

李氏對冬寶笑道：「再多泡十斤吧？我看來買豆腐的越來越多，不愁賣的。」

冬寶無奈地說道：「娘，現在只有三十斤豆子，妳跟大姨都要半夜起來磨豆子煮豆漿了，且三十斤豆子做成豆花、豆腐得有一百多斤，挑到鎮上多累人啊！再多十斤，妳們倆都要累壞了。」

「娘不怕累。」李氏喜悅地笑道。「娘有的是力氣，生意好，咱多做點，賺的也多。」

冬寶笑著搖頭。「娘妳昨晚上說夢話，抱怨搖石磨搖得胳膊疼哩！」

「真的?!」李氏驚訝不已，有些不好意思，下意識地撫上了自己的胳膊。

李氏那麼吃苦耐勞，以前在宋家都沒抱怨過，分家出來了咋可能抱怨呢？不過是冬寶哄她罷了。再怎麼能幹，也不能把身體搞垮了。

「娘，錢是掙不完的，咱們慢慢來，先把債還上，再攢錢買一頭小毛驢推磨，不就省力多了？妳要是累出啥病來，剩下我一個，可咋辦啊？」冬寶說道。

最後一句算是說到了李氏心坎裡，因此在冬寶的勸說下，李氏打消了再多磨豆子的念頭，確實，每天都累得夠嗆的了。

冬寶則是起了雇人的心思，她們孤兒寡母的不方便雇男人，雇大姑娘、小媳婦來磨豆子還是可以的，一天給五個錢，肯定有大把的人搶著來幹這個活。

今天冬寶還買了一條草魚，原打算大家一起吃的，沒想到李紅琴突然要帶著張秀玉回家看看，家裡只剩下自己和李氏，兩個人肯定是吃不完一整條的魚。這時節已經熱了，放到明天魚就臭了，於是冬寶便叫來了林實一家，把魚切成塊，做了個糖醋魚塊。做好後，冬寶拿碗盛了一碗魚，讓全子給栓子送了過去。

平時她也沒少指使栓子給她做事，頭一次拿魚蝦在冬寶這裡領了工錢後，第二次說啥都不要了，在冬寶的追問下，栓子才說了實話，家裡的爺爺和爹都發話了，不准他問冬寶要工錢。栓子常吃冬寶家的豆花都沒給過錢，給人家點不值錢的小魚小蝦，咋能要錢？小孩子可以不懂事，大人卻不能這樣。

濃稠的、帶著魚鮮味的醬汁，依然是眾人的最愛，全子直嚷嚷著有醬汁泡餅子就夠好吃了，魚都不用吃。冬寶做出來的菜是特意迎合了眾人的口味，放的調味料多，菜的味道很重。

到了掌燈的時候，李紅琴才帶著張秀玉趕回來。李氏不放心，披著褂子到門洞處張望好幾次了。

「咋現在才回來？」李氏抱怨道：「黑咕隆咚的，妳們娘兒倆要是摔著了咋辦！」

李紅琴笑著擺手。「這路都是走熟的，要真有個啥事，這幾個村都是熟人，喊一嗓子不就行了？」

「跟小謙說了嗎？」李氏問道。

李紅琴笑道：「說了，明天我就去書院找人說說，讓小謙進去唸書。咱天天去鎮上做生意，還能顧著他兩頓飯呢！妳們每天給我開五十個錢，秀玉也有錢拿，我算著，咱都是儉省的人，咋也供得起小謙去書院裡唸書了。」一天五十個錢，是相當豐厚的一筆收入，就是鎮上那些大貨店裡的夥計，一天也拿不了這麼多錢。

「表哥要去聞風書院唸書了？」冬寶問道。

李紅琴點點頭，嘆道：「他在張家村的私塾裡唸了幾年了，夫子翻來覆去只會教啟蒙的幾本書，我老早就想送他到鎮上唸書了，就是手頭緊……」

張姨父還在世的時候趕大車做生意，攢下了不少家底，然而這些年李紅琴為了供養兩個孩子，花費了不少，如今有了冬寶家的收入，才手頭寬裕了。

李氏安慰道：「去鎮上唸書好，聞風書院咋也比村裡的私塾強，以後咱們天天去鎮上，也能照看到小謙。小謙那孩子認真，將來肯定有大出息。」

說起兒子來，李紅琴臉上就滿是笑容，點頭道：「不求他有啥大出息，能唸出來考個功名最好，唸不出來就老老實實地當莊稼漢。」

張家的地不少，唯一的男丁張謙在唸書，李紅琴便把地租了出去，要是張謙讀書不成，她便打算到時候把地收回來自己種。

一家人準備睡覺的時候，李紅琴對李氏說道：「我聽人說宋家老二跟你們村裡的二狗打了一架，看到的人說打得可狠了，宋老二的臉都不能見人了。我想著，那二狗不就是今天冒咱們的名頭在集市上賣豆腐的人嗎？咋尋仇尋到宋老二身上去了？」

冬寶忍不住笑了起來，說道：「打得好，反正兩個都不是什麼好人。二叔來咱們家擔了兩桶水，就是給二狗做豆腐去的。幫著外人來搶咱們的生意，被打活該！」

張秀玉有些疑惑。「他們家沒有井嗎？挑咱們的水幹啥？」

冬寶笑道：「村裡頭都說咱們做出來的豆腐好吃，是因為咱們家井水好。我想著，就讓他們這麼認為也不錯。」點豆腐的法子遲早會被人摸索出來，然而在冬寶攢到足夠的本錢之前，她不介意放幾個煙幕彈拖延一下時間。

「嗯，就讓他們這麼想。」張秀玉笑著拍手。點豆腐的法子要是叫別人知道了，她們孤兒寡母的，可競爭不過別人。

第三十七章 故人

第二天一早，李氏和李紅琴挑著擔子去了集市上。冬寶和張秀玉則在家裡準備中午賣的餅子和菜，張秀玉炕了五十個餅子，冬寶切了十斤豆腐做菜。

翻炒豆腐時，冬寶覺得自己細細的胳膊都要掄斷了，累得夠嗆。

今天做的飯菜數量是昨天的一倍，張秀玉怕做得多了賣不出去，冬寶安慰道：「賣不出去咱們就自己吃，分給大實哥家吃，浪費不了。」

賣完了豆花後，李紅琴帶著冬寶和張秀玉找了李立風，請他幫忙引薦書院裡的山長。

李立風領著李紅琴去了書院，冬寶和張秀玉便點燃了爐子，準備賣飯菜。

今日學生出來得比昨日多，冬寶和張秀玉忙得不可開交的時候，前面一個男孩驚訝的聲音響起——

「是妳?!」

冬寶抬起眼睛，來人穿著乾淨的青布薄棉袍，眉眼周正。想了半天，冬寶也沒想起來這人是誰。

那個男孩笑了笑，說道：「我是安州王家的親戚，妳是不是在王家幫過工？我見過妳。妳跟以前挺不一樣的，我也是看了半天才認出來。」

經他這麼一說，冬寶才想了起來，莫非這個人就是那個穿藍布衣衫的少年？王家小公子要把她送去當「屋裡人」的那個？

說話間，張秀玉已經給他盛好了菜，菜上放了兩張熱氣騰騰的餅子。

「是你啊！」冬寶笑道，看了眼他的碗，說道：「一共四文錢。」套近乎也沒用，錢是一文都不能少的。

少年掏出了一把銅錢，遞到了冬寶手裡，端起碗就走了。冬寶數了一下，有七、八個錢，抬頭看那少年，已經走了好遠了。

「你等一下，錢給多了！」冬寶大聲叫道。

然而那少年卻好似沒聽到冬寶的話，一個勁兒地悶頭往前走。冬寶急了，拿著錢跑過去，拉住了還在往前走的青衣少年。

「這位大哥，你錢給多了，四文錢就夠了。」冬寶氣喘吁吁地說道。

青衣少年臉上騰地就紅了，左右看了一眼，小聲說道：「給妳的就拿著吧，妳們做生意不容易。」

冬寶詫異地看了他一眼，搖頭道：「這不行，該多少就是多少。我們做生意再難，也不能多要客人的錢。」

「妳拿著吧！」少年說道：「我聽王家的下人說，因為我的緣故，王家少爺把妳攆走了，我挺過意不去的。」他還聽說小姑娘沒了爹，才到王家做工還債，卻因為他，連差事都丟了。

看他脖子都紅了，冬寶微微一笑，還真是個老實人。「那也不行，這錢我不要，你拿回去吧！」

「我也沒多的錢。」少年侷促地說道：「妳別嫌少，拿著吧，是我的一點心意。」

冬寶笑著搖了搖頭，堅持地說道：「你要是想補償我，以後多來我們家買飯吃就行了，這錢我不要。」

話都說到這分兒上了，青衣少年便接回了錢，點頭道：「那好吧。我姓周，叫平山。」

「周公子，以後多照顧一下我們家的生意，你要是覺得菜好吃，記得跟你那些同窗多推薦一下，讓他們都來嚐嚐啊！」冬寶笑道。

「一定的。」周平山笑得一臉靦覥。

等出來買飯的學生漸漸地少了，張秀玉才問道：「妳認識那個學生？」

冬寶點點頭，說道：「年初的時候，我去安州大戶人家當粗使丫鬟，我去的那戶人家剛好是他親戚，見過他一面。」

「這樣啊！」張秀玉笑道：「我還以為他是妳三叔的同窗哩！」

「我三叔？」冬寶詫異地反問了一句。驀然想起來，那個眼睛長在頭頂上的嬌貴人宋柏也在聞風書院唸書，不過她都在這裡擺了兩天的攤了，也沒碰見過他。「怎麼可能？妳看那人一臉老實相，跟我三叔不是一個路數的。」

張秀玉點頭，揶揄道：「妳三叔要是來咱們這兒吃飯，妳問他收錢不？」

冬寶嘿嘿笑了。「當然收了，親兄弟也得明算帳。不過我三叔那可是個金貴人，人家看不上咱們這粗糙的飯食。」冬寶也是當玩笑一般說了，要是宋柏真的來要飯菜吃，她還真不能收錢。

到最後，餅子賣光了，菜還剩下幾勺，冬寶也不想帶回去了，雖然賣飯菜之前就已經給大舅家留了兩勺菜了，剩下的菜也全都給了舅母高氏。高氏斜著眼看了眼鍋底，嘟囔了幾句「都是剩菜」，儘管一臉嫌棄，卻隻字不提讓冬寶把菜帶回去的話。

李立風和李紅琴出來時，兩個人都是滿臉喜悅，冬寶和張秀玉連忙迎上去，問怎麼樣。

李紅琴笑道：「書院裡的山長挺好說話的，讓小謙考試，按考試的成果分班。我想著，等麥收過了，就讓小謙到書院來。」

「我哥唸書那麼用功，考試肯定沒問題。」張秀玉也跟著高興。

李立風沒想到這麼一會兒的工夫，冬寶和張秀玉已經賣光了帶來的飯菜，驚訝地笑道：「生意這麼好？」

李紅琴摸了摸冬寶的腦袋，笑道：「冬寶腦子伶俐，幹啥成啥。」她打定主意了，以後就讓女兒跟著冬寶做生意，保准吃不了虧。

看著三個人走遠的背影，李立風有些遺憾。「這麼聰明能幹，要是托生成男孩該多好。」

高氏在屋裡喊道：「站門口幹啥？吃飯了！」又嘟囔道：「每天用那麼多柴禾、煤炭，給兩勺剩菜就打發了！就知道占好人的便宜，她咋不去占她奶家的便宜啊？」

李立風進屋後聽得火冒三丈。「有妳這麼當妗子的嗎？人家給妳的菜不是錢啊？」

「她們就是不給也是賣不出去，剩在那兒啊！」高氏理直氣壯地反駁。

李立風氣得搖頭無語，剩菜人家不會自己留著吃啊？從半夜起來累到中午，人家就願意回家還要自己動手做飯啊？

冬寶三人回到豆腐攤的時候，豆腐只剩下了一塊，還是李氏不打算賣了，留著中午做菜吃的，要不然早賣光了。收拾攤子的時候，李氏最後才收起了掛在攤子上的布招牌，鄭重小心地把布招牌捲了起來，放到了裝錢的口袋裡。

經過冬寶的不懈努力，李氏已經明白了「品牌」的重要性，今天她對每個上門的客人，都講了一遍她們的「寶記豆腐」，讓客人們以後認準了她們這家。

臨走前，冬寶說要去找石材店，再買一只石磨。

「寶兒，咱家已經有了石磨，妳還要石磨幹啥？」李氏不解地問道。

冬寶笑道：「娘，妳不是想多做些豆花、豆腐嗎？咱多買一只石磨，雇個人給咱們磨豆子。」

「還真雇人啊？」李氏搓手笑道，雇人可是做大買賣的人才做的，況且雇人也要給人工錢。

「算了，還是別雇人了。」李紅琴說道。「我跟妳娘辛苦點就行了。」

冬寶搖搖頭。「那怎麼行？妳跟我娘每日夠辛苦的了。咱雇個人，就每天來磨三十斤豆子，一天給她十文錢，多的是人願意。」

一天十文錢，一個月就是三百文，雖然磨豆子的活兒不輕鬆，但衝著這豐厚的報酬，絕對多的是人肯幹這個活兒。

冬寶在石材店訂了一只石磨，花了二百個錢，央店老闆給她們送到塔溝集去，又拉著張秀玉在集市上買了二十斤的菜，一起挑回了家。

吃過了中飯後，秋霞嬸子來冬寶家串門，聽冬寶說想雇人磨豆子的事，笑道：「一天十文錢不少，要不是我家裡還有一堆老少爺們要伺候，我都想來幹這活兒了。」

「嬸子有沒有推薦的人？」冬寶問道。「得能幹活，最重要的是人老實，信得過。」

秋霞嬸子想了想後，轉頭跟李氏說道：「桂枝咋樣？她是個老實人，力氣也大，家裡婆婆還有幾個小姑子都算是勤快人，不用她，家裡的活兒也有人幹，她肯定願意出來掙份工錢。」

「桂枝？」李氏想了想。「是個乾淨俐落的，她要願意來就行。」

秋霞嬸子點點頭。「妳要覺得行，我這就去跟她說說。」

秋霞嬸子是個急性子的，當下就起身，去了桂枝家，不一會兒就領來了桂枝。

「來，這是妳李大姊，這是桂枝。」秋霞嬸子做了中間人。

桂枝二十來歲，衣裳乾淨，手也洗得很乾淨，對李氏和冬寶說道：「我願意來大姊家幹活磨豆子，家婆和相公也都願意。我幹活肯定下勁，大姊妳放心。」一個月三百個錢，只是後半夜起來磨一陣豆子而已，上哪兒找這麼好的差事！

冬寶笑道：「桂枝嬸子，妳別急。秋霞嬸子跟妳說過了吧？這個活兒就是後半夜來我們家把豆子磨成漿，只讓妳磨三十斤，其餘不需要妳做任何事。」

桂枝點了點頭。「我知道，秋霞姊來跟我說過了。」

「先讓她幹兩天看看。」冬寶對李氏說道。

李氏和桂枝商量了下半夜來她們家磨豆子的具體時間後，便讓桂枝先回去了。

等桂枝走了，李氏對秋霞嬸子笑道：「是個老實人。」

秋霞嬸子笑了，比老實，誰能比得過李氏啊！這麼厚道老實的老姊妹，卻半生辛酸坎坷，還差點被婆家當成病癆鬼扔出去，只盼著以後李氏的日子能夠好起來。

後半夜，桂枝就敲門了，冬寶迷迷糊糊中聽到了桂枝叫門的聲音，已經起床在灶房裡忙碌的李氏便去開門了。

院子裡響起了磨盤轉動的聲音，還有李氏她們壓低了聲音的說話聲。冬寶嘴角彎了彎，翻個身又繼續睡了。

李氏叫冬寶起床的時候，桂枝已經回去了。據李氏說，桂枝幹活挑不出來毛病，話也不多，很合她的心意，就先用著桂枝了。

中午時，冬寶和張秀玉在大舅鋪子門口又碰到了周平山，同他一起來買飯菜的還有一個高個子的少年，看起來和周平山差不多年紀，十三、四歲的模樣，身量微豐，顯得很是高壯。

「我要兩個餅子、一勺菜。」周平山有些侷促地對冬寶說道，先遞給了冬寶四個錢。

「好咧！」冬寶笑嘻嘻地應了，看向了周平山旁邊的少年，問道：「這位大哥，你要什麼？我們這餅子一文錢一個，菜兩文錢一勺，不好吃不要錢！」
那高壯的少年卻半天沒反應，周平山沒辦法，伸手拍了他一下，他才反應過來，臉一下子紅了，不好意思地說道：「跟他一樣。」
「你還是再要個餅子吧。」周平山好心提醒。「你飯量比我大。」
「行啊！」少年很爽快地答應了。
張秀玉低著頭給他盛了菜和餅子，冬寶收了錢後，周平山和那少年便端著碗回去了，回去的路上，那少年還在不住地頻頻回頭。
「姊，他是不是在看妳啊？」冬寶看少年那羞澀靦覥的模樣，忍不住問道。
張秀玉紅著臉，輕輕擰了冬寶一下。「死丫頭，亂說什麼！叫我娘知道了，我就不能出來賣飯了，到時候妳就一個人弄吧！」她跟冬寶不一樣，她十三歲了，該訂親了，若不是有這個買賣，李紅琴壓根兒不會讓她拋頭露面，要是被她娘知道有男子多看了她幾眼，肯定就不會允許她出來的。
張秀玉現在有生意做、有錢賺，才不想被關在家裡。
「我保證不說。」冬寶忍住笑，一臉認真地發誓。其實在她看來，就是那少年真的在看張秀玉也沒啥大不了的，年輕男孩碰到美少女多看個兩眼，簡直太正常不過了。
冬寶和張秀玉回李氏那裡的時候，李氏和李紅琴正忙著收攤，李紅琴端出了兩碗豆花，遞給了兩人，笑道：「快吃吧，我藏起來的，要不然妳們倆總吃不到。」
豆花生意太好，每天都不夠賣的，就是冬寶她們想吃碗豆花也輪不上，還得靠自家人

「偷藏」起來才能吃，張秀玉接過豆花，忍不住笑了起來。

今天她們一共用了四十斤豆子，豆腐還剩兩斤，冬寶打算給林實家送一斤。因為大部分豆子都是桂枝磨的，給李氏和李紅琴省了不少功夫，兩個人今天一點兒都沒覺得累，往常這會兒上可不如今天精神。冬寶看著心裡也高興，暗自點頭，覺得雇個人來磨豆子是個很正確的決定。她可不希望李氏和李紅琴因為掙錢，把自己的身體給累垮了。

冬寶攪著滷汁和豆花，突然停下了手裡的勺子，疑惑地往四周瞄了瞄，就看到牆角的地方，有一個小乞丐蹲在那裡，瞪著一雙黑白分明的大眼睛，死死地盯著她……手裡的豆花。

瞧見她看了過去，小乞丐立刻很有骨氣地扭開了頭，然而嚥口水的聲音，冬寶覺得離這麼老遠的都能聽得到。

才五、六歲吧……冬寶微微嘆氣。要不是她們脫離了宋家，說不定這會兒她連這個小乞丐的境地都不如呢！想到這裡，冬寶端著碗走到了小乞丐身邊，蹲下身子，把碗遞給了小乞丐。

「豆花給你吃，碗得還給我。」

小乞丐瞧了她一眼，立刻端著碗，呼嚕呼嚕地吃完了豆花，中間還嗆了一下，咳嗽了兩聲。正當冬寶擔心這小孩會嗆出毛病時，他又接著狼吞虎嚥地吃了起來，吃到最後，恨不得連碗底都舔乾淨了。

小乞丐一副意猶未盡的模樣，一雙黑白分明的大眼睛眨巴眨巴地看著她，冬寶心底莫名其妙就柔軟了起來。

「你家裡人呢？」冬寶問道。

大約是因為那碗豆花的原因，小乞丐對冬寶沒有敵意，看著她搖搖頭，半晌才沒精打采地說道：「我爹不要我了，我沒地方去。」

「胡說八道！」冬寶笑了起來。「哪有爹不疼兒子的！」

小乞丐哼了一聲。「他天天打我，我都要被他打死了。總之，我在家裡活不下去了，跑出來才有生路。」

冬寶訝然，這話說的，好似被生父殘酷虐待的可憐孩子。「那……你娘呢？」冬寶問道。

「我娘？我不知道，可能是死了吧，反正我不記得她了。」小乞丐滿不在乎地說道。

還真是個可憐的孩子，冬寶剛要說些什麼，就看到了小乞丐穿的鞋子，是薄緞面的，雖然上面髒得可以，還是能辨認出原本鮮亮的材質。而且小乞丐伸手抓石子上下拋著玩時，露出來一截藕節似的胳膊，白白嫩嫩的，跟全子、栓子那些光著膀子曬得黝黑的小男孩完全不同。

看來這小乞丐還是個家境不錯的，莊戶人家的男孩可沒這麼細皮嫩肉的。

冬寶柔聲說道：「趕緊回家去吧，你爹肯定很擔心你。回家後好好聽你爹的話，你爹便不會打你了。」在外頭流浪，怎麼也沒有在自己家好。

小乞丐憤憤地說：「他才不會擔心！我若回去了，他肯定要打死我！」說罷，站起來背對冬寶，一把拉下了自己的褲子。

在冬寶的目瞪口呆中，小乞丐的兩瓣屁股就這麼對著自己了。

這……算啥啊？冬寶幾乎要風中凌亂了。

第三十八章 收養

小男孩悲憤難當，背對著冬寶嗷嗷叫道：「妳看到了吧？上頭肯定又青又紫的吧？我都不敢坐也不敢躺著，屁股都被他打成八瓣了！」

「你先穿好褲子！」冬寶說道。小男孩白晃晃的嫩屁股上確實青紫了一大片，像是被人狠狠地揍過了。

小男孩麻利地提上了褲子，轉過身來，眼圈還紅紅的。

「你是不是調皮搗蛋了，你爹才揍你的？」冬寶問道。

「沒有！」小男孩彷彿受到了極大的委屈，大聲叫道。「我什麼都沒幹，我爹不問青紅皂白就打我。我要是留在家裡，遲早會被他打死！」

冬寶看他一副委屈的小模樣，眼淚在眼眶裡打轉，應該不是在說謊。古代雖好，山清水秀無污染的，可惜卻沒有個未成年人保護法啥的。像冬寶，黃氏想要賣她，幾分鐘的事而已，叫個人牙子過來談妥價錢了，便人錢兩清。父親管教兒子就更不必說了，就算是打出人命來，恐怕也沒人追究。

「姊姊，妳家的豆花真好吃。」小男孩見冬寶不吭聲，期期艾艾地叫了一聲，又舔了下手裡的碗。「讓我去妳家吧？」

倘若這小子背後有尾巴，配合著他此刻討好的神情，一定正在不停地左右搖動。

被一個五、六歲的可愛小正太眼巴巴地瞧著，冬寶有些吃不消，問道：「你家是沅水鎮上的吧？你到我家，你爹不就找不到你了嗎？」

小男孩看了冬寶一眼，說道：「我家在安州城，不在沅水鎮。」

居然是安州城的！冬寶難掩驚訝，就是坐馬車，從沅水鎮到安州城也要將近兩個時辰啊！「你怎麼跑到這裡來了？」

小男孩低頭悶聲說道：「沿著大路走……就到這裡了。」

這會兒，李氏久久不見冬寶過來，便走過來叫冬寶回家。剛才冬寶端著豆花給小乞丐吃，她也沒攔著，閨女心地良善，她看著也高興。

「寶兒，回家啦！」李氏說道。

小男孩立刻手腳並用地拉住了冬寶，叫道：「姊姊，我沒地方去，妳帶我回家吧！我啥都會幹，會洗碗、洗衣服，什麼活兒都能幹的。」最重要的是，這姊姊人好，去她家，說不定頓頓都能吃豆花。

「這哪行啊？」冬寶哭笑不得，褂子、衣襟上都被他抓出了幾個黑印子。「你家裡人肯定急著找你呢！」

見冬寶不願意，小男孩蹲下身子，嗚嗚哭了起來，邊哭邊說道：「我爹不會找我的，他要娶新媳婦了，以後有新小孩兒，後娘進門了，會打死我的……」

李氏的心先軟了，她疼孩子，最見不得小孩子委屈流淚了，當下就上前去扶著小男孩站起來，說道：「看這孩子嚇的……你爹就是給你娶後娘了，也不會不要你的。」

小男孩抽抽噎噎的，一雙黑亮的眼睛裡滿是委屈，對李氏搖頭道：「他才不疼我，他老是打我！妳看……」說著轉了個身，彎下腰，一雙小黑手就往自己的褲腰上伸。

冬寶立刻大叫道：「別脫——」

然而已經遲了。光溜溜的小屁股，又對準了她和李氏。冬寶忍了很久，才忍下了往小屁股上踹一腳的衝動。

李氏看著青青紫紫的小屁股蛋，心疼不已，心裡早就罵起了小男孩的爹，一個暴力的男子形象活脫脫地就印刻在了她腦中。有這麼可愛的兒子卻不懂珍惜，將娶新媳婦就忘了前頭老婆的孩子。

「大娘、姊姊，妳們帶我回家吧？我沒地方去，沒飯吃。那些老要飯的還不讓我在這裡，說這兒是他們的地盤，來攆我好幾回了，說要是我還在這兒要飯，他們就要打我。」小男孩可憐巴巴地說道。

李氏拉著冬寶，笑得頗討好。如今家裡是冬寶當家作主，她這個當娘的，遇事得請示閨女。李氏商量道：「寶兒啊，碰見了就是緣分，要不，就讓他先在咱們家住著吧？等啥時候他家裡人找來了，再把他接走？」小男娃長得不賴，要是被拐子賣到什麼髒地方，可就毀了。

冬寶有些猶豫，這小男孩可不像是莊戶人家的孩子，說的話也不一定都是真的，萬一有麻煩，她們孤兒寡母的可沒處說理去。

賣燒餅的老陳頭走過來看熱鬧，說道：「咦？是這孩子啊！我昨天就瞧見了，被那幾個年紀大的叫花子拿棍子攆著跑，摔地上跌了一跤，他不哭也不叫，爬起來就一溜煙地跑了。」

李氏她們在街上做了這麼多天的生意，同擺攤的鄰居們嘮得久了，也瞭解了集市的歷史。以前鎮上的叫花子結成了勢力，偷東西偷得厲害，嚴老爺管事後，嚴加約束叫花子，如果敢再偷東西，一律法辦，然而卻管不了老叫花欺負新來的小叫花。

「那就先住咱們家吧。」冬寶點頭笑道。要是這孩子被叫花子欺負壞了，她也於心不忍。收留這個孩子直到他那個「暴力狂」的爹找過來，就當是做好事了。

一行人回到塔溝集時，冬寶手裡就牽了一個又髒又小的孩子。

已經過了小滿，不少人家的麥子已經泛黃成熟了。鄉間的田野上，微風吹過，大片青黃交接的麥浪翻滾著，十分壯麗漂亮。

冬寶看著一望無際的麥田，心中羨慕不已，暗自下定決心，等還完了欠債，一定要買地！

一路上碰到不少鄉親，看到冬寶手裡牽著的小孩子，不少人都會好奇地問這孩子是哪裡來的。

冬寶坦然笑道：「是我妗子娘家的小孩兒，到我家裡來住兩天。」

鄉親們心中都有疑惑，這孩子怎麼打扮得跟個乞丐似的？卻都有默契地不再多問了。人家秀才娘子和冬寶不過是帶一個五、六歲的男孩回家，又不是帶一個成年漢子回家，沒啥好多事的。

進了冬寶家的大門，小男孩就好奇地東張西望，對什麼都很感興趣。冬寶見他對破舊的房舍沒有什麼抵觸鄙夷的情緒，這才放了心。這小屁孩要是敢嫌棄，她就敢開揍。

張秀玉先燒了一大鍋水，把水倒進了院子裡的大木盆後，對小男孩笑道：「過來，我們給你洗澡。」

小男孩扭扭捏捏了起來。「我……我自己洗。」

冬寶可不跟他客氣，把他拖了過來，不顧小男孩的掙扎，和張秀玉嘿嘿笑著，把小男孩剝了個光溜溜的，扔進了大木盆裡。

小男孩抹了把臉上的水珠，小臉臊得通紅，兩隻小手捂著自己前面的下身，大聲抗議道：「妳們倆扭過去，我自己洗！」

冬寶獰笑，伸手去撓他癢。「剛在鎮上的時候，是誰一個勁兒地脫褲子露屁股來著？」

小男孩被撓得在盆子裡不停地翻騰，躲閃著張秀玉和冬寶兩個女孩的「魔爪」荼毒，笑得幾乎要岔氣，還不忘反駁。「男孩和女孩的屁股長得都一樣，有什麼不能看的？」

「那你捂著前頭幹啥？」冬寶逗他。

小男孩笑得幾乎要斷氣了，水花濺了一地。「男女授受不親，不許看！」

冬寶抹了把被小男孩翻騰而濺到臉上的水，笑道：「小樣兒，懂得還不少啊！」

李氏從灶房裡出來時，就看到兩個姑娘「欺負」一個小男孩，無奈地搖頭笑道：「妳們倆都多大了？別欺負人家。」

被冬寶和張秀玉搓洗乾淨的小男孩換上了冬寶的衣服，披散著濕漉漉的頭髮，老老實實地坐在院子裡曬太陽。白淨的包子臉，黑亮的大眼睛，是個漂亮可愛的男孩子，只是臉上和腿上都有瘀青。

冬寶扔了他的衣服到盆子裡泡著，看了眼小男孩，不知道這孩子身上的傷是不是都是他爹打的？要是的話，他爹也太狠心了點，有個會家暴的父親，可不是什麼好事。現在想來，宋秀才雖然不咋地，好歹沒打過她和李氏。

李紅琴這會兒上過來，看著坐在陽光下曬頭髮的小男孩，稀罕得不行，誇獎道：「挺俊的小夥子啊！」

小男孩臉蛋紅撲撲的，有些得意又有些害羞，驕傲地挺了挺小胸脯。

「你叫什麼名字？多大了？」冬寶問他。

小男孩左顧右盼，裝作打量院子，反問了冬寶一句。「妳先說妳叫什麼？」

冬寶笑道：「我叫冬寶。你呢？」

等了半天，小男孩才撓頭說道：「……我叫小旭，六歲了。」

冬寶虎了臉。「是真名嗎？敢說假話就攆你滾蛋！」說個名字也要這麼半天，有古怪！

小男孩急了。「我真的叫小旭！」

「那好吧。」冬寶點點頭，這娃兒一看就是個聰明機靈的，但願他沒說謊就好。

小旭算是看出來了，在這個家裡，只有冬寶不好糊弄，他一說話，冬寶姊姊臉上就是一副「你糊弄鬼去吧！」的表情，著實叫他垂頭喪氣不已。

因此，為了能給自己找一個供自己吃穿住的長期飯票，小旭決定把冬寶作為重點攻略對象。不管冬寶走到哪裡，小旭都跟在身後，嘴巴甜甜地叫姊姊。

冬寶蹲在地上揀豆子，小旭立刻去搬小板凳，塞到冬寶屁股底下，殷勤得要命。

冬寶舒舒服服地坐在小旭塞過來的凳子上，一邊揀豆子，一邊對他說道：「小旭，你也看到了，我們家窮得很，還欠著好多外債，你要是在我家裡住，肯定沒你家裡住得舒服。」

小旭搖搖頭，囁嚅道：「我不回家，我爹會打死我的……」說著，黑亮的眼睛裡掉出了兩滴眼淚。

冬寶立刻心軟了，擺手道：「算了算了，你不願意回家，就先住下吧。」

午飯是冬寶掌勺，一個家常豆腐、一個魚頭豆腐湯。小娃子一點兒也不客氣，一邊叫著好吃，一邊風捲殘雲。

「看把這孩子餓的……」李紅琴在一旁嘆道。

吃過午飯後，林實帶著全子過來了，不等林實吭聲，冬寶便拉著林實到一邊去，說道：「大實哥，這個孩子是我們從集市上撿來的。」

林實哭笑不得，一個活生生的孩子也能撿到？冬寶還真不是一般人。

「他家裡人呢？」林實小聲問道。

冬寶搖搖頭，說道：「不知道。明天我們去打聽打聽，看誰家的孩子不見了。」

林實比冬寶考慮得要多一些，想了下後，對冬寶說道：「要是他家裡人來者不善，妳別逞強出頭，快些到我家裡來找我和我爹。」上回這小丫頭跑去找二狗那樣的無賴理論，可真是把他嚇怕了，不得不多叮囑幾遍。

為了寬林實的心，冬寶鄭重地點了點頭，心裡甜蜜蜜的。老天對她還是不錯的，給了她一個青梅竹馬的大哥哥，真好！林實和她是想到一塊兒去了，要是真碰上來找事碰瓷的，她肯定去林家搬救兵。

午飯後一向是幾個孩子的學習時間，學的仍舊是林實手上那本《幼學鴻蒙》，這麼多天下來，冬寶基本上已經認完了書中的字。

冬寶本來是想叫小旭一起學認字的，後來想了想，看小旭的衣著打扮不像是窮人，便沒有開口。

幾個人認認真真地拿著樹枝在地上練字，小旭在一旁裝作絲毫不感興趣的樣子，仰頭望天，然而卻時不時地瞟過來一眼，最後還是按捺不住好奇，走了過來。看到幾個人在地上寫的字，小旭眼珠子一轉，背著手昂著下巴，一個接一個地唸了出來。

全子驚訝地看著小旭，這孩子比他還小幾歲，居然這些字都認得！「你好厲害啊！」全子欽佩不已，真心實意地稱讚道。

小旭的小下巴揚得更高了，瞥見了林實手裡的書，書本都翻舊了，封面也破損了，只能看到「幼學鴻蒙」四個字。

「你怎麼不教點別的？」小旭好奇地問道。

林實溫和地搖了搖頭。「我只學過這一本書。」他只讀了一年的私塾，跟著夫子啟蒙之後就沒再去唸書了。

小旭看向林實的眼光立刻就輕蔑了。「你都這麼大了，才只唸了《幼學鴻蒙》？我四歲那年，就把《幼學鴻蒙》背完了。」言外之意是：你真笨！

林實低頭笑了笑，要是家裡有條件讀書，他肯定願意繼續唸下去的，當年夫子也誇他聰明，回家幹活可惜了。然而他並不生氣，小旭只是個小孩子，犯不著跟他一般見識。

「你胡說八道什麼！」冬寶從地上跳起來罵道，她見不得別人說林實不好。

冬寶的聲音尖利嚴肅，嚇得小旭往後倒退了兩步。這個姊姊大部分的時候都是笑著的，漂亮和氣得很，沒想到發起火來瞪著眼睛的樣子這麼嚇人。

「我也能教你們認字。」小旭指著林實說道：「我認的字比他多多了！」

林實笑得眼睛彎成了月牙，拉著冬寶示意她莫要發脾氣。他說不清為什麼，但看到冬寶因為他而惱火小旭，他開心得很。

有了林實求情，冬寶便不好再發火了，不鹹不淡地說道：「我們用不起你這麼厲害的夫子。」

小旭在旁邊扳著手指頭站了半天，也不見冬寶幾個搭理他，他覺得很沒意思，厚著臉皮蹭到冬寶跟前，大聲唸著冬寶寫下來的字。

冬寶低著頭，臉上實在繃不住笑，乾脆頭一扭，裝作旁邊沒這麼個聒噪的人。

小旭可繃不住了，再聰明也不過是個六歲的孩子，到了人生地不熟的塔溝集，唯一能依靠的，就是給他吃豆花的冬寶姊姊，他剛才的所作所為，其實就是想引起冬寶注意罷了。心裡害怕，小旭乾脆哭了起來，抽抽噎噎的，委屈得不行，屁股疼也不敢坐，就蹲在地上哭，小肩膀還哭得一聳一聳的。

這下不能裝作看不到了，冬寶扔了手裡的樹枝，說道：「你哭什麼啊？我們又沒欺負你。」

小旭怕冬寶不要他了，抽抽搭搭地哭道：「我爹不要我了，連妳也不要我了！」

冬寶看著哭得跟花貓一樣的小旭，暗自感慨自己的心還是不夠硬，看到小正太哭就心軟。她柔聲說道：「我沒有不要你啊，是你不對，先嘲笑大實哥的。」

「那是因為你們都不理我！」小旭抹了眼淚，理直氣壯。

冬寶瞪了他一眼，說道：「你先跟大實哥道歉，我們就理你。」這娃兒到底是誰家的啊？看被慣得成啥樣了！

小旭看了眼笑咪咪的林實，那笑容讓他覺得有點頭皮發麻，最後只好硬著頭皮說道：「大實哥，我錯了，你別生我氣。」

「怎麼會呢！」林實笑著搖了搖頭。

小孩子其實是不記仇的，前腳還在吵啊打啊，後腳就能玩得跟親兄弟似的。幾個人很快就融入到了一起，小旭也認認真真地在地上寫字，冬寶仔細看了下小旭的字，骨架勻稱，字體不錯，像是練過幾年的。

這孩子本性還是不錯的，只不過獨占慾有點強，要是冬寶和大實多說了幾句話，他就會立刻搶上來抱著冬寶的胳膊，非得和冬寶多說幾句才行。

學完了字後，林實留下來幫冬寶揀豆子，全子帶著小旭跑出去找村裡頭的男娃兒們瘋玩了。揀完了豆子，冬寶就拉著林實調滷汁，各種調料用多少、怎麼配、怎麼煮，都說了個清楚。

初夏的下午，明亮的陽光斜射入了灶房，冬寶專注地看著爐子上的小鍋，時不時地動手攪一下，小姑娘白淨的臉和鮮紅的唇，看起來格外地誘人。

看著冬寶鼻尖上的汗水，林實忍不住伸出手，輕輕擦掉了小姑娘鼻尖上的汗珠，然而收回手的時候，覺得手指像被火燒了一般，一顆心咚咚跳得厲害。林實看了冬寶一眼，發現冬寶也在看他，便強作鎮定地說道：「寶兒，天太熱了，妳出去歇會兒，我看著就行。」

「那哪行？」冬寶笑著搖頭，人家來免費幫工的都不嫌熱，她怎麼能嫌熱？「大實哥你更熱吧？臉都熱紅了。」

林實心跳得更厲害了，生怕冬寶看出來什麼，趕緊低頭在鍋裡猛地翻炒了幾下，轉而笑道：「寶兒，這滷汁啥的，妳都教會我怎麼配了，合適嗎？」

「有什麼不合適的？」冬寶白了林實一眼，哼了一聲。「你是外人嗎？」

他怎麼會是外人！

林實笑了起來，心裡熨貼不已，看著冬寶的眼神滿是喜愛。

第三十九章 黃氏病了

晚上睡覺的時候，李氏讓小旭睡到了她和冬寶中間。小旭頭一次在冬寶家睡覺，興奮得有些睡不著，一會兒抱抱旁邊的冬寶姊姊，一會兒抱住了李氏的胳膊，李氏怕他吵得冬寶睡不好，便把小旭摟進了懷裡，拍著他的小屁股讓他睡覺。

小旭把頭埋在李氏懷裡，蹭了蹭，喃喃說道：「娘摟著兒子睡是不是就是這樣的？」

李氏心裡一酸，低聲問道：「你娘沒摟過你睡？」

小旭悶聲搖了搖頭。「我娘早沒了，我都不記得她長什麼樣子。」

李氏對小旭更心疼了，摟著小旭說道：「睡吧，大娘摟著你睡。」

然而話音剛落，冬寶家的大門就被人拍得震天響，小黑在院子裡大聲狂吠個不停。

宋二叔在門外大聲吼叫道：「大嫂，快給我開門，出大事了！」

冬寶剛睡著，就被宋二叔吵醒了，滿肚子的火氣。

李氏的臉色也不好看，藉著星光和冬寶對視了幾眼，拿不定主意要不要去開門。

這會兒上，李紅琴披著衣裳進了她們屋裡，悄聲說道：「都這麼晚了，要不算了，別搭理他。」

李氏想了想，起身說道：「我去看看咋回事。」

冬寶攔住了李氏，麻利地穿好了衣裳，說道：「娘妳別去，我去看看。」她如今就是小孩子一個，即便辦了啥不合規矩的事，也沒人能拿她怎麼樣，頂多說她小孩子不懂事。

等冬寶下了床後，小旭立刻從床上一骨碌地翻了下來，跟著冬寶跑了出去。

冬寶見他跟了過來，小聲叮囑他不要出聲，就拉著他往大門走，去灶房點燃了一根柴禾，當火把舉著，打開了大門上的小門洞。

「二叔，這麼晚了啥事啊？」冬寶打著哈欠問道。

宋二叔看了眼天色，不過是剛天黑罷了，便瞪著眼睛，不悅地說道：「這才什麼時辰，妳們就睡下了？」

冬寶涼涼地說道：「我跟我娘一更就要起床磨豆子了，當然睡得早，比不得二叔有福氣，能睡到日上三竿。」

「小兔崽子嘴倒是利。」宋二叔悻悻地哼了一聲，卻沒在這個問題上多糾纏，伸頭往門洞裡看。然而黑燈瞎火的，除了火把下的冬寶，他也看不到什麼。「妳娘呢？我找妳娘有事。」

冬寶搖頭。「我娘今天身子又不舒服了，睡過去了，沒醒。」

「妳把她叫起來，我有要緊事。」宋二叔不耐煩了。

「都說了，我娘身子不舒服，我剛喊了半天都沒喊醒。二叔，你也知道，上回吧，就是我娘病了那次，大夫說了，剛開始病的時候不給看大夫用藥，現在落下了病根，身子就不如以前了。」冬寶慢吞吞地說著。反正李氏身體不好，就是宋家人當初不給看病的結果。

宋二叔瞪眼說道：「咋？妳娘身子不舒坦，還賴上我了？妳們一天掙那麼多錢，咋不去找大夫看看？」

「二叔，你到底啥事啊？你剛說出大事了，出啥大事了？要是沒事，我就關門了。我們後半夜就得起床磨豆子，可比不得二叔清閒。」說著，冬寶還應景地打了個大大的哈欠。

就在冬寶伸手關小門洞的一剎那，宋榆伸手擋住了，在火把的照耀下，宋榆的臉色十分陰沈。

「等等！冬寶，真是出大事了！妳奶病了，病得可厲害了！」

冬寶驚訝不已。「我奶病了？啥病啊？」

不等宋榆開口，站在冬寶旁邊的小旭就拉了拉冬寶的衣袖，他個子矮，站在冬寶旁邊有門擋著，宋榆也看不到他。

小旭在冬寶耳邊小聲說道：「我聽全子說，中午妳奶奶和妳二嬸吵得可厲害了，他中午飯都沒吃好，被那兩人的聲音震得耳朵都嗡嗡響。」

冬寶了然地點點頭。沒了李氏幹活，兩個人又都不是勤快人，不吵才怪。黃氏自從上回來叫她們母女回家一事，就恨上了冬寶和李氏，就是在路上碰到了，也要別過臉，往地上狠狠啐一口，指著路邊的野草都能往李氏、冬寶身上罵，這麼「活力十足」的人會生病？

「我哪知道是啥病？得請大夫才能看得出來。」宋榆說道。

「那二叔你咋不去請大夫啊？到我家來幹啥啊？我跟我娘都不是大夫。」冬寶不鹹不淡地說道。

宋榆嘆了口氣。「冬寶，請大夫不得花錢啊？咱家裡啥情況妳不清楚？哪有錢給妳奶請大夫啊！」

冬寶心中警鈴大作，看吧，東拉西扯這麼半天，終於奔到正題上了。

見冬寶不吭聲，宋榆趕緊說道：「冬寶啊，妳跟妳娘分出去過了，按理說，二叔不該找妳跟妳娘的，可這不是沒辦法嗎？妳奶是長輩，長輩的事大過天，誰也不能看著妳奶躺床上病著啊！」說著，宋榆大手一揮，凜然道：「這事妳作不了主，去把妳娘喊過來，我跟她說！」

冬寶皺起了眉頭。

宋榆大半夜地跑來說奶奶病了，要錢請大夫，明眼人一看就是假的，來騙錢的。之所以要李氏出來，那是因為他看準了李氏善良、臉皮薄，他這麼嗷嗷叫著一說，李氏肯定抹不開面子，給他錢了，而且還不能給得少了。

但冬寶覺得，這個錢不能給。當初一個個都想賣了她換錢，如今她辛苦勞累掙了錢，還要孝敬他們？別逗了！

況且，這次給了，宋榆嘗到了甜頭，以後三天兩頭地找藉口來要錢，那怎麼辦？宋榆雖然沒什麼心機，可勝在臉皮夠厚，啥事都能幹得出來。

「二叔，你騙誰啊？」冬寶笑嘻嘻地說道。「我奶身子那麼好，咋會突然就病了哩？我奶要是真病了，你不去鎮上請大夫，到我家幹啥啊？」

宋榆又急又氣，用力地拍了下門，瞪著眼大聲嚷道：「不是說了嗎？沒錢請大夫！二叔要是有錢，還能看著妳奶病著？趕緊的，叫妳娘起來！不是二叔嚇唬妳，妳奶病了，妳娘就得去跟前伺候，否則咱村裡頭的人都不能饒了妳娘！」

嚇唬誰啊！冬寶冷笑。撇開黃氏怎麼對待她和李氏不說，黃氏有丈夫、有兒子、有兒媳婦，黃氏病了，正經兒子不去照顧，反而到分家出去的寡嫂門口大呼小叫，理在誰那邊啊？

「這樣吧，二叔，你先去鎮上請大夫，給我奶瞧病要緊。」冬寶說道。反正她是打定主意了，今天晚上絕不出去。

「妳個小兔崽子，耳朵聾了不好使啊？」宋榆耐心告罄，跳腳罵道：「老子沒錢！沒錢咋去請大夫？」

冬寶還未吭聲，一旁的小旭已聽得氣憤不已，忍不住了，一板一眼地大聲說道：「你少罵人！你娘病得不行了，你不去守在跟前給她請醫問藥，是不孝！夜裡跑到寡嫂門口大呼小叫、恃強凌弱，是不義！」小旭頭一次覺得夫子教給他的東西是有用的，至少罵這個討厭的宋二叔就挺有用的。

宋榆就算沒唸過書，也能聽懂人家在罵他啥，立即插腰往門洞裡瞄，罵罵咧咧地問道：「這小兔崽子是誰？」

冬寶含糊地說道：「是我大舅家那邊的孩子。二叔，我娘今天晚上也不舒服，我得去照顧她。你趕緊去給我奶請個大夫吧，別耽誤了我奶的病。」

說著，冬寶就伸手重重地關上了門洞。然而馬上地，冬寶又打開了門洞，笑咪咪地對門外頭的宋榆說道：「二叔，鎮上統共兩家醫館，那裡的大夫我和我娘都熟得很，你把大夫請來了後，就喊我過去，都是熟人了，他肯定得給我奶好好看病。」

她差點忘了，當初她們就是找人來冒充大夫的，萬一宋榆也想了這招，和「假大夫」聯合起來獅子大開口地要診費可就麻煩了。

宋榆氣得在門外重重跺了一腳，站在門口罵罵咧咧了半天，也沒有人再搭理他，只得悻悻地回家去了，一路上都在罵李氏和冬寶黑心眼、喪良心，老人病了都不顧。

李氏披著衣裳站在門口，滿臉的憂心忡忡，問道：「咋回事啊？」

冬寶搖頭道：「說是我奶病了，要錢請大夫，不過我瞧著不是那麼回事。」

李氏躊躇了一下，跟冬寶商量道：「咱們是不是得回去看看？」雖然分家分出來過了，她還是老宋家的大兒媳婦，長輩生病了，她們不能一點表示都沒有。孤兒寡母的獨立門戶過日子，底氣不足，怕被人說閒話。

「娘，咱們明兒個還做生意嗎？」冬寶問道。去了宋家，不知道什麼時候才能回來，後半夜可就起不來了。

一提到生意，李氏就沒有剛才那麼兩難了，沒有什麼比掙錢還債更要緊的！

「那還是等明天咱們收攤回來再去看看吧。」李氏說道。

冬寶搖頭道：「明天也不用去看，我問二叔我奶啥病，他說不出個一二三來。要是真得了病，啥症狀總會說吧？肯定是裝的，咱要是去了就著了他們的道。」

李氏點點頭，如今她都聽閨女的，閨女說啥就是啥。

李紅琴搖頭嘆道：「宋家人是見不得妳們有一點好，妳們身上還背著那麼重的債，咋還問妳們要錢啊？」

冬寶冷笑了兩聲，要是宋榆和黃氏能夠就此安分，她不介意多少照顧一下，但宋榆和黃氏非得要從她們身上刮油水，那就抱歉了，她什麼都不會給的！

第二天，李氏和李紅琴出去賣豆花，順便向幾個熟客打聽這附近有沒有誰家的小男孩跑不見了的？問了好幾個人，都說不知道。

今天的豆腐賣得比之前好多了，冬寶和張秀玉帶著小旭過來的時候，一個大嬸一口氣要十斤豆腐，說家裡的麥子熟了，明天就開始割麥，沒時間來趕集，豆腐做菜好吃，要多買些回去備著。

「大嫂，這天兒熱，妳買這麼多回去，怕是到明天就放壞了。」李氏勸道。

大嬸有些猶豫，說道：「我放井水裡鎮著，能多放兩天吧？」

「那也不行。」冬寶搖頭道。「嬸子，當天買的豆腐得當天吃，要是農忙時候吃壞了肚子，那也耽誤事兒啊！您還是買兩斤回去，今天吃就好了。」

大嬸呵呵笑了起來。「人家做買賣都是恨不得讓買家買得越多越好，妳們家偏跟別家反著來，在妳們家買東西，我放心。我就買三斤吧，家裡小子多，三斤豆腐也就吃一頓飯。」

冬寶給她秤了三斤豆腐，又切了一小塊當添頭，放到了大嬸的籃子裡，笑得甜甜的，說道：「嬸子明天再來買啊！」

大嬸子搖頭道：「明天就割麥子了，哪有時間來趕集買豆腐？我們村裡頭好多人家都愛吃妳們家的豆腐，但割麥的時候忙得連做飯的工夫都沒有，想吃也沒空買了。」

等客人走了，李紅琴便說道：「等兩天我跟秀玉也得回去看看，估計趕集的人也少了。冬寶，這生意是不是得停兩天？」

冬寶想了想，說道：「我覺得這幾天要是賣豆腐，肯定賣得更好。」豆腐雖然只賣兩文錢一斤，可農家人節省慣了，不是所有人天天都買豆腐吃的。然而農忙時候，不管家境多不好的人家，都不會在吃食上摳門了，因為要是吃得不好，幹活沒力氣，會影響收成。

「要是咱們能把豆腐擔到他們村裡賣，肯定賣得好。沒錢的人家，拿麥子換、拿豆子換都行。」冬寶說道。以前她爸爸就是騎著一輛大自行車，到各個村子叫賣豆腐，攢下了第一桶金的。

李氏點點頭，這法子好，莊戶人家也不是天天趕集的，像宋家，就把著不讓媳婦兒出去趕集，生怕媳婦兒多花錢。要是能把豆腐擔到人家家門口，用自家出產的糧食也能換豆腐，肯定不愁賣。然而，最終李氏還是搖了搖頭。「咱沒人手。」

「咱可以找人來賣。」冬寶說道。「村裡頭有的人家地少人多，農忙的時候用不了那麼多人，都跑去做短工了，賣豆腐不比打短工輕鬆多了？」

快到中午了，冬寶和張秀玉擔著飯菜去了李立風的鋪子，小旭也趕緊跟了過去。一路上小旭都很聽話，低著頭躲在冬寶背後，生怕別人瞧見他似的，冬寶看他一副作賊心虛的模樣，也不戳穿他。李氏逢人就打聽誰家丟孩子了，她有預感，過不了兩天，小旭的家裡人就該找上門來了。

兩人擺好了攤子後，學生還沒出來，張秀玉便問道：「昨晚上妳二叔來鬧那麼一場，是不是妳奶真病了？」

冬寶說道：「我瞧著不像，要是真病了，肯定大晚上的就領著大夫來要錢了。」

張秀玉點了點頭。「以後妳們還是躲著妳二叔和妳奶吧，見天地想么蛾子來糊弄錢，心術不正。」

正說著話，學子們就下課了，拿著飯碗排著隊，在冬寶的攤子上買餅子、打熱菜。

輪到周平山和他朋友時，冬寶笑了笑，給他們倆一人多打了半勺菜。他們這些日子，天天都來吃飯，冬寶和他們已經相當熟了。

「冬寶，妳們明天就不用來了。」周平山說道。「明天我們書院就放假了，放六天的農忙假。」

他話音一落，身後的學生們都七嘴八舌地附和起來。

「對啊，小姑娘，明天我們就走了，這幾天妳們就不用來了。」

書院裡的學子大部分都是莊戶人家出身，回家還是要作為勞力參與生產的，而且不光書院放假，連鎮上的鋪子也要給夥計們放假，回家收麥子。

「好啊！」冬寶點點頭。

中午收攤後，冬寶去了老成叔的鋪子。

瞧見冬寶，老成叔笑得見牙不見眼，問道：「冬寶，又要豆子啊？跟以前一樣，來一百斤？」

冬寶笑道：「讓貴子哥送兩百斤過來吧，也省得貴子哥麻煩。」

「他麻煩個啥？閒人一個！」老成笑道。

要走的時候，冬寶像是突然想起了什麼，問道：「大叔，今天你見著我奶了嗎？」

老成想了想，點頭道：「見著了，上午還來打瓶醋。咋啦？」

「哎！」冬寶裝模作樣地嘆了口氣，更勾起了老成叔的興趣，這才壓低了聲音說道：「大叔，咱們都是熟人了，我也不瞞你。昨天夜裡，我二叔到我家來，又是踹門又是叫的，說我奶病得厲害，要我們家出錢，讓他去給我奶請大夫。大晚上的，我跟我娘哪敢開門啊！」

老成叔往地上啐了一口。「妳甭搭理他！他就是不學好，竟咒起自個兒的老娘來了！妳放心，妳奶好得很！」

冬寶點頭笑道：「有大叔你這話，我就放心了。大叔，昨晚上有幾家人都聽到我二叔嚷嚷，說我娘不孝順……」

老成是個精明人，當下就說道：「冬寶妳放心，只要聽到有人說啥，大伯保准給他說清楚。」

「那就謝謝大叔了。」冬寶笑道。

第四十章　小旭的父親

中午吃過飯，大家商量了下，決定這幾天不做生意了，於是李紅琴就帶著張秀玉回張家村了。

李紅琴和張秀玉走後沒多久，秋霞嬸子就帶著林實和全子過來了。林實手裡提著一個大竹籃，裡頭裝滿了菜。

李氏沒有和她客氣，接過了籃子笑道：「送這麼多菜幹啥？冬寶她大姨剛帶著秀玉回家了，就我和冬寶兩人，吃不了多少。」

秋霞笑道：「地裡的菜多得很，要是不摘，就爛菜地了。」

幾個人圍在一起聊天，冬寶便說了昨天晚上宋二叔來鬧著要錢的事。

「宋奶奶才沒病呢！」正在和小旭玩的全子嚷了起來。「今天中午又跟宋二嬸對著罵了，罵得可凶哩！」

「她們吵啥啊？」冬寶問道，沒想到宋二嬸居然敢跟黃氏對著吵。

全子抱怨道：「宋奶奶罵二嬸懶骨頭、腚溝子癢啥的；二嬸罵宋奶奶是黑心腸的老貨，有錢全給宋三叔了，不顧孫子……」

林實皺了皺眉頭，斥責道：「都是些什麼不乾不淨的話，你也跟著學？」

全子說道：「我也不想聽啊，她們吵的聲音那麼大，捂著耳朵都能聽得清楚。二嬸還嚷著要分家，宋奶奶說分家可以，就按冬寶姊妳家的標準分，西廂房給他們，其餘啥都沒有。」

冬寶覺得黃氏真是個奇葩，只有宋柏是她心頭肉，如果危害到了宋柏的利益，她對孫子也能狠得下心來。

「照冬寶她奶這個分法，她二嬸肯定不願意。」李氏搖頭道。「那可是個半點虧都不能吃的主兒。」

「宋二嬸說按男丁的人頭分，她肚子裡的毛毛也算一個。」全子笑嘻嘻地說道。

冬寶哭笑不得，宋二嬸天天嚷嚷著肚子裡是個「金孫」，要是生出來是個女孩，看她怎麼辦。

「天天鬧得叫人不得安生。」秋霞嬸子嘆了口氣。「冬寶她奶一輩子就那樣了，咱不說啥，可冬寶她二嬸還懷著毛毛，也不怕傷著孩子。」

李氏感嘆道：「她二嬸膽子真大，我就不敢跟冬寶她奶強一句嘴，這十幾年了，她說啥我就得去幹啥，就怕她罵人。」

「娘，我奶就是瞅準了妳怕她罵人這點，才可著勁兒地欺負妳。」冬寶說道。

要是李氏和宋二嬸一樣，懶滑潑辣，也不至於受欺負。不過冬寶覺得，即便李氏不那麼老實善良，也不一定能過得好，因為她那個秀才爹可是個以孝為天的，要是李氏敢有半點怠慢了宋家人，還不定怎麼跟李氏鬧呢！

「大娘，冬寶說的對，以後要是宋奶奶再來說什麼要妳們回宋家的話，妳可千萬不能鬆口。」林實鄭重地說道。

李氏笑著點頭。「這事我心裡頭有數。」以後的日子她得護著閨女，不讓冬寶受宋家人欺負。

全子帶著小旭出去玩了，秋霞嬸子和李氏拉了會兒家常便起身告辭，說明天家裡就開始收麥了，得回家準備準備。秋霞嬸子除了忙地裡的活兒，還得做飯，送飯到地頭。

冬寶聞言，對秋霞嬸子笑道：「嬸子，這幾天我們家不去賣豆腐，我跟我娘做好了飯給你們送過去。」

「這哪行啊？」秋霞嬸子不好意思了。「妳們才兩口人，我們一家可是五口。況且這大熱天的，做飯累人著哩！」

李氏擺擺手。「就這麼說定了，妳要跟我客氣，不是把我當外人嗎？」

秋霞嬸子笑道：「那我也不和妳客氣了，明天讓大實給妳們送菜過來。我家當家的要是知道能吃上冬寶燒的菜，肯定暗地裡偷著樂。」

「林叔喜歡吃就好。」冬寶笑道。

秋霞嬸子他們剛走，貴子就推了個架子車過來了，喊了一聲「秀才嬸子」，就把車推進了院子，卸下了車上的豆子。

李氏笑著應了一聲，去屋裡給貴子拿錢。

冬寶腦袋裡的一根弦頓時就接上了，她不是發愁沒人幫著賣豆腐嗎？貴子哥就是現成的好人選啊！

等貴子走了後，冬寶便和李氏商量。「娘，妳瞧貴子哥咋樣？咱們做了豆腐，讓他下午的時候挑著到別的村去賣，行不行？」

李氏覺得這主意不錯，老成家地少，要不然也不會想著開雜貨鋪掙錢，貴子人也挺老實憨厚的。「成，等會兒咱們就去跟妳老成叔說一聲，他肯定願意。」李氏說道。

下午的時候，冬寶泡上了三十斤豆子。來幫忙磨豆子的桂枝今天早上已經和李氏說過了，這幾天不能來上工，李氏給她提前結了工錢，桂枝歡天喜地地回家去了，臨走前一個勁兒地保證忙完了地裡的活兒就來上工。

冬寶跟李氏算了下，做自己家和林家的飯菜，一天得要五斤豆腐，剩餘的還有八十多斤，都給貴子挑著，讓他試試行情怎麼樣。

李氏坐在井邊清洗著林實送來的菜，笑道：「妳看著辦就行，賣不完咱們就給村裡頭人分了，瞎不了。」

瞎不了是塔溝集的土話，意思是浪費不了。

「哎！」冬寶笑著應了。她挺喜歡李氏這點的，做什麼都和她商量著來，尊重她的意見。

這會兒上，家裡的大門被人敲響了。

冬寶連忙起身問道：「誰啊？」

「是冬寶家不？」門外的人喊道。「我是鎮上的梁哥！」

冬寶詫異地和李氏對視了一眼後，連忙跑去開了門，只見梁哥領著一個三十歲左右的男子站在門口，等冬寶開了門，男子就急切地往院子裡張望。

「梁哥，你怎麼找到我家來了？」冬寶笑著問道。

梁哥對冬寶介紹道：「冬寶，這是咱沅水鎮的所官，嚴大人。」

冬寶十分驚訝。

李氏更是恭敬地行了個禮。「見過嚴大人。」

所官相當於鎮長，並不是大肅嚴格意義上的「官」，只能算作沒有品級的「吏」。然而對於平頭百姓來說，這個沒品級的吏，已經算是大過天的父母官了。

嚴大人三十出頭，面容黝黑，表情十分嚴肅，不苟言笑的模樣，真應了他的姓氏——嚴。

「不必多禮。」嚴大人問道：「妳家是不是收留了一個男孩？」

李氏心裡有些慌了，點頭道：「是……我們是看他可憐，才叫他到我們家的……」民遇上官，有理也說不清。萬一給她們安一個拐子的罪名，便是跳進黃河也洗不清了。

「大嬸子，妳別怕。」梁哥連忙寬慰。「我們知道妳是好心，不是那壞良心的拐子。」

冬寶也趕緊開口了。「我們就是看他可憐才帶他回家的，今天我娘跟我大姨還在鎮上打聽誰家丟了孩子，要是他家裡頭有人來認，就把孩子還回去。」

嚴大人急忙問道：「那孩子呢？」

這會兒，全子、栓子和小旭三個男娃正勾肩搭背地從大路上繞過來了，好得跟親兄弟似的。

然而，小旭一瞧見門口的嚴大人和梁哥，立刻跟老鼠見了貓似的，拔腿就往外跑。

嚴大人氣得捋著袖子追了過去，厲聲叫道：「給我站住！」

小旭是個孩子，跑沒兩步就被嚴大人捉住了，頭朝下，被挾在胳肢窩裡帶了回來，手腳還在空中亂彈蹬，不停地叫。「放我下來！放我下來！」

嚴大人啪的一巴掌，結結實實地掄到了小旭的屁股上。

小旭頓時號啕大哭了起來，嗷嗷叫道：「你打死我好了！你打死我就能娶新媳婦了！」

嚴大人的臉瞬間黑得像鍋底，啪啪啪又是幾巴掌打了下去。

李氏急了，顧不得那麼多，上前攔住了嚴大人，勸道：「大人，孩子不懂事，您多和他講講道理，別光打孩子啊！」

梁哥也趕緊來勸，拉住了嚴大人要再打下去的巴掌。「老大，小旭不懂事，你別生那麼大氣，親父子哪還有隔夜仇的啊！」

親父子？冬寶愣住了，原來這個嚴大人就是小旭嘴裡那個不懂「家暴」，還要娶後娘的爹！

嚴大人顯然是被小旭氣得不輕，皺眉嚴厲地問道：「你知錯了沒有？」

小旭哭得撕心裂肺的，手腳在空中彈蹬著，間或還叫上一聲「你打死我吧！反正你也不喜歡我！」。

李氏急得直拍腿，在一旁苦勸。

「嚴大人，有話好好說，莫打壞了孩子啊！」

梁哥跑過去，把小旭從嚴大人胳膊下「搶救」了出來。

小旭腳一著地，立刻就撲進了旁邊李氏的懷裡，號啕大哭了起來，還直打嗝。其實冬寶覺得嚴大人並沒有用多大力氣，看起來巴掌揚得高高的挺嚇人，實際上落下去的時候沒多大的聲響。

主要是這小子太能嚎了，驚天動地的哭聲把四鄰都召集過來看熱鬧了。

槐花奶奶悄聲問冬寶。「這咋回事啊？」

冬寶小聲回道：「那是我家親戚，管教不聽話的小孩呢！」

梁哥在一旁對村民們揮手笑道：「散了吧，教訓孩子有啥好看的。」

小旭哭了大半天，也哭累了，噙著兩泡淚，委委屈屈地坐在李氏腿上，抱著李氏的胳膊，時不時還抽泣兩聲，別著頭不去看嚴大人。

梁哥看看小旭，又看看黑著臉背手站一旁的嚴大人，琢磨著他得出面打個圓場。他走到李氏身邊，對小旭笑道：「你看你這孩子，偷偷跑出來這麼多天，可把你爹給嚇壞了。」

小旭哼了一聲，頭一扭，給梁哥留了一個後腦勺。

梁哥笑嘻嘻地轉了個方向，面對著小旭，繼續說道：「你跑出來這幾天，你爹都急壞了，天天到處跑著找你呢！走吧，回家去吧！」

「我不回！」小旭大聲嚷道，偷偷瞄了眼不遠處的嚴大人。「我就住這裡，跟冬寶姊和大娘住一起！」

梁哥搖頭道：「你咋不問問人家願不願意讓你住啊？」

冬寶拿了濕帕子過來，用力地給小旭擦了把哭成花貓一樣的臉，板著臉說道：「才不讓你住！你這小孩嘴裡沒一句實話，當初碰見你的時候，你還說你家是安州城的。」

冬寶的態度成功地唬住了小旭，小旭低著頭，吶吶地說道：「我要是說我家就在鎮上，妳肯定不讓我跟著妳一起回家……」

「以後要乖乖聽話，別不吭聲地跑出來了，萬一遇到拐子，可就壞了。」冬寶嘆道，摸了摸小旭的頭。

小旭嗚嗚地哭了起來，扭身撲到了李氏懷裡。「我不回家！」這裡多好啊，冬寶姊姊做飯好吃，還有一群小夥伴玩，他才不要回家哩！

冬寶發現嚴大人的臉色又陰得要下雨了。

李氏輕輕拍了拍小旭的後背，對嚴大人說道：「嚴大人，民婦多嘴說句話。小旭還小，幹了啥錯事，您好好跟他說說道理，這孩子聰明，明白了道理後肯定聽您的話。」

嚴大人看了李氏一眼，沈默地點點頭，伸手就要從李氏懷裡接過小旭。

小旭卻抱著李氏的脖子不撒手，嗷嗷哭叫道：「我不回家！他要給我娶個後娘進門，到時候跟著後娘一起打我！」

嚴大人伸出來的手就尷尬地停留在半空中。

李氏也尷尬不已，拍著小旭的後背哄道：「別亂說話，你爹不會打你了。」

小旭只埋頭痛哭，除了委屈，更多的是害怕。

「我不給你娶後娘。」嚴大人開口了，對小旭鄭重地重複了一遍。「爹跟你保證，不娶後娘。」

小旭抽抽噎噎地從李氏的脖子處抬起頭，小心翼翼地問道：「真的？」

嚴大人點點頭。「爹什麼時候騙過你？」

小旭嘟著嘴，低頭想了想，說道：「山根叔說你要給我娶後娘了，他們都說後娘可凶了……到時候你有了新兒子，就不要我了，任由後娘打著我……」說著，眼淚又撲簌簌地掉了下來。

梁哥在一旁跺腳罵道：「山根那是哄你玩的，回頭梁叔就揍他！」

冬寶跟著點頭，那個叫山根的還真是閒著沒事幹，哪能這麼逗小孩啊？瞧，逗出大事了吧！

小旭昨天換下來的衣裳已經洗好晾乾了，冬寶帶著他到屋裡給他換了衣裳，問道：「你在鎮上待了那麼多天，你爹咋就沒找到你啊？」

這會兒小旭已經平靜了許多，恢復了幾分往日的活潑和驕傲勁兒，得意地說道：「我跳到泥坑裡滾了幾滾，臉上、身上都是泥巴，我爹和我爹的那幫衙役，他們都不認得我了。」

「就你精！」冬寶哭笑不得，伸手擰了下小旭的耳朵，教訓道：「以後可不能再跑出來了，你要是真遇到拐子，可就再也見不著你爹了。」

小旭嘟著嘴說道：「我再也不跑了，沒東西吃，還被那群老叫花子欺負。」

這小子是典型的吃了虧才長見識，冬寶笑著問他。「你叫嚴旭？」

小旭搖搖頭，一板一眼地說道：「我叫嚴承旭。」
冬寶差點被自己的口水嗆到，呵呵乾笑了兩聲，誇獎道：「好名字！」
因為李氏和冬寶孤兒寡母的，不方便讓嚴大人和梁哥進院子，所以李氏便從家裡搬了兩個凳子到門口，請嚴大人和梁哥坐下，又跑去灶房煮了雞蛋茶招待兩人。
雞蛋茶就是紅糖水煮的荷包蛋，在莊戶人家算是相當體面的待客禮了。
嚴大人略略推辭了兩句，便接過了雞蛋茶，梁哥也跟著接了過來。
見李氏侷促地站在一邊，嚴大人道：「大嫂，您也坐，我還沒謝您收留小旭。」
李氏哪裡敢坐？這個嚴大人不苟言笑，面容嚴肅冷厲，又是沅水鎮的父母官，無形中更拉開了兩人之間的距離。
想了半天，李氏終於鼓足了勇氣，對嚴大人說道：「大人，昨兒在鎮上撿到他時，不知道餓了幾天了，可憐得很。嚴大人，您沒事可別打他了……」
梁哥噗哧地笑出了聲，看了眼臉色沈沈的嚴大人，對李氏笑道：「大嬸子，是不是小旭跟您說他爹無緣無故打他了？哈哈，嚴大人可不是無緣無故揍他的。這小子皮得很，趁夫子中午午憩睡著時，把夫子的鬍子剪得長長短短的，跟狗啃了一樣。嚴大人氣急了，才揍這小子的。」
「啊？」李氏驚訝不已，想想這小子，還真有可能幹出這種事來，是得好好管教一下。
冬寶領著小旭往院子門口走時，正好聽到梁哥的話，小旭氣得握著拳頭，蹬蹬蹬地跑了過去，噙著淚大聲嚷道：「我說了不是我剪的！是趙大正剪的，你們就是不相信我！」

「好，不是你剪的，梁哥錯了，冤枉你了。」梁哥笑著哄他。

小旭卻不依，他又不笨，梁哥明顯只是在敷衍他，根本不信他的話！小旭看了眼沈著臉的父親，拉著冬寶的衣袖，哽咽地說道：「冬寶姊，真不是我剪的，是趙大正剪的。」

冬寶相信不是小旭剪的，要真是他幹了壞事，挨一頓打也就過去了，不至於委屈地跑出來好幾天不回家，怕是因為自己唯一能依靠的父親不信任自己，所以傷透了心吧！

「我覺得不是小旭幹的。」冬寶笑著對小旭點了點頭。「而且夫子不是睡著了嗎？肯定沒瞧見是誰剪的。」

小旭委屈地拉著冬寶的手，抽噎著說道：「還是冬寶姊好！」

嚴大人走到了小旭跟前，彎下腰去抱起了小旭。

「爹也信不是你幹的。」嚴大人拍了拍小旭的背，說道。

小旭的眼淚掉得更凶了，氣恨恨地問道：「那你還打我？我都說了不是我幹的了！」

梁哥別過頭去偷笑。還不是這小子以前太皮，前科累累，夫子便覺得是小旭幹的，到家一告狀，嚴老大就火冒三丈了。

嚴大人被兒子問得愣了下，隨後抱緊了小旭，無奈地說道：「以後再也不打了。」

「真的？」小旭顯然是不相信。

梁哥哈哈笑了起來，捏了捏小旭還帶著淚痕的臉蛋，打趣道：「男子漢大丈夫，流血不流淚的。你看你這眼淚掉的，發大水似的，要把我們幾個都沖走了。」

「哼！」小旭臉頰通紅地瞪了梁哥一眼，又羞又窘，埋頭在嚴大人肩膀處，不肯見人。

嚴大人此刻才有了一絲笑容，拍了拍小旭的背，對李氏說道：「這位大嫂，多謝您收留了小旭，今天來得急，過後我把禮給補上。」

「大人客氣了。」李氏連忙擺手。「孩子在家裡住了一天而已，哪談得上個謝字？大人您莫要折殺我們母女了。」

嚴大人看了李氏一眼，他來的路上就聽說小旭待的這家是孤兒寡母獨立門戶，在鎮上做小買賣，在他的認知裡，商婦大多粗鄙潑辣，沒想到李氏母女說話做事有禮有節，也沒有乘機攀關係討好，讓他暗暗驚訝了下。

「那我們帶小旭走了。」嚴大人說道。

李氏拉著冬寶站在門口，低頭笑道：「您慢走。」冬寶還小，她一個寡婦，都不方便送客。

小旭趴在嚴大人的懷裡，有點捨不得走，看著李氏、冬寶還有全子、栓子離他越來越遠，忍不住大聲喊道：「冬寶姊，我還能來妳家嗎？」

冬寶笑了，也衝他大聲喊道：「能！」

小旭便開心地笑了，兩隻眼睛瞇成了月牙。

看他走了，冬寶居然有些捨不得，雖然這小子臭屁驕傲又賊精，但又幼稚得可愛。

全子、栓子也離開後，李氏帶著冬寶回到院子裡關上了院門。

冬寶對李氏笑道：「娘，妳現在嘴皮子比以前利索多了。」

以前在宋家的時候，李氏走在路上遇到不熟的人都不咋打招呼，不是因為傲氣，而是不知道該怎麼跟人說話。分家做起了買賣後，李氏每天精神氣都十足，說話利索得很，頗有伶俐能幹的老闆娘風範了。

「這孩子！」李氏有些不好意思。「打趣起自己親娘來了。」

第四十一章 農忙

等到快吃晚飯的時候，冬寶去了一趟老成叔的鋪子裡。如今馬上就要開始農忙了，老成叔的鋪子裡也沒有聚眾嘮嗑的人了。

老成看到冬寶過來，連忙笑道：「冬寶，是不是家裡沒醬油、醋了？」

冬寶搖頭，笑道：「我是來跟老成叔商量個事兒的。」接著，冬寶就說想讓貴子在接下來的幾天裡，每天下午挑著豆腐到各個村裡頭轉悠，賣豆腐。

「這事不難辦，就是辛苦點、累點。」冬寶笑道：「貴子哥是實誠厚道人，這活兒交給貴子哥幹，我們也放心，就看老成叔是咋想的了。要是貴子哥騰不開手，這事我跟我娘再找旁人去幹。」

聽冬寶這麼一說，老成心裡就盤算上了，桂枝媳婦每天就後半夜去冬寶家磨三十斤豆子，一個月淨賺三吊錢，全村的大姑娘、小媳婦都羨慕得不行呢！

這事絕對能幹，要是不幹，這差事被別人攬去了，他可得後悔死！

老成笑呵呵地說道：「貴子他閒著也是閒著，就讓貴子給妳和妳娘幫忙。我常說，貴子那個笨小子啊，要是有冬寶妳一半聰明，我也就放心了。」

冬寶便笑道：「那我明天給貴子哥留八十斤豆腐，讓貴子哥試著賣。工錢麼，我有兩個想法，一是我們給貴子哥一天二十文的工錢，豆腐能賣多少是多少，賣不完算我們的。二是我們按一斤豆腐一文半的價錢批發給貴子哥，賣多賣少就看貴子哥的本事了。」

老成沈吟了半晌，最後對冬寶笑道：「貴子這會兒不在鋪子裡頭，這事是他去幹，還得他拿主意。」

冬寶點頭道：「貴子哥要是想好了，明天中午來我家時再說就行了。」

回到家後，冬寶跟李氏說了這事，李氏笑道：「也不知道老成會選哪個法子。」

冬寶笑道：「我猜他選第二個法子。」有她們在鎮上給寶記豆腐打廣告，豆腐並不難賣，貴子要是用心賣豆腐，還是第二個方法得錢多。

「就妳聰明！」李氏點了下冬寶的腦袋，笑了起來。

到了晚上睡覺的時候，李氏忍不住感慨道：「昨晚上還摟著小旭一起睡，今天他走了，娘這心裡真有些捨不得。」

冬寶抿嘴笑了笑。李氏就是心軟，看見誰家的孩子都疼得很，就是宋招娣那般不招人待見的，李氏對她也是不錯的。

難得不用早起磨豆子、煮豆漿，李氏和冬寶醒的時候，天已經大亮了。初夏早晨明亮的金黃色陽光透過破舊的窗櫺照到了床上，冬寶被陽光刺得睡不下去了，喃喃嘟囔道：「等有了錢，買最好的細紗糊窗戶。」

李氏拍了拍冬寶的背，說道：「妳再睡會兒。」便起身了，先去灶房揉了一大盆麵，揉好後用高粱稈編成的拍子蓋著，等麵發酵。

昨天晚上泡上的豆子已經泡漲了，李氏把豆子撈出來，重新在桶裡泡上新豆子，便開始磨泡好的豆子。

等冬寶穿好衣服出來時，豆漿已經煮沸了，李氏舀出來兩盆放在一旁涼著喝，另外的豆漿都點成了豆腐。

「懶蟲起來啦？」李氏看著冬寶笑道，把裝豆漿的桶子吊到了井裡鎮著，吩咐道：「去洗洗臉，等會兒吃了飯，把豆漿給妳林叔他們帶過去。肯定是趁著天涼快，一大早就下地割麥了，說不定沒吃早飯，正餓著肚子呢！」

「欸！」冬寶痛快地答應了。

初夏的鄉村原野上到處是一片金黃，村民們戴著斗笠，在鄉間緊張地勞動著，都想趁著日頭還不那麼毒辣時多割點麥子。

冬寶抱著被井水鎮過的豆漿，一路打聽找到了林實家的地頭，遠遠就瞧見幾個人影彎著腰在田間割麥子，幾條壟上，數林叔割得最快，其次居然是林實。

少年穿著藍粗布的短襦，紮著黑色的腰帶，頭戴著草帽，彎著背，快速地割著麥子，穩步地向前進。

看著林實略顯單薄的背影，冬寶心裡有些酸酸的。她想起那天林實來教他們認字，小旭一臉不屑地嘲笑林實的時候，林實臉上的笑容便是淡淡的，摻雜著無奈和遺憾。林實表面上不說，心裡肯定是想繼續唸書的。

莊戶人家辛勞一年，也不見得能攢下多少銀錢，像黃氏那樣寧可賣地也要供兒子讀書的人畢竟是少數。林家還有全子，錢都供大兒子讀書了，小兒子怎麼辦？

冬寶下定決心，等她還清了欠債，就攢錢供林實唸書！

「大實哥、秋霞嬸子！」冬寶喊了一聲，快步走了過去。「你們先歇會兒，我帶了豆漿過來。」

幾個人聞言直起了身子，秋霞嬸子趕忙迎了過來，接過了冬寶手裡的罐子。

秋霞嬸子被太陽曬得發紅的臉上滿是汗水，用脖子上圍著的汗巾隨便抹了把，笑道：「這麼熱的天跑出來幹啥啊？我們帶的有水，中午送頓飯就成了。」

冬寶抿嘴笑了笑，說道：「天還早，不咋熱的。我娘說你們一大早就下地了，肯定沒吃早飯，就讓我來送豆漿了。」

秋霞嬸子笑著點頭。「紅珍姊心思最細了。」轉頭向田裡喊道：「都歇歇，過來喝豆漿吧！」

林實走過來時，破舊的草帽下一張俊臉笑得格外溫柔，額角和臉頰上掛著汗水，在早晨陽光的照耀下晶瑩透亮的。

冬寶對上林實的笑臉，也不由自主地笑了起來。仔細看林實的臉，好像曬黑了一點。等林實走近了，冬寶趕忙拿起一只碗，給林實倒了一碗豆漿，笑咪咪地遞給了他。

林實接過豆漿，不像林叔和林爺爺那樣一仰脖子喝了個底朝天，再豪氣地抹把嘴，嚷著「得勁！」他大口喝著，很快就把豆漿喝完了，笑道：「加了糖？」

冬寶笑咪咪地點頭。「大寶哥要不要再喝一碗？」

林寶剛要點頭，就聽到旁邊的全子委屈地跺腳大叫——

「我還沒喝哩！我都站這兒半天了！」太過分了！冬寶姊只給哥哥豆漿喝，半點兒都沒看到他在這邊眼巴巴地站了好久。

「那給全子喝吧。」林寶有些赧然，剛才只顧著看冬寶，還真是忽略掉了全子。

在一旁裝作喝豆漿、實際上偷偷瞄著冬寶和林寶的秋霞嬸子笑得合不攏嘴，拿胳膊肘搗了下旁邊的林福，示意他也看看。

林福哪能錯過這種好戲？大兒子看冬寶的眼神就不一樣，溫柔得能掐出水來。林福笑了笑，小聲道：「還看！非得把孩子整得不好意思才樂意？」

秋霞嬸子低聲笑道：「那不是好事嗎？」以前還不覺得，現在她越看越覺得這對小兒女般配，從心底透著一股歡喜勁兒。

趁這個時候，冬寶說了讓貴子哥下午挑豆腐到別村賣的事。

「貴子人不賴，咱村裡年輕後生裡，他算出挑的。」林福點頭，又笑道：「這活兒划算，要不是地裡活兒多，我都想去挑豆腐賣了。」

「林叔不用急。」冬寶笑道。「我和我娘打算等收完麥子後，就多找些人組成一個寶記豆腐隊，下午出去賣豆腐，這隊長的位置，我給林叔留著呢！」

林福高興地開懷大笑，連說了三個「好」字。他也想趁農閒時掙些錢，得給林寶攢下娶媳婦的錢，雖然說他們家和冬寶家關係好，但也不想在聘禮上委屈了冬寶。還有全子，他也想送全子去私塾唸書。讀書就是好，他家林實唸了一年書，就高出村裡那些野小子一頭。

林家人喝完豆漿後又趕緊下了地，臨回去時，林實對冬寶說道：「中午妳別出來送飯了，大太陽曬得厲害，我過去妳家拿飯。」

「不礙事的。」冬寶搖頭笑道。「中午我戴草帽出來，也就這麼幾步路。」

林實笑了笑，伸手輕輕抹去了冬寶額頭上滲出的汗水，說道：「趕緊回家吧，一會兒天就熱了。」

林實粗糙的手指撫過自己的額頭，笑容和煦，眼神溫柔，冬寶突然覺得臉有些燒得慌，心也怦怦跳得厲害，低頭嗯了一聲，抱起空罐子就往回快步走。

看冬寶走遠了，林實便領著全子下地去了。

全子拉著林實小聲問道：「哥，冬寶中午給咱們做啥菜吃啊？」

林實彈了下他的腦門，輕描淡寫地說道：「就知道吃！人家比你大，咋直接喊人家名字啊？」

全子不以為然，嘟囔道：「也就比我大幾個月嘛……」隨後，全子想到了午飯，口水分泌得很是旺盛，興奮地跟林實念叨。「我想吃冬寶姊做的炸小魚、南瓜餅，還有那個什麼家常豆腐，要不燉豆腐也成……」

林實哭笑不得，這小子就是一個沒心沒肺的小吃貨！推了他一把，催促道：「快去掐麥子！爹又割了好多堆壟上了。」

冬寶走在路上，想起剛才林實溫柔的眼神，臉又開始紅了。也不知道林實有沒有看到自己臉紅？怪不得村裡頭的女娃兒們一個個都喜歡林實，這個鄰家大哥哥溫柔起來，真是叫人招架不住。

反正自己是要在這個時空生活下去的，女子終究都要嫁人，與其嫁到陌生的地方，不如嫁給知根知底的人。其實林實就很不錯嘛！只是林實比她大了四歲，早先就聽說有人給林實提親了，等她到了嫁人的年紀，說不定林實連娃娃都有了。可惜！冬寶忍不住仰天長嘆，很是有些發愁。她才十歲，總不能現在就跑去把人家給定下來吧？就算大實哥看在青梅竹馬的分上願意，等著抱孫子的秋霞嬸子和林叔也不會樂意吧？

正想著，冬寶就看到宋二叔領著二房一家，拿著農具朝著她這個方向走了過來，就連挺著肚子的宋二嬸也來了，撇著嘴，滿是不樂意的表情。

「這不是冬寶嘛！」宋二嬸先叫了起來。

宋二叔看到冬寶手裡抱著的罐子，不由得大喜，連忙快走幾步，到冬寶跟前說道：「這罐子裡是水不？快給二叔喝一口！」

冬寶搖頭笑道：「二叔，裡頭的水喝完了，不信你看。」說著，冬寶把罐子倒了過來，給宋二叔看。

宋榆失望得不行，皺著眉一臉不爽，插腰說道：「妳到地裡送水，咋就不多帶點啊？」

冬寶在心裡做了一個嫌惡的表情，沒吭聲。她想起沒分家前，她去地裡送水，水都被宋二叔一個人喝光了，還唧唧歪歪地罵她帶的水少，雞蛋裡挑骨頭地找碴。豆漿就是還有，她也不給他喝！

宋二嬸看著冬寶，笑了起來，表情十分誇張，說道：「冬寶家今年輕鬆了，妳跟大嫂都不用下地幹活了。這大熱天的下地，多遭罪啊！」

宋招娣在旁邊扶著宋二嬸，不滿地朝冬寶翻了個白眼，哼了一聲。

冬寶忍不住回了個白眼過去。分家的時候這丫頭故意絆她跟頭，使了好幾次壞，她大人大量不跟這丫頭計較，怎麼這丫頭反倒是一副「妳欠我八百兩」的模樣啊？

宋招娣更生氣了，翻著白眼，一副刻薄相地說：「家裡忙成這樣，我娘懷著弟弟都得下地，有些人咋就那麼厚臉皮，吃我們家的糧食，幹活的時候卻躲在家裡清閒。」

冬寶差點沒笑出聲來，瞥了眼昇老高的太陽。哪家農忙的時候不是天矇矇亮就下地的？宋老頭和黃氏肯定也早就下地了，剩下二房的人這會兒才往地裡走，到底是誰躲清閒啊？

「大姊說的是。」冬寶點頭，對宋二叔嚴肅地說道：「二叔，你們今天下地太晚了，明天可得早點起來，我爺我奶年紀大了，不能指著他們兩個老的幹活。」

宋二叔當即就瞪起了眼。「妳說啥？有妳這麼跟長輩說話的嗎？」

宋招娣氣得臉脹得通紅。「妳個死妮子，我可不是這個意思！」

大毛也在一旁叫道：「妳跟妳娘咋不下地啊？妳們分家還分走了我家裡的糧食、我家的錢！」

二毛則是抽著長長的鼻涕，想替自家人幫腔卻不知道該說什麼。

冬寶哼了一聲，就那一百斤高粱麵，虧得二房的人還念念不忘到現在。李氏做牛做馬那麼多年，臨到頭就一百斤高粱麵和兩吊錢打發了，她還覺得自己虧大發了呢！

「嘖嘖，冬寶這丫頭嘴是越來越厲害了。」宋二嬸笑得挺親切的，說起了宋二叔和宋招娣。「都是一家人，有啥好吵的。」又對冬寶笑道：「冬寶，妳們那生意不是挺好的嗎？這幾天不幹，得少多少錢啊？」

「瞧二嬸說的，我跟我娘還不知道啥時候能攢夠錢還債呢！咱家那債可不是小數。」冬寶笑道。

宋招娣急忙叫道：「啥咱家哪債啊？那是妳家的債，跟我們有啥關係！」

冬寶琢磨著什麼「小家子氣，上不得檯面」、「眼皮子淺」，說的就是宋招娣這類人。

宋二嬸抬腳輕輕踢了宋招娣一下，宋招娣才不服氣地住了嘴。

「冬寶啊，咱家人少地多，大毛、二毛又小，頂不上事，妳跟妳娘沒事就來咱家幫個忙唄！又不是外人。」宋二嬸笑道，又趕忙加了一句。「這幾天咱家頓頓都吃白麵餅子，管飽，妳奶還割了塊豬後腿肉，中午燉肉吃。」

冬寶嘿嘿笑了。「啥咱家人少地多啊？那是你們家的地，跟我們有啥關係？」宋二嬸當她還是原來雜糧餅子都吃不飽的小冬寶啊？畫個白麵餅子出來就想哄她和李氏去白幹活？她們家現在的生活比宋家不知好多少，經常在鎮上買肉、買魚吃。

往年農忙的時候，確實是吃白麵餅子的，可菜裡頭的肉是絕沒有冬寶和李氏的分的！這會子，宋招娣氣得臉都黑了。

到家後，李氏招呼冬寶去洗臉擦汗，又從井臺處的水盆裡撈起了洗好的黃瓜遞給了冬寶，笑著問道：「熱不熱？」

「還行。」冬寶咬了一口被井水冰得涼絲絲的黃瓜，嘎吱嘎吱地嚼著。

「娘，回來的路上我碰上二叔一家了，說咱們吃了他們家的麵，拿了他們家的錢，不該在家裡躲清閒，該去地裡幫忙收麥子。」冬寶當閒話似地跟李氏說了起來。

李氏沈默了下，說道：「他們人手也不少，妳爺、妳奶、妳二叔都是壯勞力，招娣和大毛能頂半個勞力用。咱平日不清閒，好不容易得了空，在家歇著吧。」

她覺得閨女說的沒錯，宋家的地沒她們娘兒倆的分兒，關她們什麼事？她們天天半夜起來磨豆子做豆腐的時候，咋不見宋家人來幫個忙啊？

冬寶笑嘻嘻地應了一聲，李氏如今思想越來越朝她靠攏了，這是好事。要是之前，被宋秀才的「愚孝」洗腦的李氏，肯定巴巴地跑去給宋家人幹活了。

第四十二章 鬧心的風波

中午的菜是冬寶做的，一個肉末豆角、一個家常豆腐，再一個飽受大家好評的燉魚。

冬寶和李氏把飯菜送到地頭的時候，林家的麥子已經割了一大片，旁邊是已經平整好的場地，淋濕了水，用石滾子碾平整了，準備留著打麥用。

宋家就不同了，地還是那麼多，然而今年壯勞力少了宋秀才和李氏，這兩個可是會出大力的。一上午割麥下來，宋二叔抱怨連天，宋老頭和黃氏也覺得壓力大得不行，然而這天可是不等人的，萬一要是割不完下了大雨，麥子就損失大了。

一直到了中午，宋老頭才直起身子看了眼麥子收割的情況，遠沒有他想像中的進度快。宋榆還沒他割的一半多，大毛只顧在地裡頭玩。宋老頭心裡頭急得不行，想起去年有宋楊和李氏在，根本不用他操心，就連小冬寶，也會忙前忙後地幹些打下手的活兒。

這個家不該分！老二一家幹活不行，偷奸耍滑倒是一個比一個精！宋老頭心裡頭十分後悔，當初就應該攔著黃氏和老二的，光瞅見老大媳婦和冬寶吃飯，沒瞅見人家幹活！現在黃氏知道李氏的好了，卻沒辦法再回到從前了。

「妳跟老二媳婦回家做飯吧！」宋老頭對黃氏說道。旁邊地裡人家都來送飯了，老二也嚷嚷過幾回餓了。

黃氏心裡也憋著一股子氣，早上她罵了幾遍，才罵動了老二媳婦下地，可人家要麼坐在樹蔭下歇息，要麼就象徵性地抱兩下麥子。左右前後都是鄉親，她也不好在這會兒上開罵，老二媳婦肚子懷著毛毛，別人聽了，嘴上不說啥，心裡頭肯定要偏著老二媳婦那頭。

要是老大媳婦在，哪用她操心？地裡的活兒、家裡的活兒都幹得妥妥貼貼的。

「老二媳婦，走了，回家做飯！」黃氏高聲喊道。

宋二嬸早就餓得肚子咕嚕叫了，聽到黃氏喊她，立刻把懷裡抱著的麥子扔到了田邊，拍了拍手，挺著肚子跟黃氏一塊兒回去。

兩人經過林家的地頭時，老遠就聽到一群人圍在一起，熱鬧得很。等走近了，黃氏才看清楚，李氏和冬寶坐在樹蔭涼地裡，看著林家人吃飯，旁邊有不少年輕漢子都端著飯碗來，嚷嚷著林家的飯好吃，要來搶幾口菜吃。

「秋霞嫂子手藝好啊，我老遠就聞到香了。」一個漢子笑道。

秋霞連忙擺手，指了指冬寶，笑容中都透著自豪，說道：「這些都是冬寶做的，小丫頭手巧得很。我燒了半輩子的飯，都趕不上她的手藝呢！」

然而眾人的歡笑聲在看到走過來的宋家婆媳後，立刻戛然而止，除了林家人，旁的人全陸陸續續地挾了菜就散了。

黃氏盯著地上裝菜的盆子，臉色陰沈，難看得要命。

大家都知道宋家分家的事，黃氏對大兒媳婦和孫女不厚道，李氏和冬寶心裡肯定也記著在宋家受的窩囊氣，這不，農忙的時候寧願給林家人做飯、送飯，也不回宋家幫忙。

黃氏看著林家人大口吃飯的樣子，再看看秋霞一副好似冬寶是林家人的表情，她就想罵人。老大媳婦掙了錢，沒她的分；老大媳婦做了飯，也沒她的分；村裡多少人家都得過冬寶送過去的豆腐，宋家卻沒得過！這是忘本！沒良心、黑心肝！老宋家給了她們那麼多年的飯，都進狗肚子裡去了！

她是長輩，怎麼對待兒媳婦和孫女都是天經地義的，就算是她要把冬寶賣了，也沒啥大不了的。可李氏和冬寶膽敢記恨她，那就是大逆不道了。

林家人也瞧見了黃氏和宋二嬸，李氏有些心虛地拉著冬寶從樹蔭涼地裡站了起來，對黃氏笑道：「娘，這是要回家啊？」

黃氏不搭理她，臉色陰沈得似要下雨，撇嘴說道：「喊啥娘啊？我沒那福氣當妳娘！就是養條狗養十幾年，牠也知道給我看家護院報答我。我那大兒子可憐啊──」

冬寶皺了皺眉頭，黃氏一向什麼難聽說什麼，這還是當著林家人的面收斂了點，當初在宋家的時候，黃氏罵人的話可比這難聽多了。

「老宋家的！」一直低頭吃飯的林老頭發話了，打斷了黃氏的話，沈著臉說道：「這天兒不早了，妳男人、兒子都在地裡頭餓著，不趕緊回家做飯去？」啥狗不狗的？大中午的膈應人！

林老頭也是個溫厚好脾氣的，然而林老頭今兒個是真忍不住了，周圍的人除了他都是黃氏的小輩，他要是再不開口，黃氏準能罵出更難聽的來。人家秀才娘子和冬寶是來幫他們家的，他咋也不能在自家地頭上叫人欺負她們。

黃氏冷哼了一聲，昂著頭往前走，臨走前還狠狠瞪了眼李氏和冬寶。

宋二嬸本來還想說幾句的，看婆婆在前面走得飛快，便趕緊跟在後面走了。

李氏拉著冬寶坐了回去，臉色也沒有之前的輕鬆了，半晌才搖頭嘆道：「有了今兒這事，妳奶肯定要恨上咱們了，這事也是咱沒做好。」黃氏對她們再不好，也是冬寶的奶奶、宋秀才的娘，給外人做飯卻不給宋家人做飯，在黃氏看來這是打臉。

「管他們咋說呢！我奶恨咱們也不是一天兩天了。」冬寶不怎麼在意，黃氏已經威脅不了她和李氏的生活了，也就只能嘴上罵人過過癮。

李氏遲疑道：「村裡人不定咋說，說咱倆沒啥，就怕捎帶上妳林叔和秋霞嬸子。」

冬寶笑道：「那要是有人問起來，林叔和嬸子就說是花錢請我們來幫忙做飯的，一天十個錢的工錢。」

林實點頭，看向冬寶的眼神溫柔得很，笑道：「這也是個辦法。」總好過說人家是白來幫忙的。

全子吃得臉上都是醬汁，曬了一上午的臉也成了紅色，活脫脫的一隻紅臉大花貓，吃飽了之後仰頭巴巴地問冬寶。「冬寶姊，咱晚上吃啥？」

一句話，把所有人都問笑了。

林福拍了下小兒子的頭，笑罵道：「還沒吃完就惦記著下頓，沒出息！」

全子嘿嘿笑了起來。「冬寶姊做飯好吃唄！」

冬寶想了想，笑道：「晚上咱們吃南瓜餅子吧！昨天大實哥說，你家裡頭還有一個南瓜能吃了，我等會兒去你家摘了。」

剛摘下來的嫩南瓜切絲，和麵粉和成麵糊，攤在刷了油的鍋裡煎熟，別提多美味了。

還沒等全子拍手歡呼，秋霞嬸子就有些不好意思了，搖頭道：「紅珍姊，晚上的飯我們自己做，妳們下午還得做豆腐，別忙我們家的飯了。」

「不礙事。」冬寶笑道。「今天泡的豆子不多，我跟我娘一會兒就弄完了。」

林叔倒沒怎麼客氣，冬寶早晚是他們林家人，客氣啥啊！

等林家人吃完飯後，冬寶和李氏就收拾了碗筷回家去了。

秋霞嬸子忍不住埋怨林福。「你看你，吃人家的飯吃得倒是心安理得的。咱們是幫過人家，可人家還咱的也不少，見天地給豆腐，豆渣也都給咱們家餵豬了，光餵豬這上頭就省下不少錢。」

林福呵呵笑道：「妳當我是個好占便宜的？反正咱們兩家早晚做親家嘛！我打算過了，收完麥子後，家裡的地留出六畝來種豆子，秋上收了都留給冬寶。」

看自家男人自得的模樣，秋霞嬸子笑道：「想得怪美！人家冬寶聰明能幹，將來日子越過越好，到時候誰知道還看不看得上你兒子？」

林福嘴上跟媳婦說著話，手上的活兒一點也沒落下，頗為得意驕傲地說道：「咋能看不上？我兒子多好啊，十里八鄉都找不出比我家大實更好的了！人家冬寶那麼聰明，不找大實找誰啊？」看中午時兩個孩子對視的眼神，他就覺得挺有戲的，忍不住高興地笑。

笑到最後，林福直起了身子，衝不遠處正彎腰割麥子的大兒子大聲叫道：「大實，好好幹啊，給老子爭口氣！」

林寶莫名其妙地抬起頭，半天猜不透老爹這是怎麼了，只得哭笑不得地嗯了一聲，擦了把汗，又繼續割麥子了。

下午秋霞嬸子打發全子去冬寶家幫忙，一來想讓全子幫冬寶母女倆幹點活，二來心疼小兒子，下午日頭毒，不想讓他出來受這份罪。

有了全子的幫忙，冬寶和李氏兩個就輕鬆了不少。貴子上門的時候，八十來斤豆腐已經放在院子裡等著壓製成型了，全子抱著裝了涼豆漿的罐子去地裡送給家裡人喝了。

「秀才嬸子、冬寶！」貴子笑著打招呼。

李氏給他端了一碗涼豆漿，笑道：「來得這麼早啊？豆腐還要等一會兒才好，你先坐著喝碗豆漿。」

「嬸子別跟我客氣啊！」貴子笑著接過了豆漿。他家是開雜貨鋪的，豆漿一入口就嚐出來了，裡面加了上好的白砂糖。秀才娘子家的日子果然是過起來了，宋家人這會兒心裡不定咋後悔哩！

「貴子哥，你想好了沒有，這豆腐咋個賣法？」冬寶問道。

一說到正事，貴子連忙放下了手裡的碗，正色說道：「我跟我爹商量過了，按冬寶妹子妳說的來，豆腐按一文五一斤的價批發給我們，賣剩下的也算我們的，等我賣完豆腐回來，給妳們算錢。妳看成不？」他跟冬寶打交道的次數不少，知道這個家裡當家作主的是冬寶。

「當然成了，不過，我們也有條件。」冬寶笑道，舉起了三根手指頭。「一，你賣豆腐的時候得在擔子上綁著我們寶記豆腐的招牌，人家要是買，你得跟人家說清楚，這是塔溝集寶記的豆腐；二，價錢得跟我們在集市上賣的一樣，兩文錢一斤，生意好不能漲價，生意差也不能降價；三，要是發現有人冒充咱們家的豆腐，你得留心記下來，咱們不能饒了他。」

貴子一口答應，這三個條件根本不算什麼。一天賣出八十斤豆腐就能賺四十文錢，比開雜貨鋪賺錢多了。

豆腐壓製好後，冬寶把那面「寶記」的小旗子綁到了貴子帶來的擔子上，往前一走，小旗子迎風飄揚，煞是醒目。冬寶滿意地看著遠去的小旗子，她也是創立品牌的人，將來肯定有做大的那一天！

全子送完豆漿就回家，摘了南瓜抱到了冬寶家裡，不用冬寶和李氏吩咐，自己就去洗南瓜、燒火。李氏叫他去歇著，全子搖頭笑著說自己不累。

一下午，全子都在她們家幫忙幹活，幹得有模有樣，冬寶就忍不住嘀咕，大毛和全子差不多大，怎麼就差距這麼大呢！不過想想，冬寶就忍不住笑了，指不定別人看她和別的小孩時也在想，怎麼差別就這麼大呢？那可沒得比的，姊是蘿莉身御姊心啊！

「笑啥呢？」李氏提著水桶進灶房時，就看到冬寶呆站在鍋前頭傻笑。

冬寶回過神來，很認真地問李氏。「娘，妳是不是覺得我特別聰明、特別能幹，甩村裡頭的孩子們幾條街啊？」

李氏忍不住笑出了聲，看著冬寶連連搖頭。「這孩子，咋這麼、這麼……」李氏「這麼」了半天，也沒說出一個她認為適合形容閨女的詞兒來。

要是李氏是現代人，她就會知道了，閨女很自戀。

冬寶往南瓜絲和麵粉裡面打了六個雞蛋，切了細細的蔥花，還放了她做滷汁時的秘製調味料。等鍋裡的油燒熱了，就把麵糊倒了上去，很快地，麵糊和鍋接觸的那一面就硬了，再翻過來煎另一面，煎餅濃郁的香味立即飄得老遠。

第一個煎餅熟了，冬寶從中間撕開，一半遞給了在一旁燒火的全子，另一半給了李氏。

「你們倆先嚐嚐，看好不好吃？」

煎餅的香氣早勾得全子的口水都要滴答出來了，他趕忙吃了幾口，燙得他不停地往嘴裡搧涼氣，還一個勁兒地叫道：「好吃！太好吃了！」

李氏看冬寶熟練地攤著煎餅，不禁有些埋怨自己。閨女太能幹了，顯得她這個當娘的挺沒用的。要不是冬寶，她哪有現在的舒心日子？小錢掙著、好飯菜吃著，還能不受氣。

覺察到了李氏一直在看自己，冬寶便抬頭問道：「鹹不鹹？要是不鹹的話，我再放點鹽。」莊戶人家口味偏重，喜歡吃鹹的，而且收麥子出了一天的汗，也得補充點鹽分。

李氏搖頭。「不用了，這鹹味正好。」

冬寶抿嘴笑了笑。「那娘妳一個勁兒地盯著我看啥？我還以為是煎餅不好吃哩！」

李氏笑道：「看妳能幹啊！閨女能幹，我心裡頭高興。就這南瓜煎餅，我就想不出能這麼做，還怪好吃的。」

「能幹不是好事嗎？」全子大聲叫道。「大娘和我只管吃就行了！」

冬寶忍不住笑了。這個小吃貨，心心念念都是吃。

第四十三章　拾麥子

太陽接近了地平線，大鍋裡熬的稀飯咕嘟咕嘟作響，李氏翻炒著晚上的菜，飯香和炊煙的味道混合在了一起，構成了農家獨有的幸福味道。

來這裡其實挺好的，冬寶對自己說道，這裡有一心為了她的母親，還有俊秀溫柔的鄰家大哥哥，雖然沒有現代生活便利，可她覺得很舒心。

全子一邊燒火，一邊對冬寶說道：「冬寶姊，我回家摘南瓜的時候，看到宋二嬸也在家裡頭，她肯定下午沒去地裡幹活了。」

「咱不管她。」冬寶擺手，宋家的事她不想摻和。

窮人家的孕婦哪有那麼金貴？農忙是一年當中最重要的時候，孕婦也是要下地幹活的。可宋二嬸不是一般人，至少在她自己眼裡，她是金貴的，人家馬上要生第三個兒子了，咋能幹活啊？

全子點點頭，說道：「昨晚上和今天早上，又聽到宋奶奶跟宋二嬸吵了。」

李氏嘆了口氣，問道：「都要收麥子了，還吵啥啊？」

「宋奶奶讓宋二嬸下地，宋二嬸不樂意唄！」全子說道。「我走的時候，他們家一點動靜都沒有，宋二嬸肯定還沒做飯，我估計今天晚上還得吵。」

冬寶哼了一聲，真是惡人自有惡人磨！他們一家以後就快樂地相愛相殺吧，反正跟她們沒有關係了。不過今天李氏說的也有道理，畢竟是長輩，以後逢年過節得送點禮，面子上過得去就行了。

三個人又等了一會兒，眼見太陽要落山了，林實一家還沒過來，全子按捺不住，跑去催家裡人收工吃飯了。

這會兒，貴子挑著擔子回來了，還沒進門就高聲喊道：「嬸子、冬寶，我回來了！」光聽聲音，就能感受到貴子的喜悅和興奮。

冬寶連忙從屋裡跑了出來，先看了兩個擔子，一個擔子空了，另一個擔子上還有一塊豆腐。

「都賣完啦？」冬寶笑咪咪地問道。

貴子連忙點頭，放下擔子就奔到井邊，舀桶裡的水喝，連喝了幾碗才停住，說道：「一路走一路吆喝賣豆腐，可渴壞我了。豆腐還剩一斤，我沒賣，準備拿回家給家裡加個菜。不少人都讓我明天還去，他們還要買哩！」說著，貴子從懷裡掏出了錢袋子，數了錢給冬寶，憨厚地笑了笑，問道：「冬寶妹子，是一百二十個錢沒錯吧？妳再數數，看對不對。」

冬寶接過了錢，也沒數，掙錢的差事難得，貴子應該不會在這上面耍滑頭。冬寶摸出來兩個錢給了貴子，笑道：「貴子哥頭一天做買賣辛苦了，這塊豆腐算我請老成叔和嬸子吃的。」

貴子立刻擺手。「這哪成啊？要不是冬寶妳們肯把這買賣給我做，我哪能一天掙四十個錢啊？」

李氏笑道：「咱們頭一天合作，講究個吉利，拿著吧！」又催著貴子趕緊回去。「時間不早了，趕緊回家去吧，你爹娘肯定擔心著呢！」

貴子走了之後，李氏心裡頭算著帳。批發給貴子雖然賺得沒有她們自己去賣的多，可勝在方便省心，足不出戶就能掙到錢。

「這個錢掙著方便，就是不如自己賣豆腐掙的多，而且貴子這一趟可花不少時間啊，出去得有兩個多時辰了。」李氏總結道。

冬寶點頭道：「也就賺個辛苦錢。不過等豆腐做得多了，咱們賺的也就多了，要是一天能做個三、四百斤豆腐，找七、八個人賣，一人分個五、六十斤就好多了。」

李氏有點吃驚。「三、四百斤豆腐？那咱哪做得過來啊！」

「咱倆做不過來，可以雇人來做啊！」冬寶笑道。「等咱們還了債，就建豆腐作坊。貴子哥一個人只能轉幾個村子，要是咱們多雇些人，肯定賣得更多。咱的豆腐好吃，不愁賣不出去。」

早在剛開始賣豆腐時，冬寶就跟李氏提過建作坊的事，然而李氏沒敢想，如今她做了這麼久的買賣，眼界放開了，仔細考慮了下，作坊是真有必要建起來了。

兩人正商量著，外頭已經黑透了，林家人這會兒上才回來。

「咋忙到這麼晚啊？」李氏笑道。

秋霞嬸子說道：「想趁天涼快，多割一會兒。」

林福把農具靠牆擺放到了大門口，林實幫著冬寶在院子裡擺上了桌子、凳子，全子則忙前忙後地端上了飯。

林福先聞了下煎餅的香味，哈哈大笑道：「光是聞這味兒，我就要流口水了。」說著也不客氣，先拿起了一塊，重重咬了一口，點頭誇讚道：「好吃！香！」

全子端著竹筐給每個人都分了餅子，大聲地說道：「是冬寶姊煎的餅子！」

「就你啥都知道。」秋霞嬸子笑道。「之前有沒有偷吃餅子？」

全子連忙否認，頭搖得像撥浪鼓般。「沒有，是冬寶姊讓我嚐嚐味兒，我才吃了半塊的。」

眾人又是一陣大笑。

秋霞嬸子咬了一口餅子，問道：「麵裡頭加雞蛋了？吃著有股雞蛋香味。」看冬寶點了點頭，秋霞嬸子有些過意不去。冬寶家沒養雞，雞蛋得花錢買，他們家說是提供了菜和麵，到底還是占了人家的便宜。

冬寶也在考慮這個問題，家裡有這麼大的院子，每天出產那麼多豆渣，不養雞有點浪費。

像是看出了冬寶的心事，林實笑道：「前天我碰見永山，他說他娘想賣雞，都是去年春上抱的雞娃，明天我去問問，要是沒賣的話，讓他給大娘家留著？」

李氏笑道：「大實真是個貼心的孩子，我跟冬寶剛想餵雞來著。」

秋霞嬸子也點頭。「熱天雞不下蛋，等到秋裡涼快了，就好了。到時候妳們吃雞蛋就不用花錢去買了。」

一頓飯吃得林家人極其滿意，不住地誇冬寶餅子做得好吃。

冬寶笑嘻嘻地看了眼林實，看他也在看著自己，神色柔和，滿意高興，才放下心來。

飯後，全子拉著冬寶說道：「冬寶姊，明天我跟栓子去拾麥子，妳去不去啊？」

麥子在收割和運輸的過程中，總會有散落和遺失，每到農忙的時候，在地裡幫不上忙的小孩子和老人，或者是家裡地少的年輕人，都會挎著籃子去拾麥子，多少能給家裡增加點收成。

如今冬寶每天都有進項，其實不需要拾麥子，不過冬寶還是想重溫一下兒時的時光，那種在田間撿到一個麥穗的喜悅勁是什麼都比不了的。

「去啊，到時候你來叫我啊！」冬寶笑道。

第二天，全子來叫冬寶出門，和栓子會合後，三個孩子興高采烈地一路走一路瞧，生怕漏過了一個掉在地上的麥穗。

經過宋家的地頭時，冬寶瞧見宋二嬸站在樹蔭下，挺著肚子在跟旁邊幾個歇息的婦人說話。

冬寶頭上戴著大草帽，走近了也沒人認出來是她。

一個婦人笑道：「昨兒個中午妳大嫂和姪女是不是去給林福家送飯了？聽說妳姪女做菜好吃得很，以後誰娶了她，福氣可就大了。」

冬寶忍不住彎起了唇角。幾個月前她還是嫁不出去的「虎女」，栓子娘一聽洪老頭有意結親，便急得不擇手段，這會兒她做了兩個菜，就成了誰娶誰有福氣的香餑餑了。

其實根本不是廚藝好的問題，莊戶人家娶媳婦，廚藝好只是錦上添花，並不是必要條件。她之所以成為香餑餑，大概是因為小生意做得紅火，讓村裡人眼紅了。她是李氏的獨女，李氏掙多少錢都是她的，於是她的「行情」變好了。

宋二嬸的臉色就有些不好看了，明明他們跟冬寶才是一家人，李氏和冬寶卻給外人送飯，這不是打臉嘛！

「小丫頭片子，飯勺都拎不穩，能做啥好吃的？」宋二嬸撇嘴道。「一群人瞎起鬨，妳們也信。」又強調了一句。「我就沒見過冬寶做飯。」

旁邊的幾個婦人笑了起來，誰不知道老宋家那點破事啊？人家許是不願意給妳做飯哩！

宋二嬸裝模作樣地嘆了口氣。「我那大嫂子和姪女是恨上我們了，給誰和誰的都送豆腐送菜，就是不理會我那公公婆婆。我瞅著我那大嫂不對頭，肯定是想再走一家。」

「不能吧？」其中一個婦人連忙搖頭。「秀才娘子要是再嫁一家，冬寶咋辦啊？」

宋二嬸撇了撇嘴。「她一天掙那麼多錢，養個丫頭片子算啥？比起她掙的，冬寶吃的就是這個。」宋二嬸伸了根小手指頭比了下。

全子和栓子這會兒沒在冬寶跟前，冬寶聽到宋二嬸的話就覺得臉皮一抽一抽的，朝宋二嬸走了過去。

因為宋二嬸是背對著她的，她走過去的時候，幾個婦人拚命地衝宋二嬸使眼色，宋二嬸還是一無所覺，唾沫星子飛濺地分析著李氏肯定是起了走二家的心。

終於，宋二嬸到底還是看到了旁邊媳婦遞給她的眼色，趕緊回頭，就看到冬寶似笑非笑地看著她。她訕訕地笑道：「冬寶，出來拾麥子——」

冬寶擺手打斷了宋二嬸的話，盯著宋二嬸說道：「剛才不是說得挺帶勁的？繼續說啊，讓我也聽聽。」

「沒說啥啊，冬寶妳剛聽岔了吧？」宋二嬸眼珠子一轉，來了個死不承認。

冬寶差點沒被她氣笑了，臉皮也真是夠厚的！

「二嬸還是管好自己那張嘴，省得禍從口出。」冬寶說話半點兒也不客氣。「見過噁心人的，沒見過妳這麼噁心人的。造寡嫂的謠，也不怕遭報應。」

宋二嬸覺得臉上火辣辣的，血一下子都湧到了頭上，她長這麼大，頭一次在大庭廣眾之下被一個小輩指著鼻子罵，當即就插腰破口大罵起來。「妳個死丫頭片子，爛了舌頭的賠錢貨！敢罵我？我說妳娘咋啦？不就是掙了倆錢兒，誰知道妳家掙的那錢乾不乾淨！」

冬寶皺了皺眉頭，沒吭聲。

周圍幾個媳婦聽不下去都走了，只剩下冬寶和宋二嬸。

冬寶走近了兩步，看著宋二嬸笑了笑，那笑容叫宋二嬸心裡有點發毛。

冬寶輕聲說道：「二嬸，妳說，我出一兩銀子，叫外頭的人往妳肚子踹一腳就跑，有沒有人願意幹啊？」

宋二嬸的臉立刻就白了，硬著頭皮罵道：「妳敢？我弄死妳！」

冬寶嗤笑了一聲，看了眼她高高隆起的肚子，又笑道：「二嬸挺厲害的啊！其實等二嬸生了也沒關係，那麼小的孩子，隨便怎麼樣就……二嬸，不是我嚇唬人，鎮上的叫花子挺多的，給塊餅子就能讓他幹啥就幹啥。」

「妳敢！」宋二嬸又驚又怕，兒子就是她的命根子，雖說有了大毛和二毛，可誰會嫌兒子多啊！

冬寶慢慢悠悠地說道：「二嬸，我敢不敢就看妳以後怎麼做了。妳肚子裡的毛毛對妳來說是寶貝，對我來說，可啥都不算。」

這會兒上，全子和栓子從旁邊的小河溝裡拾完麥子爬了上來，看冬寶和宋二嬸面對面站著，連忙跑過來，說道：「冬寶，咱們往前走吧。」

冬寶嗯了一聲，挎著籃子跟著全子、栓子往前走，臨走時還十分有深意地回頭看了宋二嬸一眼。

「妳跟她說啥呢？」全子問道。

冬寶氣鼓鼓地說道：「她說我娘的壞話，被我聽了個正著，實在是太氣人了！」

「別搭理她！」栓子小手一揮，頗有洪老頭的風範。「我爺說了，村裡本來好好的，就是叫那群愛嚼舌頭的老娘兒們攪和得不安生了。」

冬寶無語地看了眼栓子，她總覺得，栓子要成為幼年版的洪老頭了，帶點叫人哭笑不得的大男人主義。

她對宋二嬸說的話雖然是嚇唬宋二嬸的，她不可能真這麼做，但以惡制惡是她早打算過的。宋榆他們吃硬不吃軟，要是再來胡攪蠻纏，她就託大舅在鎮上找幾個人和宋榆進行一下

「和平、友好、有愛」的身體交流。就宋榆那欺軟怕硬的沒骨頭樣子，估計不用動手就跪地求饒了。

快到中午的時候，冬寶和全子就回家了，李氏已經把菜洗好了，冬寶麻利地切菜做飯，等三菜一湯出鍋，只用了小半個時辰。

宋二嬸說的那些不乾不淨的話，冬寶沒有學給李氏聽，日子剛順心兩天，還是不給自己這個親娘添堵了。

三個人去林家地頭送飯時，老遠就聽到黃氏嗷嗷大罵，尖利的嗓音順著風飄出去老遠。

「這又是咋啦？」李氏嘆了口氣。

秋霞嬸子小聲說道：「聽說是割了幾把麥子，去喝了口水，回頭看就不見了。」

「多大點事啊！」林福聽得直皺眉頭，罵得真是太難聽了。村裡頭頑皮孩子不少，偷了幾把麥子算不得啥，農忙時候誰還顧得上這些雞毛蒜皮啊！

「今年收成沒有去年多，冬寶她奶還得供她三叔唸書……」李氏輕聲說道。

冬寶便恍然大悟了，怪不得黃氏越發地摳門了。看宋老三大手大腳的樣子，說不定還得賣地呢，宋家的地可不多啊！

秋霞嬸子哼了一聲，招呼林實和林老頭回來吃飯，對李氏說道：「要我說啊，冬寶她奶就不該供宋老三唸書，心裡咋就恁邪性，賣親孫女也要供——」

「娘，」林實溫聲笑道：「大娘和冬寶都分家出來過了，咱別摻和他們的事。」

冬寶忍不住笑了，林實是怕自己聽了心裡難過吧？畢竟被親奶奶賣了，供叔叔讀書，這事擱誰心裡頭都是個疙瘩吧？被溫柔小帥哥這麼貼心地照顧，她心裡還是挺受用的。

林家這邊一開飯，周圍幾塊地頭上和林家關係好的人就捧著碗過來了，嘻嘻哈哈地叫嚷著說冬寶手藝好，要來蹭口菜吃。

秋霞嬸子笑著讓人吃菜，趁這個機會，說是自家花錢請李氏母女來做飯的，就是圖個省心，於是不少人湊趣道也要請冬寶去家裡做飯。

就在眾人搶菜吃，熱熱鬧鬧、其樂融融的時候，宋老頭扯著黃氏，從路的一頭大踏步地走過來，低著頭似是不想被人看到，黃氏嘴裡還在憤怒地罵罵咧咧。

看到大兒媳和孫女又給林家人送飯了，黃氏眼中的怒火都能實質化了，盯著李氏高聲罵道：「老天咋不下道雷來劈死這些喪良心的狗東西啊！吃我們家的、喝我們家的，到頭卻給別人賣好，也不怕撐爛了肚子……」

宋老頭又急又氣，低聲說道：「別說了！」

冬寶覺得有點冤家路窄，黃氏指桑罵槐，就是氣她們給林家做飯，卻不給宋家這群嫡親做飯，還連林家人都罵上了。

當下就有人衝黃氏喊：「宋嬸別生氣，這飯菜是大實她娘出錢請秀才娘子做的。」回應他的是黃氏的一聲呸。

糊弄鬼去吧！黃氏心中大恨。老大媳婦和林家媳婦好得恨不得穿一條褲子，能收她的錢才怪！肯定是巴巴地湊上前獻殷勤，還倒貼糧食進去。黃氏越想越生氣，老大媳婦有了錢，卻不來孝敬她這個婆婆，這叫她怎麼甘心！

李氏想要站起來，冬寶輕輕咳嗽了一聲，李氏便又坐下了。

「爺，您吃了中飯沒？」冬寶熱情地衝宋老頭揮手喊道。

宋老頭當即就愣住了，這還是分家以來，頭一次和孫女說話。

「……沒。」宋老頭半晌才憋出來一句。

小冬寶笑得露出了八顆整齊潔白的牙齒，看起來分外可愛。「那您跟我奶過來一道吃唄。」

「不了，這就回家。」被這麼多人注視著，宋老頭下不來臺，趕緊扯著黃氏走了。

第四十四章 冬寶生病李氏發威

吃過了中飯，在家裡做豆腐的時候，冬寶想著中午送過去的菜被一群人哄搶，林實向來溫厚，肯定搶不過那群糙老爺們，中飯沒吃飽，還餓著肚子幹活，想想冬寶就覺得有點心疼。

還在壓製的豆腐冒著熱氣，漿水滴答滴答地往外滲，冬寶切了一小塊熱豆腐，切成片，加了醬汁、鹽和香油，調了下，又把豆漿舀了一罐出來，加了白砂糖進去，然後吩咐全子說道：「把這些送地裡去，調好的豆腐是給大實哥的啊，不許偷吃。」

全子聞著香香的豆腐，期期艾艾地說道：「我不偷吃，那我的那份呢？」

冬寶擺擺手，態度多少帶了點敷衍。「你先送過去，回來我就給你調一碗。」

「冬寶姊，妳偏心。」全子控訴道。他是家裡最小的孩子，好東西都是先給他的，只有冬寶是先想著哥哥的。

「啊？」冬寶立刻心虛了，急急地否認道：「我哪有？不是有你的一份嗎？」

自己對林實的那點小心思千萬別讓全子一個小屁孩給看出來了啊！她一個二十好幾的女青年看上了一個十四歲的清秀小少年，想想她都要捂臉羞澀了。

全子哼哼了兩聲，衝冬寶扮了個鬼臉，一副「我剛才在開玩笑」的表情，笑嘻嘻地走了。

冬寶這才鬆了一口氣，這小屁孩，嚇死她了！

等全子回來時，貴子已經把豆腐挑走了。

冬寶給全子端了一碗調好的豆腐，裝作不經意的模樣，問道：「大實哥吃了嗎？有沒有說好吃？」

全子不住嘴地吃著豆腐，鼓著腮幫子說道：「吃了，說挺好吃的。」

冬寶眉開眼笑，有點自得。「那是，我做的東西能不好吃嗎？」

李氏催著冬寶去睡一下，這幾日天氣熱，晚上又睡不好，李氏心疼閨女，怕閨女這麼小，累出病來。

「我不睏。」冬寶說道，她還得幫李氏做晚飯。

今天林家人收工早，過來吃飯的時候，太陽還沒有完全下去，聽到了響聲，冬寶出門迎了人進來。

林實走在了最後面，等人都進去了，拉著冬寶小聲笑道：「調的豆腐很好吃。」

冬寶立刻笑了起來，同樣小聲地說道：「那我明天再做給你吃？」

林實笑著點了點頭，拉著冬寶進了院子。

林福坐在院子裡歇氣，對林老頭說道：「明天早點起了，再割一上午，麥子就割得差不多了。」

林老頭點頭道：「就數咱家割得快哩！」語氣中都帶上了自豪感。林家雖然人不多，可都是勤快能幹的，要不是中午麥地裡實在太熱，都不肯歇著呢！再看看老宋家，一個比一個會偷奸耍滑，六畝地的麥子，不定得割到啥時候哩！

等上了飯，李氏便對林老頭賠了禮，有些內疚地說道：「林叔，今天中午冬寶她奶那話，您別放心上啊！」

是她和冬寶主動提出來要幫林家做飯的，經黃氏這麼一吆喝，林家臉上也不好看，好像占人便宜似的。

「別說那外道話。」林老頭擺手道。「我們犯不著跟她生氣，妳要是再賠禮啥的，我就讓福子給妳算做飯的錢了。」

秋霞也笑著擺擺手。「爹說的對，咱不跟她一般見識，吃飯、吃飯！」

林家人吃完飯後便起身告辭要回家，林實發現了冬寶有點不對勁，平常冬寶都是笑嘻嘻的，說話也活潑，今天吃飯的時候卻蔫兒吧唧的，飯也沒吃幾口。

「咋啦？有哪兒不舒服？」林實問道。

李氏也覺察了女兒不對勁，趕緊手貼到了冬寶的額頭上，覺得不是很熱，一顆心才稍微放下了些，問道：「寶兒，妳咋啦？」

冬寶搖搖頭，她覺得頭有點暈暈的，還有點噁心，像是中暑的前兆。上午在大太陽地裡跑來跑去的，不中暑才怪。

「熱到了吧。」冬寶懨懨地說道。

秋霞嬸子過來摸了摸冬寶的頭。「好好睡一覺就好了。」在莊戶人家看來，中暑不是什麼大病。

全子也好奇地過來要摸冬寶的頭，被林實攔了下來，全子不高興地剛要叫起來，林實就趕快開口了。「瞧你手髒的，哪能往人家頭上摸呢！」

「喔。」全子低頭看了看自己的小髒手，也是啊。

林福和秋霞在一旁看大兒子哄小兒子，偷著樂。

一群人催著冬寶趕緊上床休息，冬寶沒辦法，只得回屋躺到了床上。

李氏送完了林家人，在灶房收拾的時候，大門就被人拍響了。

「宋楊媳婦！擱家沒有？」

「誰啊？」李氏應了一聲，匆忙在身上的圍裙上擦了下手，就出去了。

透過門洞一看，李氏就愣住了，叫門的人她認得，按輩分來說，她還得喊這個人為爺爺。

宋書海還不到四十歲，他的爺爺和宋秀才的曾爺爺是堂兄弟，宋書海的爺爺和父親都是到了四十才有了後，還都是單傳。他們在幾里地外的小王莊住，早和老宋家沒了來往。

雖然是長輩，但其實是八竿子打不著的親戚，又是男人，李氏便不想給他開門。而且宋書海雖然名字取得文雅，實際上人品和宋二叔有異曲同工之妙。

然而，旁邊卻傳來了一道女人的聲音。

女子笑道：「宋楊媳婦，咋不開門啊！」

原來宋書海還帶了妻子來的，有女人在的話，那就沒什麼不方便了。李氏想了想，便把門打開了。她心裡沒底，因為知道這兩人品行不好。

「宋楊媳婦兒，」宋書海背著手、板著臉，站在院子裡，一副教訓小輩的態度。「聽說妳這幾天把妳婆婆氣得不輕啊？」

李氏愣住了，她以為他們是聽說了自家的買賣賺錢，要來借錢的，沒想到宋書海一張口就是斥責。

宋書海媳婦誇張地嘖嘖了幾聲，道：「宋楊媳婦，以前我以為妳是個好的，沒想到妳是這樣的人！」

「你們還分了家？」宋書海冷笑，指著李氏叫道：「秀才沒了，妳就無法無天了是吧？妳公婆都在，分個屁家啊？」

李氏強忍住眼淚，不去看宋書海幾乎要指到鼻子上的手指，只說道：「分家是我婆婆的意思。」這就是孤兒寡母難為人說道的難處了，是個人都能肆無忌憚地欺負上門。

宋書海被噎了一下，立刻跳起來叫道：「那妳娘後來不是喊妳回家了，妳咋不回？」

李氏氣得沒話說了，坐在凳子上不搭理宋書海和他媳婦。

冬寶是被院子裡男人的喝斥聲和小黑不停的吠叫聲驚醒的，醒來的時候冬寶心裡陡然一驚，都這麼晚了，誰會來她們家大喊大叫的？

她出來的時候，正看到宋書海指著李氏跳腳大罵——

「不管怎麼樣，那都是妳婆母！妳是不是恨他們？嫌他們分給妳的家產少啊？妳還有臉要家產？要不是妳，我那可憐的宋楊孫兒也不會絕後！」

「你是誰啊？」冬寶叫了一聲，然而聲音說出口，她自己也嚇了一跳，沙啞得要命。

李氏看到了門口的冬寶，連忙叫道：「寶兒，回房睡覺去，妳太爺爺過來說幾句話就回去了。」

「哪來的太爺爺啊？我咋不知道？」冬寶問道。她頭疼得厲害，只能扶著門框站著。

宋書海更來氣了，彷彿抓到了李氏天大的把柄般，氣勢洶洶地叫道：「妳看看妳教的好閨女，連長輩都不認了！妳存心想和宋家斷道是吧？」

冬寶懶得跟這人廢話，她頭疼得厲害，脾氣更加不好了，直接解開了拴小黑的繩子，指著宋書海下了命令。「咬他！」

小黑被冬寶餵養得很壯實，當下就齜著牙，凶狠地叫著朝宋書海撲了過去！

夏天衣服穿得薄，被狗咬一下，可不是鬧著玩的。宋書海當即就嚇得叫了起來，和他媳婦拔腿就往門口跑。

李氏當然不能任由小黑咬了宋書海，冬寶是個孩子，不認得長輩不要緊，她卻不能不認長輩。當即就大聲喝斥住了小黑，重新給小黑拴上了繩子。

「冬寶，那是妳住在小王莊的太爺爺、太奶奶。」李氏說道，又對已經跑到門口的宋書海夫妻說道：「真對不住，小孩子不懂事。」

宋書海瞅見小黑被拴住了，才悻悻地回來了，臉上十分難看。

宋書海媳婦說道：「宋楊媳婦，咱兩家是正經親戚，我跟妳爺爺過來，就是說幾句公道話。」

「啥正經親戚？咋我娘生病沒錢請大夫的時候沒見過你們啊？」冬寶問道。

宋書海哼了一聲。「誰知道妳娘病了？她一個晚輩病了，還要我一個當長輩的去瞧她？」

「那給我爹辦後事的時候，咋也沒瞅見你們啊？」冬寶又問道。

宋書海媳婦臉上就有些尷尬了，本來就是遠親，又不想出那份禮錢，所以給宋秀才辦後事的時候，他們就沒來弔唁。

「說那些陳芝麻爛穀子幹啥？」宋書海擺手道，臉上也有些掛不住，大聲說道：「我們來這兒是有正經事——」

冬寶忍不住嗤笑出了聲。「莫非你們去別的地方辦的不是正經事？」

宋書海大怒，剛要發火，就被他媳婦拉住了。

宋書海媳婦嘀咕道：「說正事，說完正事咱趕緊走。幹了一天活，累都累死了還跑這裡受氣！」

宋書海哼了一聲，說道：「妳公婆現在作難，妳站一邊乾看著，到哪兒都沒這個道理！」最後揮手道：「妳明天就回家去，給妳公公婆婆認個錯——」正說著，冬寶走到了他跟前，宋書海剛想喝斥，就瞧見冬寶倒了下去。

李氏驚聲叫了起來，奔過來抱住了冬寶，叫道：「寶兒！妳咋啦？」

冬寶虛弱地抬手指著宋書海，哭了起來。「娘，他打我。」

「我沒有！」宋書海第一個反應就是否認，忙後退了兩步。他壓根兒就沒碰到這小丫頭，咋血口噴人哩？雖然他確實很想揍這丫頭一頓。

李氏抱起冬寶後，覺察出異樣來了，閨女的身體燙得厲害！李氏慌了神，伸手摸了摸冬寶的額頭，果然也燙得很。

宋書海指著李氏叫道：「妳看看妳養出來的好閨女，嘴裡沒一句實話！我聽她奶說，宋楊就是被她剋死的，這丫頭我們宋家留不得！」

宋書海媳婦咳嗽了一聲，裝模作樣地說道：「妳們孤兒寡母的不容易，還是別跟妳公婆嘔氣了，回家去吧！有孩子的二叔、三叔在，咋也虧待不了妳們娘兒倆的。」

「妳要是不回去，就是不孝順！一個村裡的老少爺們都不能容了妳們！我可告訴妳，秀才走了才幾個月而已，妳收起妳那點見不得人的心思，想再走一家，門兒都沒有！」宋書海哼了一聲說道。

李氏壓根兒沒心思聽宋書海和他媳婦在那裡大放厥詞，她全身心都在女兒身上。冬寶病了，得趕緊去鎮上找個大夫看看。

李氏抱著冬寶剛起身，宋書海就攔住了她。「咋，妳還想去哪兒啊？」

「讓開！我閨女病了！」李氏氣得臉都紅了。就是因為她太軟弱、沒用，累得閨女生病了也不安生，還得跑出來幫她，結果又病得厲害了。

「哄誰啊？剛還好好地罵長輩呢，咋就病了？」宋書海媳婦尖酸地冒了一句話。

李氏抱著冬寶，一言不發，跑到了灶房裡，一手抱著閨女，一手高舉著菜刀就衝了出來，尖聲叫道：「讓開！誰擋路我砍死誰！」

磨得錚亮的菜刀在月光下反射著耀眼的光，配合著李氏猙獰的神色，顯得分外可怕。

宋書海和他媳婦嚇得轉身就往門口跑。

他們不過是受黃氏所託來勸和的，又聽說李氏掙了錢，打算擺擺長輩架子，逼李氏孝敬他們些好處罷了，結果竟碰到個不要命的瘋婆子，誰還敢待著啊！

宋書海自認自己躲到了安全距離，才指著李氏，底氣不足地罵道：「瘋了，真是瘋了！」

「滾！你們都滾！」李氏激動地罵道。

宋書海還想罵兩句，就瞧見李氏用力一扔，菜刀打著旋，朝自己飛了過來，嚇得他後退了兩步，菜刀就直挺挺地插到了腳前硬邦邦的土路上！

要是他沒後退，這菜刀得插到他身上啊！

宋書海媳婦尖叫一聲，在寂靜的鄉村夜裡顯得格外突兀。「殺人啦！殺人啦——」

「還不滾！你們再敢欺負我閨女，我砍死你們！」李氏咬牙叫道。

若不是這會兒冬寶頭痛得厲害，她都想不合時宜地笑起來了。功夫不負苦心人，她終於把李氏這隻膽怯軟弱的兔子升級成了會咬人的兔子。

託宋書海媳婦那一聲尖叫，冬寶家周圍的人都紛紛過來看究竟是咋回事？陸陸續續地圍了不少人。

「秀才娘子，這咋回事啊？」槐花奶奶問道。

李氏此刻滿心牽掛的都是冬寶，顧不上宋書海夫婦，急急地對槐花奶奶哭道：「嬸子，冬寶病了……」

槐花奶奶趕緊摸了摸冬寶的額頭，叫道：「哎喲，這燙得可厲害了，趕緊去鎮上找大夫看看！」

即便是生著病，冬寶也不忘哭兩嗓子，哭道：「奶奶，我太爺爺、太奶奶逼著我跟我娘給錢，還打我……」

「誰打妳了?!」宋書海覺得自己很冤枉，剛想捋袖子再叫罵幾聲，就被他媳婦拉著跑掉了。

周圍鄰居不乏熱心腸的，當下就有幾個壯漢帶著媳婦過來，要幫著李氏送冬寶去鎮上。

李氏焦急著冬寶的病，剛要答應，卻聽到冬寶在自己耳邊說道——

「娘，去找大實哥。」

這會兒李氏亂糟糟的，沒了主心骨，一切都聽閨女的。跟要幫忙的人道了謝，回屋拿了錢後，鎖了門，抱著冬寶就往林家跑。

一路上，李氏跑得飛快，跑到宋家門口時，老遠就聽到宋家兩個女人尖利的叫罵。

李氏沒顧得上去管宋家又吵鬧什麼了，看到林家大門時，李氏再也忍不住眼淚了，啪啪地拍門，哭叫道：「秋霞！寶兒病了，咋辦啊？」

幾乎是同時，林家屋裡就亮起了燈，林家老老小小都披著衣裳出來了，連最小的全子都一臉擔憂地看著淚流滿面的李氏。

林福當機立斷。「趕緊送鎮上看大夫！孩子小，耽誤不起。」說著，就要從李氏懷裡接過冬寶。

林實連忙擋在了林福前面，說道：「還是我揹著寶兒去鎮上吧，爹你明天還要下地幹活。」抱著冬寶來回到鎮上奔波，可不是輕鬆活計。

林福一想，也是這個理。莊稼熟了在地裡可是不等人的，他要是累倒了，家裡可就少了一個頂梁柱了，便點頭道：「那你就揹著冬寶吧。」

「我也要去！」全子叫道。

秋霞嬸子拍了他一下。「跟你爹回屋睡覺去，你冬寶姊沒事，一帖藥下去準好了。」

全子朝吵鬧得正凶的隔壁努了努嘴，抱怨道：「反正也睡不著……」

最後是秋霞嬸子和林實陪著李氏帶冬寶去鎮上看病，作為主要勞動力的林福和林老頭則是帶著全子休息，好應付明天辛苦的勞動。

第四十五章 看病

冬寶被李氏扶上了林實的後背，胳膊環著林實的脖子。一路上林實走得飛快，冬寶都能聽到他呼哧喘氣的聲音，還有急速跳動的心跳聲，汗水都淌到了她的胳膊上。

「大實哥，你別走那麼快，當心累著了……」冬寶無意識地嘟囔了一聲。

林實聽到了耳邊小姑娘細細軟軟的聲音，微微一笑，腳步依舊不停。

幾個人都是一門心思地趕路，往常要走半個時辰的路，這回一刻鐘就跑到了。

李氏順著記憶中的方向，找到了她和冬寶賣蛇蛻的那家藥鋪，秋霞嬸子用力地拍門，大聲叫道：「大夫在不在？有病人！」

拍了好一陣子門，才有人應了一聲。「來啦！」卸下了一塊門板子後，拿油燈在幾個人面前照了照，問道：「病人呢？」

林實連忙轉過身，讓夥計看了眼他背上趴著的冬寶，焦急地說道：「這位大哥，是我妹妹病了。」

「趕緊進來吧！」藥鋪的夥計讓他們進了屋。

等了一會兒，一個鬍子花白的老頭就匆匆過來了，問道：「病人呢？」

林實連忙把冬寶抱到了椅子上坐著，說道：「是我妹妹，燙得厲害。」

診完脈後，大夫又問了這幾天吃了什麼？有沒有受涼？李氏帶著哭腔一一回答了。

大夫說道：「沒什麼大的毛病，孩子身子骨虛，又有點中暑。還是先吃幾帖藥，把熱降下去，身子骨以後再慢慢調理。」

「欸！」李氏連忙應下了。聽大夫說冬寶沒什麼大礙，心裡的一塊石頭才落了地，臉上還掛著淚，結結巴巴地說道：「您開藥，開……開好藥。」

大夫飛快地寫了藥方，叫小夥計去櫃檯抓了藥。趁這個空隙，大夫看了眼抱著小女孩掉淚的婦人，忍不住開口說了兩句。「孩子身子骨虛，都是累的。妳家裡活兒多，大人多幹點兒，咋也不能累著孩子啊！」

李氏的臉唰地就紅了，羞愧得恨不得找個地縫鑽進去，眼淚又掉了下來，囁嚅道：「謝大夫提點，是我這個當娘的疏忽了……」李氏越發地怨恨起自己了，都是她沒用，撐不起家來，才累得閨女生病。

這會兒上，醫館的大門口處有人敲了敲門，提著燈籠進來了，對大夫說道：「王大夫，有病人來啊？我在街那頭聽到你們這裡有人叫門了。」

王大夫連忙站起來，拱手道：「是啊，煩勞梁公差掛心了，這麼晚了還來巡夜。」

梁哥擺擺手，笑道：「都是分內的事。」又扭頭朝病人看去，看見李氏，頓時吃了一驚，叫道：「秀才嬸子！」

李氏也愣了下，站起來說道：「是梁大人啊！」

梁哥放下燈籠，往前走了幾步，看見了躺在林實懷裡的冬寶，雙目緊閉，小臉燒得通紅，忙問道：「是冬寶妹子病了？咋樣了？」

王大夫開口答道：「沒什麼大礙，吃了藥發發汗，好好歇息兩天就好了。」

梁哥點點頭，眉宇間也是一鬆。

「勞梁大人費心了。」李氏客氣地說道。

梁哥笑著搖頭。「嬸子可別這麼說了，我就一個小差役，哪當得上什麼大人啊？嬸子以後就喊我梁子吧！」

這邊夥計抓完了藥，剛要遞給李氏，王大夫看了眼梁哥，便說道：「不如先在我們這裡熬一帖藥，吃了再回去吧？」

梁哥點頭道：「也是，你們回去還得一會兒，不如讓冬寶早點吃藥。」

李氏哪能看不出來王大夫是看在梁哥的面子上才這麼好心提議的？連忙道了謝。

小夥計提來了一個小火爐子，李氏和秋霞嬸子接了爐子，就在門外頭熬起藥。

還沒等藥燒開，剛離開的梁哥又帶著幾個人過來了，領頭的正是來過冬寶家的嚴大人。

「秀才嬸子，我們老大來看冬寶了。」梁哥叫道。

李氏慌忙站起了身，臉上還被煙燻出了兩道印子，侷促不安地說道：「這太煩勞嚴大人了，冬寶沒啥事……」

大約是瞧出了李氏心中的惶恐，嚴大人說道：「不妨事，我剛好也在巡街，聽梁子說孩子病了，便順路過來看看。」又問了王大夫一遍冬寶的病情，聽說沒什麼大礙後，對李氏說道：「宋嫂子，孩子病了，今晚上就歇鎮上吧，我讓梁子去客棧給您和冬寶開間房。」

「不用麻煩了。」李氏說道。「我們家離鎮上也不遠，來回一會兒就到了。」

嚴大人似乎不想在這個問題上多糾結，擺手道：「宋嫂子不必客氣，冬寶喝了藥睡一覺，明天早上再請王大夫看看，也省得你們來回跑麻煩。」

王大夫立刻點頭笑道：「嚴大人說的正是這個理。以老夫看，也不用住客棧，這位小嫂子要是不嫌棄的話，就住我們這兒吧，夜裡要是小姑娘不舒服，隨時叫我。」

都說到這分兒上了，李氏也不好再推辭。何況她也擔心女兒的身體，住在藥鋪裡，旁邊就是大夫，隨時都能診病，再好不過了。

「成。」李氏連忙道謝，先謝過了嚴大人，又謝王大夫。要不是嚴大人，藥鋪裡的大夫哪可能留她們母女住宿？還不是看在嚴大人的面子上。

正說著話，冬寶的藥已經熬好了，待稍微放涼一些，林實就扶著冬寶坐直了身子，李氏餵冬寶喝藥。

冬寶迷迷糊糊地張開了嘴，藥一進嘴裡，冬寶就下意識地吐了出來。又苦又澀，簡直要了她的小命！

李氏看女兒遭罪，心裡頭就像有刀子在割一樣，忍住淚哄冬寶道：「寶兒，乖，喝下去病就好了，乖啊！」

在李氏再一次把藥碗送到嘴邊時，冬寶心一橫，大口地把藥喝了個精光，喝完後，覺得整個口腔都麻木掉了，隨即昏昏沈沈地睡了過去。

臨睡著之前，她感覺到林實的手輕拍著她的背，一下一下的，溫暖又貼心……

等冬寶再次醒來的時候，天已經大亮了，睜眼看到的是陌生的房間。

這時候，李氏掀開簾子，端著一個托盤進來了。

看到閨女醒了，李氏笑道：「咋樣？頭還疼不疼了？」

冬寶搖搖頭，大夫開的藥果然很有效，一劑藥下去就退了燒。

「先吃點飯，吃完飯還得喝藥。大夫說了，得喝三天，把病根給斷了。」李氏給冬寶穿好了衣裳，就拉著冬寶到桌子旁吃飯。

冬寶左顧右盼了半天，問道：「大實哥呢？回去了？」

李氏捏了捏她的鼻子，笑道：「妳個小沒良心的！一睡醒就知道找妳大實哥。」

冬寶不好意思地爭辯道：「昨天是大實哥揹我過來的，我還沒謝他哩！」

李氏點點頭。「妳大實哥和秋霞嬸子昨兒晚上回去了，他們今天還得忙收麥子。」

「喔。」冬寶了然地點點頭。

王大夫過來給冬寶把脈的時候，窗戶外頭傳來了一個小孩的叫嚷聲——

「我冬寶姊呢？」

「欸，是小旭！」冬寶又驚又喜，站起來衝窗外嚷了一聲。

李氏連忙按住了她，跟王大夫賠笑道：「小孩子不懂事。」

王大夫笑著收回了手，擺手道：「孩子活潑些是好事。已經沒什麼大礙了，還是按我昨天晚上開的方子吃，吃三天就行了。」

「欸！」李氏笑著應了。女兒沒事了，她心情也鬆快了。這會兒見王大夫要出去，不好意思地問道：「大夫，這診費是多少？」

她們現在手頭攢了不少錢，拿去還債都綽綽有餘了，只不過按冬寶的意思，是孤兒寡母的財不可露白，不能那麼急著把錢還了，要是叫人知道了底細，還不得有更大的麻煩？

王大夫笑道：「嚴大人昨兒晚上已經付過了，小嫂子走的時候別忘了問夥計拿藥。」說罷，就先出去了。

剩下李氏和冬寶面面相覷。她們不過是收留了小旭一天，沒給人家吃好，也沒給人家穿好，如今嚴大人這個人情，可還得大了。

這會兒上，小旭蹦蹦跳跳地跑了進來，瞧見了冬寶和李氏，就歡呼一聲撲了過來。李氏怕他小孩子沒個輕重，撲倒了冬寶，連忙接住了他。

小旭瞪著圓溜溜的大眼睛看著冬寶，小心翼翼地問道：「冬寶姊，我聽我爹說妳病了，是不是啊？」

冬寶點點頭，有氣無力地說道：「是啊，不過快好啦！」

看冬寶精神不足，小旭拉著冬寶的手說道：「要不妳住到我家去吧！」

冬寶笑道：「不行啊，我們等會兒喝了藥就要回家去了。」

「這麼快就走啊？」小旭不高興地皺了皺鼻頭，嘆氣道：「我回家後，天天都得去學堂，忙得很。前幾天學堂放假，我想去找妳和全子玩，我爹不讓，說你們都忙著幹家裡的活兒，不讓我去打擾你們。」

眉清目秀的小正太做憂傷狀實在很可愛、很招人疼，冬寶忍不住捏了捏小旭的臉蛋。

「你爹也是為你好，可不能再跟以前一樣，動不動就跑出去了。」

小旭不滿地嘟囔了一句。「哪有動不動的？統共也就跑出去那麼一次！」

冬寶瞪了他一眼。

小旭嘿嘿笑了兩聲，小腦袋靠到了冬寶的胳膊上，說道：「冬寶姊妳說的道理我都懂，我不是小孩子了。我爹和梁哥都跟我說，是我運氣好，碰到了冬寶姊和大娘，將來要是我當了官，有了出息，一定要對妳們好。」

小正太紅著臉立志的模樣也很可愛、很萌啊！冬寶很嚴肅地對小旭說道：「就算是當不了官，也要對我們好。」

小旭立刻點頭，還沒開口，就被李氏打斷了話。

李氏點著冬寶的額頭罵道：「病剛好就開始欺負人了。」

冬寶笑了起來，乘機捏了捏小旭圓潤的臉蛋，說道：「誰欺負他了？我對他好還來不及呢！」

小旭再聰明也是個六歲的小娃兒，此刻還不是冬寶的對手，聞言立刻附和冬寶的話。「冬寶姊沒欺負我。」

李氏哭笑不得，摸了摸小旭的頭，對小旭說道：「小旭啊，你一個人過來的？」

小旭點點頭。「我爹去鎮所了，我央梁哥帶我過來的。梁哥說他去巡街，一會兒就過來帶我去學堂。」

正說著，梁哥就掀開布簾進來了，瞧見冬寶眼神亮亮地坐在那裡，梁哥笑道：「身子好了？妳可不知道，昨兒晚上把妳娘都嚇壞了。」

冬寶當下就從椅子上站了起來，恭恭敬敬地朝梁哥行了個禮，笑道：「昨兒晚上多謝梁哥了！」

梁哥趕緊過來扶住了她。「甭這麼客氣！妳和嬸子不是外人，我也沒幫啥忙。」又問李氏道：「冬寶妹子咋樣了？要不要再住兩天？」

李氏趕忙搖頭。「沒什麼大礙了，等會兒我就帶她回家。大夫說藥再吃三天，去去根。」說罷，李氏看著梁子，猶豫了下，開口說道：「梁大人，我才知道，診費和藥費是嚴大人結的帳，這叫我們實在過意不去。我們是帶了錢來的，能不能託您個忙，把這錢——」

梁哥一聽就知道李氏想說什麼，連忙說道：「嬸子，這事我可作不得主。我們老大也是想謝謝妳們，這點錢也算不得什麼，妳們別客氣了。」

小旭拉著李氏的胳膊，跳著腳叫道：「不要還、不要還！」他年紀小，不知道該為冬寶和李氏做些什麼才能算得上是對她們好，如今可算是有個機會了，一聽李氏要還錢，他就急了。

李氏也不好再說什麼了，摸著小旭的頭笑了笑，說了聲好，然而心裡面十分過意不去。她是個老實厚道人，占了別人便宜好像犯了什麼罪過一樣，更何況，欠的人情還是沅水鎮父母官的，想想都覺得不妥當。

時間不早了，梁哥怕耽誤小旭上學堂，拉著小旭要走。

小旭依依不捨地看著冬寶，拉著冬寶的手說道：「冬寶姊，妳和大娘先別回家，去我家玩兩天吧？還有全子哥和栓子哥，也一起來。」

李氏一個寡婦，怎麼可能帶著閨女住到一個鰥夫家裡頭去？然而看小旭稚嫩的臉上滿是期待，冬寶拒絕的話就說不出口，便笑道：「我還得回家養病呢！你也可以去我家啊，全子和栓子都在的。」

小旭立刻喜孜孜地點了點頭，重重地應了一聲。「欸！」

等人走了，李氏嘆道：「這人情算是欠下了。」

「以後想辦法還上就是了。」冬寶笑道。「咱不好直接給人家錢，嚴大人和梁哥就在鎮上，咱就給人家送點豆腐、菜啥的，總不能占人家便宜。」

李氏笑著點頭，打散了冬寶的頭髮，重新幫她梳頭，絮絮叨叨地說道：「聽梁子說，嚴大人家裡父母早就不在了，一個人帶著孩子，又當爹又當娘的，哎。」有句話李氏沒跟女兒說，以嚴大人的身分，想續娶一個媳婦太容易不過了，還不是心疼兒子，才一直光棍到現在的。

「等小旭長大後懂事了，就知道嚴大人對他好了。」冬寶笑道。雖然只見了兩面，她直覺上認為嚴大人是個不錯的人，為人雖然嚴肅了點，可優點是顧家，也沒什麼不良嗜好。

冬寶心裡一陣可惜，要是嚴大人只是個普通農戶就好了，當她後爹還挺合適的。想到這裡，冬寶偷偷抬頭看了眼李氏。這些日子過得舒心，李氏的精神頭不錯，笑容也多了，加上這段日子做豆腐、吃豆腐，人變白了，皮膚也細膩了。

李氏本來模樣就不錯，瓜子臉、大眼睛，現在又白了不少，自然比以前好看。

冬寶挺盼著李氏能找個合適的人嫁的，只可惜李氏沒這方面的心思，也沒有遇到合適的人。唯一遇到的一個算是「好男人」的嚴大人，又是個高高在上、她們搆不到的。不過這話不能跟李氏說，就算李氏性子溫軟，要是知道閨女想給她作媒，絕對饒不了她。

李氏正收拾東西準備回去，就聽到了一陣匆匆的腳步聲。

林實掀開簾子進來，看到冬寶笑咪咪地坐在那裡，心裡那根繃緊的弦立刻就鬆了下來，臉上的神色瞬間就變得柔和起來。

「大實，你咋過來了？」李氏驚訝地問道。

林實摸了摸冬寶的額頭，轉身對李氏笑道：「我來接妳們回去。」

「這太麻煩你了。」李氏說道。人家家裡頭還一攤活兒等著呢！「你家裡忙完了？」

林實說道：「差不多了。我們今天起得早，這會兒天也熱了，我爹說先歇會兒，等下午涼快點的時候打麥。」雖說著話，眼睛卻看著冬寶，捨不得移開。小丫頭笑起來真好看！

昨兒晚上，李氏心裡擔驚受怕，他也沒好過到哪裡去，後半夜就起來，趁著星光去地裡割麥子，想省出點時間來鎮上看看冬寶怎麼樣了。

他是偷偷從家裡跑出去割麥子的，然而他到地裡過沒多久，爹娘和爺爺就帶著鐮刀，推著架子車過來了。

爹和爺爺看著林實直笑，卻不說話。

娘則大聲地揶揄道：「喲，這麼早割麥子，等會兒想幹啥去啊？」

臊得他面皮脹得通紅，只得悶頭割麥子，一句話也說不出來。

這會兒林實看到冬寶沒事了，一顆心才放回了肚子裡，問道：「還難受嗎？」

冬寶搖搖頭，抿著嘴看著林實，輕輕地笑，臉頰漫上了一層紅暈。她要是再看不懂這個俊秀少年的心思，她就白活這麼大歲數了。想到這個優秀溫良的少年也同樣中意於她，冬寶歡喜的同時覺得有點害羞，人家可是貨真價實的十四歲少年，怎麼都覺得自己有點老牛吃嫩草的嫌疑啊！

冬寶決定不去考慮老牛和嫩草的問題了，古代男人不打老婆、不吃喝嫖賭已經算是好男人了，像林實這樣的績優股更是少之又少，她不抓緊，不就便宜別人了？

李氏在一旁也微微笑著，她心裡跟明鏡似的，林實是她看著長大的，人品沒得說，要是兩個孩子能成一對，她便算是真正地放了心。

只是，林實比冬寶大四歲，也不知道林家人願意不願意讓林實再等上幾年？

第四十六章 回家

冬寶大病初癒，林實心疼她，揹著她回家，李氏在旁邊舉著藥包給她遮陽光。

少年的脊背瘦削單薄，然而揹著她走的時候穩穩當當的。冬寶安心地趴在林實背上，聽著他呼吸的聲音，這回比起昨天晚上來，少了擔驚受怕，多了一絲羞澀。

「這回可多虧大實了，等寶兒病好了，叫她多做幾個好菜給你補補。」李氏笑道，看林實是丈母娘看女婿，越看越喜歡。

林實笑道：「大娘又跟我客氣了，這不是應該的嘛！」

冬寶趴在林實背上，嘟囔道：「拿我做人情……」

李氏和林實齊齊地笑了起來，李氏笑道：「這不是娘沒妳會燒菜嘛！」

路上，李氏幾次要接過冬寶來，都被林實婉言拒絕了。「大娘，妳守了冬寶一夜，也累了，下午還得做豆腐呢！」

經過宋家時，正好碰上宋招娣出來。

瞧見林實，宋招娣臉上一紅，笑著迎了上去。她一個姑娘家不好跟林實搭腔，便對李氏親熱地笑道：「大娘，你們咋在這裡呢？」

冬寶看見她就沒好氣，扭過了臉去不看她。

李氏是個好脾氣的，再說了宋招娣是晚輩，她不能和一個晚輩過不去，便對宋招娣笑道：「妳妹妹身子不得勁，我們剛從鎮上看大夫回來。」

宋招娣壓根兒沒注意聽李氏講什麼，她的全部注意力都放到了林實身上，看林實揹著冬寶熱得滿頭是汗，辛苦得很，她心裡就忍不住泛酸。宋冬寶又不是自己沒腳，非得讓人家揹著算啥？

「冬寶，妳咋恁不懂事，非得讓大實哥揹著啊？妳看把大實哥累的！」宋招娣說道，彷彿真是自己的妹妹不懂事一樣。

冬寶倏地扭過臉，張嘴便是不客氣的話。「關妳什麼事？要妳來唧唧歪歪！」

「妳咋說話的？」宋招娣立刻告狀。「大娘，妳看看冬寶，成啥樣子了，妳也不管管？」

要是在以前，李氏是絕對不允許冬寶對宋家的人出言不遜的，可今天李氏卻一句話都沒說。經過昨天晚上那場鬧騰，李氏的心算是涼透了。她在這邊顧念冬寶是宋家的孩子，想對宋家客氣幾分，可他們生怕逼不死孤兒寡母似的，連在外村那些跟潑皮一樣的遠房親戚都拉來欺負人了。

要是昨兒晚上冬寶有個三長兩短……李氏光是想想就恐懼，她只恨昨天晚上沒在那對潑皮夫妻身上砍幾個血窟窿出來！對他們客氣有什麼用？只會讓他們覺得自己軟弱好欺負。

冬寶有些驚訝於李氏的態度，顧不上多想，直接衝宋招娣開炮了。「妳掰扯我娘幹啥啊？」呸！別以為她看不出來，宋招娣醉翁之意不在酒，看見林實就臉頰飛紅，心如小鹿亂撞。敢覬覦她的男人？門兒都沒有！

冬寶在林實背上張牙舞爪，半點沒覺得把林實標記為「她的男人」有什麼不妥。在林實面前，宋招娣還是很矜持的，就算她心裡再怎麼生氣，也沒跟冬寶對著吵，委屈地看了眼林實，希望林實能幫她說句話。

林實從頭到尾都沒看她一眼，等李氏幫忙把林家的大門鎖上了，便揹著冬寶往前走。

宋招娣實在不甘心，等林實經過她身邊時喊道：「大實哥……」

林實腳步都沒停一下，悶著頭往前走。就是世上沒有冬寶，他也看不上宋招娣。可他一想到，假如這世上沒有冬寶……林實心裡一緊，頭皮都跟著要炸開了一樣難受！他想不出他的世界裡要是沒有冬寶會是什麼模樣？

冬寶得意洋洋地扭頭朝宋招娣比了個中指。從現在開始，她就要對林實進行嚴防死守，什麼小三、小四、小五的，都要統統打跑！

到冬寶家後，林實就去地裡幫忙了，小黑還在屋旁的狗窩裡拴著，看到主人回來，興奮地上躥下跳，嗚嗚叫個不停。

冬寶走過去摸了摸小黑的下巴，小黑立刻搖著尾巴，舒服地瞇著眼睛直哼哼。

李氏嗔怪道：「病還沒好，趕緊進屋歇著去，一回來就摸狗。」

冬寶應了一聲，往屋裡走。

李氏見她直接往屋裡去，又叫道：「回來！洗洗手再去床上。」

冬寶吐了吐舌頭，笑咪咪地去洗手。自從她生病了之後，李氏的嗓門大了，脾氣也大了。

李氏壓根兒不知道閨女心裡正在編排她從兔子往狼的方向一路進化，看冬寶慢吞吞的樣子就不耐煩，麻利地舀水給她洗手，吩咐道：「趕緊去床上歇著吧！有娘在，啥事都不用妳操心。」

「欸！」冬寶脆生生地應了。

看著女兒往屋裡走的背影瘦瘦小小的，李氏下定了決心，誰再敢欺負上門，她就敢拿菜刀砍誰！

李氏含著一口悶氣做飯，手腳都比往日快上許多，送飯到林家地頭時，大部分人家的房頂上都還沒有冒起炊煙呢！

「今兒咋來這麼早？」秋霞嬸子笑著問道。「聽大實說冬寶好了？」

李氏說道：「好多了，不燙了，再吃幾帖藥就行了。」

看林家的麥子都割得差不多了，李氏暗暗吃驚，立刻就猜到林家今天是早早就下地了，要不然割不了這麼快的。

「你們多早下地的？」李氏問道。「這麼早下地，大實還跑去鎮上接我們，這孩子厚道啊！」

秋霞笑了起來，拍著李氏的手，悄聲說道：「要是擱別人，大實才不費這勁兒呢！」

眾人剛端起飯碗，就聽到東邊的地頭傳來幾聲尖利的叫罵，李氏也聽到了，這兩個對罵的聲音她聽了十幾年，再耳熟不過了。

大中午的，日頭正毒辣，大部分人都在地頭的樹蔭下歇著，此刻聽到婆媳倆對罵，都三三兩兩地往老宋家的地頭上看熱鬧去了。

「咱過去看看不？」秋霞嬸子試探地問道。

李氏咬牙搖了搖頭。「她們要丟人是她們的事，咱不管，也管不起。」

全子氣哼哼地扒拉著碗裡的菜，抱怨道：「昨晚上她們就在吵，我娘和我哥回來了都沒消停，現在又罵上了。」

秋霞嬸子哼了一聲。「老宋家就種了六畝麥子，擱咱們家一天工夫就割完了，他們家三個壯勞力，還有幾個半大孩子，割了幾天了只下去一半，再割不完，麥子熟過了頭就炸開崩地裡了。她奶罵她二嬸幹活不出力，瞎做樣子磨工夫；她二嬸就對著罵，說她奶偏心眼，有壯勞力兒子不使喚，逼著她挺著大肚子下地幹活，沒良心。」

「要我說，她二嬸罵婆婆不對，可話糙理不糙，她二叔幹活確實不像個樣子。」林福接了一句，他最是看不上懶惰滑頭的男人了，像宋老二這樣的，說起來他都嫌丟人。

秋霞嬸子笑著搖了搖頭，說道：「不是那麼回事。宋老二媳婦咬的是他們家老三！這不書院放假了嗎？可宋老三沒回來，說是要留在那裡唸書。」

「唸書也不差這幾天啊！」林福哼了一聲，說道：「還不是躲懶不想幹活！」他還想說當年宋秀才唸書的時候，哪年收糧食都是下大力氣幹活的，然而林福把話嚥下去了，省得勾起人家寡婦的傷心事。

李氏想了想，把昨晚上宋書海夫婦來訓斥她的事跟林家人說了。

「不管宋書海是她奶叫來的還是她二叔、二嬸叫來的，總歸跟老宋家脫不了關係。只要村裡人還容我和冬寶住在咱塔溝集，我就和宋家斷道！」李氏咬牙說道。

秋霞嬸子氣得跺腳，看著宋家田地的方向，說道：「哪有這麼欺負人的！妳咋不砍他幾刀？看誰還敢欺負上門去！」

林實默不作聲地捏碎了手裡的一塊土坷垃。他知道宋家的這個遠房親戚，這麼輕饒了他們，他心裡嚥不下這口氣。

林爺爺連忙笑著勸道：「跟小人生氣不值當。等打完麥，我去找村長說說，把冬寶家旁邊那塊地要過來，當咱家的宅基地。」

林福有些詫異，這些年他們手裡也攢了些錢，準備把家裡的幾間舊房子全推倒壘成青磚瓦房，卻沒想過要另外起新址蓋房子。

老宋家整日吵鬧，黃氏和宋二嬸對罵的時候葷素不忌，全子都學會了幾句黃氏常罵人的話，另外選址重蓋房子是個不錯的主意。

李氏和秋霞嬸子對視了一眼，都從對方眼裡看到了驚喜。秋霞嬸子打的算盤是離得近了，看中的兒媳婦再也飛不走了；而李氏打的算盤是離得近了，相中的女婿再也飛不走了。

全子聽了，在一旁咬著筷子偷笑。他打的小算盤是離得近了，方便每天去蹭冬寶姊做的好吃東西了！

黃氏和宋二嬸尖利的叫罵還是順著風斷斷續續地傳了過來——

「割不完麥子，誰都別想吃飯！」

「老太婆，妳講不講理？妳兒子在鎮上躲閒，叫我一個大肚婆娘割麥子供養他？呸！他也有這個臉？」

「我兒子咋樣，有妳說話的地兒？妳個黑心扒肺的懶婆娘，老大媳婦比妳強一千倍！」

「當初把人扔出去的時候，咋就沒聽妳說她比我強一千倍啊？現在後悔了？晚了！人家才不甩妳這偏心眼的老婆子！人家豆腐爛家裡都沒妳的分兒！」

「瞎了眼聘了妳這掃把星！要是老大和他媳婦還在，早就割完了……」

李氏全然沒把兩人的吵鬧放在心上，就像沒聽到一樣，等林家人吃完飯，就收拾碗筷先回去了。

林實搖頭道：「幸好這回大娘心裡清楚了，以前冬寶說宋家人不好，大娘還不樂意，生怕有人說他們啥。今天上午回來，碰到宋招娣想挑冬寶的刺兒，冬寶罵回去了，大娘啥話都沒說。」

全子嘻嘻笑道：「冬寶姊就是病了也是母老虎，厲害著哩！」

秋霞嬸子罵道：「不許胡說八道！你冬寶姊對你那麼好，你咋說人家的？」

「你們不懂，冬寶姊可喜歡別人說她是母老虎了，她說這是誇她厲害。」全子認真地說道。

秋霞嬸子忍不住抽了抽嘴角，她相中的兒媳婦真不是一般人。

「這要是回去幫忙，出了力還落不著好呢！」林爺爺搖頭。「就是出了力、出了錢，人家也不見得感謝她，指不定還嫌她出得不夠多、出得不夠早。」

人。

這事擱別人不好說，但擱宋家人身上，那就很有可能了，畢竟都不是什麼品德高尚的好

吃過飯後，林實和父母說了一聲，就去了永山家的地頭。永山和林實差不多年紀，正捧著大碗在樹下吃飯。

看到林實過來了，永山連忙招呼他坐下，永山的父母也笑著和林實打了招呼。「大實過來了啊？你家的麥子割完了吧？」

林實笑著點頭，瞧見永山家的地裡還有一片麥子沒割，笑道：「差不多了，下午就能打麥了。」

永山娘看著林實，臉上笑成了一朵花。這麼俊秀的後生，誰看著都喜歡，要不是家裡的閨女才八歲，她都想厚著臉皮上門提親了。

「你找我啥事啊？」永山兩三下地扒完了飯，問道。

林實無奈地在永山跟前蹲了下來。「上回不是跟你說了?母雞的事。」

「喔，我記起來了！」永山拍了下腦門，憨厚地笑了笑。「娘，大實想買咱家的母雞，咱要賣幾隻出去啊？」

永山娘笑道：「大實想買幾隻咱就賣幾隻，你領大實回家看看，給大實揀好的挑啊！」

永山應了一聲，便領著林實回家挑母雞了。

等兩人走了，永山娘笑著跟永山爹咬耳朵。「秋霞今年養了不少雞，用不著要母雞

吧？」

「妳管人家那麼多幹啥？賣了雞有錢拿就行了。」永山爹笑呵呵地說道。

永山娘白了他一眼。「要我說啊，肯定是給秀才娘子家買的。」

林實到了永山家裡，兩個人進到臭氣熏天的雞舍裡頭忙活了半天後，逮了七隻母雞和一隻公雞，用草繩拴了腳，捆在了一起。

永山打了水給林實洗臉，問道：「這是給秀才娘子家的吧？」

林實笑著點了點頭。

永山笑得賊兮兮的，用胳膊肘搗了搗林實，揶揄道：「大實，你是不是看上人家秀才閨女了？我娘說了，秀才閨女長得不賴，過兩年長開了，肯定是個小美人。」

林實慢慢洗了臉，拿過帕子擦手，在永山等得不耐煩的時候，才回頭笑道：「你覺得呢？」

呸！我要是知道還問你？永山氣得要跺腳，卻又被最終的答案撥撩得心癢癢的，想再問林實的時候，林實先開口了，似笑非笑地看著他。

「你咋和你娘說起冬寶來了？」還說那丫頭長開了以後是個小美人。他心裡頭有些不舒服，像是自己的東西被覬覦了一般。

永山紅著臉笑了笑。「你可別多想，是我娘想給我說親了，把村裡的女娃兒都捋了一遍。我娘說秀才閨女長得好看，家裡買賣也好，可惜年紀太小，還得等兩年才行。我娘也就那麼一說，我們家和秀才娘子家沒啥交情，就是上門提親，秀才娘子也不會答應。」又笑著說道：「我娘還說啊，洪栓子他娘現在肯定悔得腸子都青了，那時候要是成了親事，豆腐生意就是洪家的了。」

林實點點頭，把捆好的雞往竹簍子裡一放，就揹著走了，臨走時撇了一句。「問問嬸子多少錢，明兒讓全子給你們送過來。」

他人是走出永山家了，心裡卻跟一鍋翻騰的沸水一樣。冬寶慢慢長大了，家裡還掙著錢，她已經不是以前人人避之唯恐不及的「母老虎」了。現在冬寶家還欠著外債，日子過得不如他們家，可等一年、兩年後呢？差距慢慢顯現出來，他該拿什麼去娶冬寶？

林實先把雞放到了自家的地裡，讓雞自己在耙耬過的麥地裡啄食，麥地裡螞蚱到處飛，還有散落在土壤裡沒辦法撿起來的麥粒，雞一啄一個準。

大中午的，麥地裡曬得厲害，林家人都在樹蔭下歇息。秋霞嬸子跟丈夫指了指站在日頭下看著幾隻雞的大兒子，悄聲打趣道：「看看，兒子都要是人家的了，送個雞還要先餵飽了再送。」

林福看著兒子精心照顧幾隻雞的模樣，嘿嘿笑了起來。

林老頭在一旁抽著煙袋，小聲說道：「別高興得太早，眼瞅著人家秀才娘子家的日子越過越好，咱家再好，也就這樣了，將來……」說著，便搖了搖頭。

他年紀大了，看事情比林福夫婦多了幾分世故，若是將來人家秀才娘子的日子過得比林家好很多，當娘的肯定不願意讓女兒嫁到窮家受苦的。

秋霞嬸子的臉色就不大好看了。公爹說的是實話，人家生意好，沒少掙錢，李氏也悄悄和她透過信兒，還債的銀子早就攢夠了。

「紅珍不是那樣的人，冬寶也是個好姑娘，我瞅著她挺稀罕大實的。」秋霞嬸子說道。「再說了，不是我這當娘的自誇，咱大實也是十里八鄉數一數二的後生。」配冬寶，不虧！

「等秋收了，妳找個時間跟秀才娘子提一提，看她啥意思？」林福說道。「要是有那意思最好，要是沒有，咱就早點給大實尋摸個媳婦，斷了他這份念想，別壞了兩家的交情。」

即便李氏不同意兩個孩子的親事，林福也沒有怨恨李氏的想法。李氏一個寡婦，只有冬寶一個閨女，肯定想讓她高嫁過好日子。他們對秀才娘子母女倆照顧，人家母女倆是知恩圖報的，每天送豆腐、送菜，現在又天天送飯到地頭，衝著人家這份心，也不能因為親事不成就斷了兩家的交情。

林家一家人在地頭上，各有心思。

第四十七章 發豆芽

冬寶在家也沒閒著，李氏送飯回來後，冬寶就起身了，她有了新的主意。

經過這段時間，沅水鎮的人大部分都接受了豆腐，如今是時候推出點新鮮品種了。

其實她覺得鄉村裡面食材挺多的，但缺乏「第一個吃螃蟹的人」（注）。就她在塔溝集看到的情況，炒菜幾乎沒有，日常吃食以燉菜為主，缺乏廚藝也是一個原因。

就算有孩子在河裡摸到了魚，大人也只是煮一下，給小孩子吃點肉解饞，然而光是那去不掉的魚腥味，就沒多少人樂意吃了。

有時候泡發的豆子掉到地上，過兩天發了芽，李氏就會把豆芽扔得遠遠的。在這個時候的人看來，發了芽的黃豆不能吃，吃了會跑肚。

跑肚也是塔溝集的方言，意思等同於拉肚子。

冬寶琢磨著，得先發一盆子豆芽出來，讓周圍的人都嚐了覺得好，才能說服李氏賣這個東西。

發豆芽的工作量比起磨豆腐，幾乎可以忽略不計。

注：第一個吃螃蟹的人，此為大陸文人常用的形容詞，是魯迅書上的一句話，原來的上下文是「第一個吃螃蟹的人，一定嚐過四隻腳的蜘蛛」，是指一個人必須要勇於冒險、嘗試，才能比他人更早嚐到真正的美味。近年來也常用來形容「敢為天下先」的商場人士。

下午的時候，冬寶挑了一斤泡好的豆子放到了竹筐裡，上面蓋了一層布，澆了一次水，準備等晚上睡覺的時候再澆一次水，估計三、四天工夫，豆芽就發好了。

李氏當然不同意她這麼做，冬寶耐心解釋了很久。「我覺得這個東西肯定能吃的，豆子種下去不也要發芽嗎？剛發出來的芽最嫩了，肯定好吃！咱就試試，不好吃就再也不弄了。」

因為冬寶之前鼓搗出了豆腐和豆花，且做菜的手藝不用人教都比她好，潛意識中，李氏對冬寶要做的事便多了幾分信服。

「那就試試吧，到時候我來吃，妳病剛好，再跑肚的話就麻煩了。」李氏說道。

冬寶笑咪咪地應了一聲。雖然宋家的極品親戚多，可這個親娘對她可真是沒得說。

林家人過來吃晚飯的時候，林實就揹來了一簍子雞，把冬寶歡喜得跟什麼似的，數了一遍又一遍，彷彿已經看到了每天都能摸幾顆熱呼呼新鮮雞蛋的好日子了。

林實在一旁笑咪咪地看著，覺得冬寶偶爾的幼稚行為說不出的可愛。

此時天已經擦黑了，雞有夜盲症，一個個縮著脖子窩在牆角裡不敢動彈，偶爾咕咕叫兩聲。

「先散養兩天。」林福笑道，抹了把臉上的汗。「等收完了麥，我和大實來搭個雞舍。」

李氏笑著道謝。「又得麻煩林哥跟大實了。」

秋霞嬸子驀然想到中午一家人說的話，笑道：「咱兩家好得跟一家人一樣，不說這外道話。」

「欸！」李氏笑著應了。

晚上的菜有黃豆燉排骨、糖醋里脊、燉冬瓜和刀拍黃瓜。菜的樣式不多，然而分量都很足，用大盆子裝了放在桌子上。

全子看到菜的時候樂開了花，糖醋里脊可是他的最愛，早就想央著冬寶再做了。他忙挾了一大筷子塞進嘴巴裡，口齒不清地說道：「還是冬寶姊好。」

冬寶笑咪咪地看著幾個人大口吃菜，目光在林實身上多停留了一會兒。要不是她身體沒好利索，李氏不讓她多幹活，她還能再多做幾個菜出來，其他人吃是附帶的，她主要想讓林實多吃一些。

雖然前世戀愛經驗不足，可冬寶也知道一句話：想抓住一個男人的心，就得先抓住他的胃！雖然她年紀還小，可這種事情心照不宣，在講究父母之命的古代，兩家大人似乎也沒有反對兩人來往的意思，這就更好辦了。

臨睡前，冬寶舉了根蠟燭，去灶房看了看她發的豆芽。有一些已經冒出了細嫩的小芽，大部分還是一顆泡漲了的黃豆狀態。冬寶又細細地澆了一遍水，看過窩在牆角睡覺的雞，數了一遍，這才回屋睡下了。

李氏趴在窗前看冬寶在院子數雞，笑著搖了搖頭。閨女看上去穩重有能力，到底還是一個十歲的孩子，幾隻雞就成了她的心頭寶。

日子就這麼波瀾不驚地過了兩天，各家各戶的麥子都收得差不多了，打麥場上熱熱鬧鬧的，多是幾家人合用一個場，用牛拖著石滾子在麥子上碾壓，將麥粒從麥穗中脫出來，再掃到一起，裝到袋子裡，運回家晾乾後收入糧倉。

「今年的收成比往年少得多，一畝地都少打了將近一百斤麥子。」李氏對冬寶說道。

冬寶點點頭。「清明下雨的時候，我爺不就說了嘛，今年收成肯定不好。」

李氏半晌後嘆了口氣。「妳奶那兒恐怕是沒錢了，往年收了麥都要賣掉大部分給妳三叔用，今年……」李氏搖搖頭，沒再說下去。

冬寶明白李氏的意思，宋二嬸是絕不會允許宋家再賣糧食供養宋柏的，黃氏也不能允許因為缺錢而讓宋柏回家務農，那供養宋柏的錢從哪裡來？會不會把主意打到她們頭上？

「娘別擔心，我奶總不能帶著我二叔、三叔跟個強盜似地上門搶。」冬寶把筐子裡發好的豆芽拿到井邊沖洗，等會兒晾一下秤重，就知道一斤豆芽合多少本錢了。

李氏嘆口氣。前兩天割麥的時候，黃氏罵宋二嬸總捎帶上她，說她多好多好，她聽了之後沒半點高興，反而有種心驚肉跳的感覺，彷彿黃氏已經盯上了她。

「不說幫襯咱孤兒寡母的了，」李氏低聲說道。「別給咱找不自在，咱就燒高香了。咱家欠的外債還沒還上哩！」

「對了，等收完了麥子，咱就去村長那兒，讓林叔和村長做個見證，咱們把債還了，要是我奶上門要錢，咱就說錢還債了，現在手裡頭沒錢。」冬寶說道，刨去還債，她現在手裡還有不少錢，但讓她拿錢出來供宋柏唸書揮霍，她半點也不願意。

掙錢多辛苦啊，就宋柏那眼睛長在頭頂的樣子，也不能把辛苦錢浪費在他身上。就是投資，也要投資個潛力股。

「好。」李氏笑道。她們這段時間沒少給村長送豆腐，這樣的小利小惠擱誰心裡頭都舒坦，將來要是和宋家人起了衝突，至少村長會站在她們這邊。

「妳弄的那啥豆芽，好了？」李氏問道。

冬寶點點頭，把豆芽攤在竹筐裡，用秤秤了，大約有五斤四兩，水基本不占成本，一斤豆芽賣一文錢，一斤豆子就能純賺兩文多。比不上賣豆腐掙錢，可發豆芽是個輕鬆活兒，比做豆腐鬆快多了。

中午李氏送到林家地頭的菜裡頭，就多了一個炒豆芽。

秋霞看著豆芽，心裡打了一個突，這發了芽的豆子還能吃？

「早上我和冬寶就炒了來吃，沒事，吃著脆脆的，還入味兒，你們嚐嚐就知道了。」李氏笑著解釋。

全子可不管那麼多，在他的意識裡，凡是冬寶出品，必屬精品！他先挾了一筷子下去塞嘴裡，豆芽在他嘴裡嚼得咯吱咯吱響，叫道：「好吃！」

一家人嚐了豆芽，都覺得不錯。

林老頭還笑道：「這豆芽不賴，吃著脆，有嚼勁。我牙不好，吃黃瓜都覺得費勁，吃這個就沒事。」

見眾人都認可豆芽，李氏高興得很。「冬寶和我商量，一斤豆芽賣一文錢，你們看咋樣？味兒是不賴，就是做法沒有豆腐那麼多。」

林福擺擺手，笑道：「冬寶出的主意，啥時候不行過啊？就是這好東西吧，得叫人家知道是好東西才行。」要不是冬寶想的鬼主意，誰知道發了芽的豆子還能吃啊！

李氏笑道：「冬寶想過了，等過兩天我們出攤了，就炒一鍋豆芽帶著，買豆花吃的就送一勺炒豆芽，讓他們嚐嚐，等名氣打出來了，豆芽就好賣了。」

「這丫頭聰明！」林老頭誇獎道。「秀才娘子，妳這個閨女頂人家幾個兒子啊！」

沒有比聽到別人誇自己孩子更讓李氏高興的事了，李氏笑著點頭。「她就是會瞎琢磨，你們可別老誇她。」

林實臉上也在笑，笑容卻沒達到眼底。冬寶越來越聰明能幹，彷彿破繭化蝶一般，慢慢地向人們展示著她的光彩。現在她才十歲，等過兩年……那個時候的他還能配得上她嗎？

等李氏走了，林實猶豫了好一會兒，還是沒有說什麼，悶著頭下場子打麥去了。

晚上家裡人都上床休息了，林福拉著林實到院子裡說話。「你今兒是咋啦？心裡有事咋的？」

月明星稀，皎潔的月光照得院子透亮，牆角裡的紡織娘在不停地叫著，和遠處池塘小河裡的蛙鳴聲遙相呼應。

「沒啥事。」林實笑道，看了看父親被太陽曬得紅黑的臉，嘴邊的話又嚥了下去。

林福背著手看著兒子笑，把林實都看得不好意思了，別過頭去說道：「我真沒啥事，爹你快去睡吧，明兒還得收拾地哩！」

「說吧，兒子跟老子還有啥不能說的？」林福呵呵笑了起來，摸了摸兒子的頭，感慨萬分。歲月不饒人啊，兒子的身形馬上就要超過他了。見兒子還不吭聲，林福湊近了他，壓低聲音問道：「是不是想要媳婦了？」

林實臊得滿臉通紅，下意識地就想到了冬寶白白淨淨的小臉蛋，說話都結巴了起來。

「爹，你亂說啥！」

林福嘿嘿直笑。「我跟你娘還想著秋收了去提親，看你這樣子是等不了那麼久了。」

林實笑了笑，搖頭輕聲說道：「人家生意越做越好……不一定看得上我哩！」

林福拍了拍兒子的背，他這個兒子表面上不動聲色，心思看得倒是透。「只要你願意，爹厚著臉皮去問問。人家是秀才閨女，就是不做生意，咱們也算是高攀了。憑咱兩家的交情，你秀才大娘十有八九得願意。」

「那不行。」林實搖頭說道。他們家對李氏母女有恩不假，可挾恩要求人家嫁閨女，林實不願意，他只想讓冬寶心甘情願地嫁給他。

「這也不行、那也不行，你想咋樣啊？」林福笑著問道。他早看出來了，兒子有話想說。

林實也笑了。「那我就厚著臉皮跟爹提一提，爹要是不願意，就當我沒說過。」月光下，林實看著父親，鼓足勇氣說道：「爹，我想重新回去唸書。」他不敢誇口能考個舉人什麼的，這幾年下苦功夫努力，考個秀才還是有可能的，配冬寶不委屈了她。還好冬寶和他差了四歲，也能等得起。

供養一個讀書人不是件容易的事，林實一向懂事，不願意在這件事上讓父母為難，何況家裡不止他一個孩子，還有全子。看宋家為了宋老三唸書的事鬧成那樣，他本能地就把讀書的念頭壓到了心底，半點都不敢表露出來，生怕和睦的家庭因為他要唸書，也變得雞犬不寧。

林福沒想到林實是想讀書，站在那裡半晌沒動靜。

林實心中苦笑了一聲，輕聲說道：「爹，算了，當我沒說過，我年齡也不小了，回去讀書不合適。回去睡吧。」

「讀！咋不讀？」林福突然大聲說了一句。「等收了麥子，爹就帶你去鎮上，咱也去唸那個聞風書院。他們老宋家能出一個秀才，咱老林家咋就不能？當年把你從私塾帶回來時，夫子可捨不得了，一個勁兒地跟我說你聰明，不讀書可惜了。我到現在心裡都後悔著哩！」

見父親答應了，林實心頭一鬆，彷彿一塊石頭落了地。然而他又覺得有些內疚，家裡還有全子，他身為長兄去讀了書，全子恐怕就沒有唸書的機會了，而且家裡父母的負擔就重了。

「爹，要不再跟娘和爺爺商量商量吧？」林實說道。「還得問問全子的意思，我是當大哥的……」

林福笑著拍了拍林實的肩膀。「放心吧，你娘肯定也願意。全子……」說到這裡，林福猶豫了一下，手心手背都是肉，小兒子也是他的心尖尖。「你現在不就在教他和冬寶認字嗎？以後也一樣，你從書院裡學到啥，回來就教給你弟弟，要是全子也是讀書那塊料，爹砸鍋賣鐵也要供你們倆唸書！」

「那不行，要是全子願意唸書，就讓全子去唸書吧。」林實認真地說道。宋家為了出一個讀書人而付出的代價太重了，他不想讓自己和睦的一家走宋家的老路。

林福看穿了兒子的心思，站在院子裡指著宋家的方向，搖頭說道：「放心，咱們都不是他們那樣的人，咋都走不到他們那一步上。」

他兒子可比宋老三那個自私自大的人強一百倍！

林實的鼻子有些酸酸的，重重地點頭，輕聲說道：「爹，我就去唸三年，要是三年還考不上個秀才，我就不唸了，安安心心當個莊稼漢。」他許給自己三年時間，若是沒有讀書的命，他也不能強求。他是長子長孫，肩膀上挑著一家的責任，他沒辦法像宋老三那樣只顧自己。

若那時他一事無成，配不上冬寶，他也無憾了，至少為了她努力奮鬥過。

林實家在場上打完麥子、拉回家不到半個時辰，天上就下起了瓢潑大雨。

林福幾個人坐在堂屋裡看著密密的雨簾歇氣閒聊，說起了宋家還未割完的麥子，都忍不住替宋老頭心疼。被大雨一澆，收成不知道得損失多少。

莊戶人家最心疼糧食了，像宋家二房那樣，在收麥的關鍵時刻還要偷奸耍滑，讓好好的收成壞在地裡，這種行為沒人能看得慣。

「那糧食收回家他們不吃啊？偷懶害的是他自己！」秋霞撇嘴，不屑地說道。

林福笑道：「妳當人家傻？人家算盤打得精明著呢！我先前聽人講，宋嬸子跟人嘮的時候說了，今年的麥子都賣了供他們家老三唸書，一家人就吃秋裡收下的粗糧。不管收回來多少麥，都沒宋老二的分，他幹啥白費力氣？」

林老頭搖頭嘆道：「以前秀才和秀才娘子在的時候，他跟在後頭做做樣子就行了，反正有人幹活，你宋叔、宋嬸也就不咋管他。」

「那是以前。」秋霞說道。「他們現在還能指望誰？」

一家人正閒聊著，隔壁宋家又傳來了叫罵聲，密密的雨幕根本攔不住黃氏尖利的叫罵——

「我X妳娘個X！誰叫妳回來的？滾回去割麥子！死丫頭片子……」

秋霞嬸子立刻捂住了全子的耳朵，氣得不行。她真心佩服黃氏，那麼下流的話都能罵得出口，罵的還是自己的兒媳婦和親孫女。

林實在一旁心不在焉地聽著，心裡想的是冬寶家的房子漏雨，下小雨還好，下這麼大的雨……

「我去大娘家看看。」林實站起來說道。他先去菜園裡摘了一籃子菜，然後到灶房找了頂草帽，又翻出來一件舊蓑衣披在身上。

全子鬧著也要出去玩，被秋霞拉住了。「別搗亂，這麼大的雨，跑出去幹啥？」

第四十八章 表白

到了冬寶家，林實進屋看了一遍，才鬆了口氣。能睡人的兩間屋裡有幾處滴水的地方，都已經放了器具接雨，雞也逮到了灶房裡關著。

「這房子得好好修一修才行。」冬寶鬱悶地搖頭嘆道。不知道好好修一下得多少錢？她還想在鎮上賃一間鋪子呢，要花錢的地方實在太多了。

李氏笑道：「修房子哪是那麼容易的事。正好大實來了，我去老成那兒跟貴子說一聲，今天不賣豆腐了，下恁大的雨，不掙這份辛苦錢了。」

等李氏走了，見冬寶鼓著個包子臉，林實忍不住笑了，說道：「要修也簡單，只是費點功夫罷了。我姑父會給人修補房頂，等過兩天我去問問他有沒有空？」

冬寶點頭笑了笑。「那麻煩大實哥了，到時候保管讓姑父吃好喝好。」

兩個人並排坐在凳子上，看著門外細密的雨簾，冬寶乾淨白皙的側臉就靠在他的肩膀上，林實只覺得書中學到的詩句，沒有一句能形容他此時寧謐安好的心情。

「寶兒。」林實微笑著開口了。

冬寶坐直身子看著他，笑道：「怎麼了大實哥？」

「我要去唸書了。」林實說道。

冬寶有些驚訝，隨後就笑道：「讀書是好事啊！大實哥那麼聰明，不讀書真是可惜了。」

她還想等她生意再做大一點，就把林叔和秋霞嬸子拉入夥，變相地送他們錢供林實和全子去唸書哩！

「我跟我爹商量好了，家裡只用供我讀三年，三年後要是考不上秀才，就回家種地。」林實看著冬寶，溫聲說道。

冬寶剛想說三年時間太短了，秀才哪是那麼容易考中的？像她爹，考到二十多歲才中秀才，宋柏到現在連童生都不是。林實雖然讀過一年私塾，可中間輟學了這麼長時間，再去讀書，差不多相當於從頭開始。然而還沒等她開口，林實便又笑道——

「三年以後妳都快十四歲了。」

「十四歲怎麼了？」冬寶有些摸不著頭腦。

林實湊近了她，慢慢說道：「寶兒，咱們塔溝集的女娃兒多是過了十二歲就訂親的，所以……妳能不能等我一年？先別急著訂親，好不好？」

冬寶眨眨眼睛看著他，林實的臉龐就在她面前不遠處，曬成小麥色的皮膚，五官漂亮，尤其是一雙溫潤的眼睛，睫毛又鬈又長。

這……算是在表白嗎？冬寶的心劇烈地跳動了起來，不受自己控制般，跳得厲害，臉上也脹紅成了晚霞色。

「不願意嗎？」林實問道。

冬寶嘟著嘴哼了一聲，低頭勾起了嘴唇。她原想林實平日裡是個厚道的人，不料實際上也壞得很，故意這麼問她，她能不願意嗎？

「哼一聲是什麼意思啊？」林實不依不饒地問道。「到底是願意還是不願意啊？」

冬寶低頭只顧著笑，她沒有想到，原來被喜歡的男孩表白是這麼讓人開心高興的事情，彷彿眼睛、鼻子、耳朵裡都被刷上了一層蜜，不管看到、聞到、聽到什麼，都是讓人甜蜜蜜的感覺。

這會兒，大門傳來了聲響，是李氏回來了。

久久聽不到冬寶的回答，林實說不上心裡頭是什麼滋味，等他站起身要去迎接李氏時，冬寶伸手拉住了他的手。

林實低頭看過去，冬寶乾淨白皙的小臉上滿是狡黠的笑容。

她輕聲說道：「再多等兩年我也願意。」

聽到她的回答，林實不可抑制地咧開了笑臉，他知道自己這樣笑起來傻兮兮的，可就是忍不住想要笑，還想說些什麼，然而這會子李氏已經要走到門口了，他只能暗中捏了下冬寶的手，低聲笑道：「嚇我一跳。」

李氏進門就看到兩個半大孩子還是走之前的狀態，一個站著看雨，一個坐著看雨，忍不住回頭看了眼外頭的雨幕，暗自奇怪，這雨有什麼好看的？

「大實啊，晚上在大娘家吃飯吧，大娘烙鍋盔給你吃。」李氏笑道。

林實搖搖頭。「不了，我這就回去了，我娘肯定燒了我的飯。」

冬寶送林實到門口時，面臨分別，新出爐的小情侶反而不知道說什麼好了。

林實站在門口笑咪咪地看著冬寶，眼裡滿是寵愛。他有點捨不得走，然而站在門口太久了也不好，兩人紅著臉對看了一會兒後，林實才說道：「那我走了？」

冬寶點點頭，小聲說道：「路上滑，你慢點兒。」

林實看著紅著臉的冬寶，心裡一陣癢癢，伸手握住了冬寶的手，拇指在冬寶手背上摩挲了幾下，才轉身走開。

冬寶目送著林實的背影消失在拐角處後，又站在門口吹了會兒涼風，摸了摸臉，覺得沒那麼燙了，才往屋裡走。

到屋裡之後，冬寶脫了衣裳跳到了床上，用被子蒙住了頭，臉上一陣陣的發燙。回想起剛才林實紅著臉表白的一幕幕，她忍不住吃吃地笑了起來，這是紅果果（注）的老牛吃嫩草啊！可十四歲淳樸少年的表白真的很可愛啊，可愛到她醉得不能自拔了。

晚上吃飯的時候，冬寶還在抑制不住地笑，想起來就吃吃地笑兩聲，嘴巴裡的鍋盔掉出來都不知道。

李氏搞不清楚閨女發了什麼瘋，連給了她好幾個白眼，揶揄道：「大實跟妳說啥高興事了？說出來讓娘也樂呵樂呵。」

冬寶哼了一聲不理她，背過身去，一個人偷著樂。她十歲，林實十四歲，應該算是「早戀」了吧？這種事當然要偷偷進行，才不能告訴父母讓他們知道哩！

等雨過天晴，陽光重新灑滿了大地的時候，李紅琴帶著張秀玉和張謙回來了，還扛來了兩大袋的白麵。

張謙的個頭不算高，一身乾淨的藍棉布直裰，方臉，濃眉大眼，笑起來格外的憨厚。見了冬寶，張謙欣喜地上前摸了摸冬寶的腦袋，喊了一聲。「冬寶表妹！」

「表哥好！」冬寶笑著還了一禮。

「咋恁客氣。」李紅琴笑道。「小時候小謙還帶著冬寶到處跑著玩，冬寶跟在後頭喊小表哥喊得可甜了。」

哈，原來那個怯懦膽小的宋冬寶小朋友，也有快樂活潑的時候啊！

李紅琴一笑，整個院子都迴響著她爽朗大氣的笑聲。李紅琴不在這幾天，冬寶總覺得怪怪的，好像少了些什麼，這會兒上才恍然大悟過來，原來是少了大姨的招牌笑聲啊！

「地裡的活兒忙完了嗎？」李氏關心地問道。

李紅琴點點頭，笑道：「收完糧食，地佃出去，就沒啥事了。」

「妳回來就回來，還扛麵回來幹啥？小謙去書院唸書不要錢啊？」李氏有些不高興。

「這是今年新打下來的麥子磨的新麵，我給我外甥女吃的，妳急個啥！」李紅琴笑道。扛都扛過來了，李氏也不能讓李紅琴再扛回去。

中午便用李紅琴帶回來的新麵粉蒸了饅頭，整個院子飄的都是饅頭的清香味。

吃飯的時候，李氏跟李紅琴細細講了這些天的事，說了去幫林家做飯的事，說了宋書海

注：紅果果，為網路用語，紅＝赤，果果＝裸裸。即赤裸裸之意。

夫婦跑來欺負人的事，又說了冬寶生病的事。

聽到這裡，張秀玉擔心地看著冬寶，問道：「妳病咋樣了？好了沒？」

「好了。」冬寶連忙點頭。

「早知道我就不回家了，妳病了也有個照顧妳的人。」張秀玉說道。

冬寶笑嘻嘻地說道：「那秀玉姊就別回去了，做我們家的閨女好了，我娘肯定願意。」

比起宋招娣，張秀玉更像是冬寶的親姊姊，性子溫柔，又帶了些李紅琴的爽朗大氣，是個好姑娘。

李紅琴氣得放下了筷子。「老宋家的人真不是東西！攆走他們算便宜他們了，要我，非得到他家門口罵他個一頓，叫小王莊的人都知道他是啥樣的人！」

「娘，別氣了。」張謙在一旁勸道。「跟那種人置氣不值當。」

李紅琴嘆了口氣，看了眼張謙，語重心長地說道：「小謙，你也看到了，咱兩家都是孤兒寡母，人家就當咱們好欺負。你努力唸書，爭取早日考個功名，到時候就沒人敢欺負咱們了。我跟秀玉再累，心裡也得勁兒。」

張謙在李紅琴滿是期待的目光下點了點頭。「娘，我一定認真唸書。」

冬寶在一旁聽得狂冒汗，這可真像是前世的時候，親戚在飯桌上教育激勵自家還在讀書的小孩般。

吃完了飯，冬寶領著張秀玉和張謙找林實玩去了，後面還跟著歡快地搖著尾巴的小黑。

這會兒，李氏忍不住對李紅琴說道：「大姊，妳也別給小謙太大的壓力了。」被母親和妹妹供養著，只要不是宋柏那種人，誰心裡都不好受的。

讀書這事得靠天分，成就成，不成也沒辦法。

李紅琴嘆了一聲，低頭道：「這不是盼著他好嘛……」

李氏搖頭道：「妳給小謙逼得太緊，他壓力太大，反而學不好。當年秀才就是，考了幾年才考中秀才，之後又是好幾年，一直沒考上舉人，冬寶她奶天天念叨，後來他啥書都看不進去了，一進考場就發抖……人都這樣了，還考啥啊？」李氏意興闌珊地嘆道。

李紅琴點點頭。「我知道了，以後就不說他了，讀成啥樣就是啥樣吧。家裡有地，就算是啥也考不上，回家當個泥腿子也餓不著他。」

「這麼想就對了！」李氏笑道。

前兩天的大雨下得很給力，不但塔溝集的坑坑塘塘裡都蓄滿了水，連小河裡的水也都漲得老高，幾乎與河岸齊平了，遠遠沒過了洗衣服的石臺。

不少半大孩子都在外面，拿著自製的各種工具捉魚摸蝦。

這個年紀的男孩都是摸魚的好手，冬寶站在那裡看了一會兒，就瞧見村裡一個叫樹根的男孩，一會兒工夫就從泥坑裡摸了半簍子的泥鰍。

林實、全子還有小謙也挽起了褲腳，到坑塘裡摸魚摸蝦，摸到了就扔到岸上，冬寶和張秀玉趕緊撿起來放到簍子裡。

而這會兒上，河邊幾個少年突然爆發出了一陣喝彩聲，冬寶循聲望過去，就看到一個男孩抱著一條五、六斤重的大草魚在岸上傻呵呵地笑，草魚在他懷裡奮力地扭擺著尾巴，卻掙脫不了少年黑瘦的胳膊。

「估計是上游人家湖裡頭養的魚，被大雨沖到了咱這裡。」林實站在冬寶旁邊笑道。

自從「表白」過後，兩個人就像是有了小秘密一般，看到對方就忍不住甜蜜蜜地笑。

張秀玉眼紅地看著那條大胖草魚。「咱們沒網子，只能在這裡捉小魚小蝦。」

冬寶嘿嘿一笑。「想要魚還不容易？」說著，就大踏步地走到了捉魚的少年旁邊，笑咪咪地問道：「你這魚賣不賣啊？」

冬寶不認得他，他卻認得冬寶。「妳要買我的魚？」

「開個價吧！」冬寶土豪了一把。

「這個……」少年撓了撓頭，看著冬寶和張秀玉，忍不住臉紅起來，把魚放到了桶裡，和幾個夥伴商量了半天，也沒商量出來個價錢。

「十個錢咋樣？」張秀玉等得不耐煩了，搶先問道。

幾個人商量了下，便成交了，抱著木桶把魚送到了冬寶家裡，冬寶則數了十個錢給他。這幾個小男孩都是頭一次掙到錢，幾個人歡喜得跟什麼似的，拿著錢就跑開了，七嘴八舌地討論是買吃的還是買玩的去。

「這魚準備咋做啊？」張謙笑著問道。「聽秀玉說，冬寶做飯可好吃了。」

「還是跟上回一樣吧！」全子在一旁急得叫了起來。「就上回那種，炸了以後燉的。」回想起美味，全子就忍不住伸舌頭舔了舔嘴唇。「我還想吃那種的！」

「沒問題！」冬寶拍著胸脯答應了，厚著臉皮想道：未來的小叔子點菜，哪有不做的道理！

下午的時候，李立風上門了，還帶了一大包東西，有幾個紙包的點心、兩塊疊得整整齊齊的碎花布。

「前幾天我去安州進貨了，這些點心都是在安州買的，給孩子們嚐個新鮮。花布是給兩個姑娘的，一人做身新衣裳。」李立風笑呵呵地說道，抬手阻止了李氏要道謝的話。「兩個孩子見天地送菜、送豆腐孝敬我，我這個做舅舅的還不能給她們買點東西？」

「能，當然能！」李紅琴和李氏都笑道。

李立風又對冬寶招手道：「來，舅舅給妳帶了好東西。」說著，李立風從懷裡掏出了一個紙包，遞給了冬寶。

冬寶打開紙包，裡面是鮮紅色的粉末。

張秀玉在旁邊看了一眼，笑道：「是胭脂？」

「不是。」冬寶的心漸漸激動了起來，看向李立風，驚喜地問道：「是茱萸粉，對不對？」她之前跟大舅提過一次，沒想到大舅居然放在了心上！

李立風笑著點了點頭。「這東西咱們沅水還沒有，就是安州賣這個的也少，用這個的人不多。」

當然不多了！冬寶記得明朝的時候辣椒傳到中國，辣才在中國人的食譜中占據了一席之地。她現在找不到辣椒，只能找類似的替代品了。

冬寶樂得捧著茱萸粉，不知道說什麼好。瞥見桶裡的草魚，她頓時想到了好主意，笑道：「晚上請大舅吃好吃的，保管之前沒吃過。」

第四十九章 走失的兒媳婦

在冬寶的指揮下，李氏麻利地將魚切成了薄薄的片。冬寶把切成薄片的豆腐，同豆芽一起在沸水中燙了一遍後，準備開始做前世紅遍大江南北的名菜——水煮魚。

李氏去叫了林福一家過來，難得李立風過來一趟，李氏心裡高興，準備好好地請眾人吃一頓飯，還打了一斤酒回家。

這頓飯的壓軸大菜就是熱氣騰騰、冒著香氣的水煮魚，還有清淡的魚頭豆腐湯，準備等酒足飯飽後再端上來。

「光是聞著，就夠香！」林福笑道。

李立風是頭一次吃冬寶特製的大菜，看見色香味俱全的水煮魚，便跟李氏誇道：「就是安州酒樓的廚子，也沒我外甥女這手藝。」

「真的？」冬寶饒有興致地問道：「那些廚子都會做啥菜啊？」

李立風說道：「去年我去進貨的時候，商行的掌櫃請我去酒樓吃過一次，沒啥好菜，取的菜名挺花哨的，我也沒記住。點了一個鹹牛肉，一個排骨湯，還有花生米、白麵饅頭啥的。也有好的上檔次的酒樓，只可惜我沒機會進去瞅瞅。」

酒具是林福從自家拿來的，冬寶給在座的大人都倒了一杯，滿飲過後就開飯了，剩下林福陪著李立風喝酒。

冬寶先嚐了塊魚肉，慢慢地嚼著，魚肉極鮮嫩，只是味道卻不如她前世記憶中的那般濃烈，想來是因為茱萸粉還不夠辣。

等眾人都伸筷子挾了魚肉嚐了，冬寶趕忙問：「怎麼樣？好吃不？」

全子頭一次吃到「辣」的東西，沒提防，結果辣味糊住了嗓子，眼淚立刻就冒出來了，張大嘴伸著舌頭，拚命地呼搧著手給舌頭搧風。

「好燙！」全子叫道，想了想又覺得不對。「這是啥味？比樹根他奶奶種的蒜都辣！」

一群人看著全子的模樣，都笑了起來，各自點評了一番，都覺得這味道有點怪，說是辣吧，又跟蒜的辣不一樣，但好吃得很，吃完第一口，就算是被辣嗆住了，還是想吃。

李立風笑道：「這是茱萸粉做的吧？大酒樓裡時興這個。」

見孩子們愛吃，大人們挾幾筷子嚐了下味就不伸筷子了。冬寶撥開了上層的魚片，扒拉出來了下面的豆腐和豆芽，笑道：「大舅、大姨，你們嚐嚐豆芽，不比豆腐差。」

李紅琴驚訝地問道：「發了芽的豆子也能吃？」

「能吃！」秋霞接著話，笑道：「你們不在的這幾天，我們都吃了好幾頓豆芽了。」

一頓飯吃下來，賓主盡歡。

林福和李立風相當能聊得來，兩個人幾乎喝完了一斤酒，說得興高采烈的，大有相見恨晚之感。

冬寶見眾人吃得差不多了，便和林實合力端了大盆裝的魚頭豆腐湯出來。剛吃過重油重鹽的菜，此刻有了清淡的豆腐湯，又勾起了眾人的食慾，連聲說自己飽得肚皮都要撐破的全子，又豪邁地喝下了兩碗湯，被眾人笑話了一番。

吃完飯後，李氏和李紅琴收拾碗筷，秋霞嬸子在一旁幫忙，林福和李立風坐在院子裡聊，幾個孩子被李氏打發出去玩。

這會兒天色還早，太陽還沒落山，幾個人結伴走在鄉間小路上，聽著路邊小蟲子的鳴叫和鳥叫聲，吹著傍晚的涼風，十分的愜意。

突地，他們聽到有人在喊「桂枝」，連喊了好幾聲，像是在找人的樣子。

村裡叫桂枝的人有兩個，一個叫唐桂芝，是個三歲的小女孩；一個叫武桂枝，就是給冬寶家磨豆子的媳婦。

冬寶以為是找唐桂芝那個小姑娘的，便沒在意。

然而過沒多久，冬寶就看到李氏他們舉著柴禾點成的火把過來了，不遠處的小河邊上也有幾支火把閃著光。

「娘，你們咋出來了？」冬寶問道。

李氏說道：「妳桂枝嬸子不見了，我們一著急，都出來找了。」莊戶人家都是這樣，一家有事百家忙，只要在村裡的為人還算可以，大家都願意出力幫忙。

「不見了？」冬寶詫異不已，一個大活人還能不見了？

秋霞嬸子壓低了聲音說道：「聽說是跟家婆、小姑拌嘴，生氣了。」

幾個人正說著話，就聽到小河邊上有人高聲叫了起來——

「找到了，人在這兒呢！」

眾人連忙奔了過去。

冬寶跑過去的時候，就看到桂枝坐在地上，捂著臉嗚嗚地哭，下半身濕漉漉的，像是剛從水裡撈出來。

找到桂枝的漢子抹了把汗說道：「好險啊，我看到她的時候正往河裡頭走，咋叫都不回頭，半截身子都淌進河裡了，我下去好半天才拖上來。」

這個時候河水漲得厲害，河面足有五、六米寬，水流得也急，要是桂枝就這麼走進河裡，怕是凶多吉少了。

有人跑去給桂枝家裡人報信了，李氏和秋霞嬸子過去給桂枝擦臉，李氏心疼地說道：「妹子，有啥想不開的，非得去尋短見啊？不為別的，也得為妳兩個孩子想啊！」

桂枝嗚嗚地哭著。「嫂子，妳就讓我去死吧，這日子沒法過啊！她們吃了我的肉、喝了我的血，還嫌我的血肉不好吃啊！」

桂枝的家裡人這會兒上得了消息，趕忙跑了過來，正好聽到桂枝的話。

桂枝的婆婆和丈夫臉色尷尬地站在那裡，桂枝的小姑卻不高興了，張口就罵道：「誰怎麼著妳了？當著全村人的面埋汰我們家人！」

「閉嘴！」桂枝丈夫喝罵了一聲。「沒妳說話的分兒！」

桂枝的小姑氣得跺腳，指著地上的桂枝叫道：「她不是沒事嗎？要死早死了，拖到這分兒上，不就是想鬧嗎？把咱爹、咱娘都嚇成啥樣了！哥，你還是不是男人？連媳婦都管不了？再給她兩耳光子她就老實了！」

秋霞嬸子看不下去了，站起來罵道：「妳嫂子有妳哥和妳娘管著，輪得到妳一個沒嫁人的閨女張嘴嗎？」

桂枝的婆婆被秋霞嬸子罵得很沒臉，當下拉過了欲與秋霞分辯的女兒，暗中重重地擰了她一把，讓她回家去了。

冬寶敏銳地抓住了桂枝小姑的話，「再」給她兩耳光。看來之前，桂枝的丈夫對她動過粗了。桂枝平日裡乾淨體面，出了這種事，大約是無法接受的吧？冬寶有點理解桂枝要去尋死的原因了，看來是被傷透了心了。

「就是拌了兩句嘴，沒啥事。」桂枝婆婆嘆了一口氣，蹲到了桂枝跟前，說道：「回家去吧，妳妹子她嘴硬心軟，剛為了找妳，急得跟啥似的。咱以後好好過日子吧！」

估計這做婆婆的也被兒媳給嚇到了，說話都是細聲細氣，哄著來的。

桂枝丈夫也趕忙說道：「對，咱以後好好過日子！今天是我手賤，以後我再動妳一下，就叫我不得好死！」

「是啊，」李氏勸道：「還有兩個孩子呢，妳咋捨得呢？趕緊回家去吧，啥也別想了。」

桂枝哭著搖了搖頭，深吸了一口氣，壓下了哭聲，看著李氏說道：「嫂子，妳是不知道我家裡的那點事……我在妳們家幹活，一天掙十個錢，都交給我娘了。我那大姑子，每回來家裡都大包小包地往家裡拿東西，我一句不滿都沒有，可今兒……」桂枝說著，又哭了起來。

「別說了！」桂枝婆婆急忙喝道。「都是一家人，啥拿不拿的！妳大姊家裡不好過，娘家幫襯一下咋啦？」

桂枝不理會她婆婆氣急敗壞的叫聲，流著眼淚說道：「嫂子，我掙的錢要是給我公婆用，我能不願意嗎？今兒我婆婆背著我，偷偷給我那大姑子一百個錢，說是我掙來的，讓她儘管拿去用。我累死累活地幹是想讓我兩個孩子過好點兒，不是為了供養她的啊！她拿吃的拿喝的不算，還要拿弟妹的錢……她家窮，也沒窮到吃不上飯啊！」桂枝哭得泣不成聲。「我不願意，我婆婆便跟她兩個閨女罵我一個，還叫孩兒他爹打我……」

眾人沒想到真實情況是這樣，一時間都愣住了，只有桂枝傷心欲絕的哭泣聲，配著夜風，格外的淒涼。

秋霞瞪了桂枝丈夫一眼，罵道：「這事不管咋說，你得擔大責任！出啥事也不能打媳婦啊！」

就是！冬寶在心中狂點頭。打女人的男人是人渣中的人渣！

「是我不對，那會兒上我也是迷瞪了……唉！」桂枝丈夫滿臉都是悔恨，蹲在桂枝跟前，拉過桂枝的手直往自己臉上打，說道：「桂枝，妳別氣了，妳打我，妳打回來，打到妳消氣。」

「行了！」桂枝婆婆氣得不輕，臉皮都抖了，對桂枝說道：「妳還有理了，委屈了是吧？那我問問妳，妳當兒媳婦的，孝敬給我的錢，我拿去給誰需不需要問妳意思？再說了，妳大姊是外人嗎？幫襯一下不該嗎？」

「都是妳有理……」桂枝突然神經兮兮地笑了起來，看著婆婆說道：「妳老人家總有大道理等著我，我嘴笨，說不過妳。妳既嫌我不好，那就給大榮換個媳婦吧。」

「妳這話說的是啥！」桂枝丈夫在一旁急了。「桂枝，我不會娶別人的！」火把照耀下，他一臉急色，想指責母親，卻又說不出口，只能跺腳嘆氣。

時間已經不早了，不管丈夫和婆婆怎麼說，桂枝都不願意再回去了，只說道：「以後我就在地裡搭個草棚子住，我有手有腳，能掙錢供養我兩個孩子長大成人，你再找個好媳婦去吧。」

張謙和張秀玉已經帶著全子回去了，林實也拉著冬寶往家裡走，這事他們都摻和不了。

「還生氣呢？」林實笑道。

夜幕籠罩著大地，然而星光很亮，寂靜的村子裡只有狗叫聲，兩個人的呼吸聲彼此都能聽得清晰。

「看著就叫人生氣！」冬寶說道。

林實握緊了冬寶的手，笑道：「妳別怕，我娘可不是那樣的人。」

冬寶的臉有些紅，低著頭任由林實拉著她往前慢慢走，無法抑制地翹起了嘴角。

冬寶回到家沒多久，李氏和秋霞就攙扶著流著淚的桂枝回來了。

秋霞嬸子陪她坐在裡屋說話，李氏出來跟李紅琴他們說了事情的前因後果。

桂枝來她們家裡做工也就十來天，她婆婆幾乎是把她掙的錢都貼補給大閨女了，叫誰都不樂意啊！

幾個人正說著閒話時，秋霞從裡屋走了出來。

李氏忙悄聲問道：「咋樣了？」

秋霞嬸子搖了搖頭。「咋也不願意回去了，說也沒臉回娘家，準備在地裡搭個窩棚住……」

「那哪行啊！」李氏聞言嘆氣。「現在還好說，到冬天可咋辦？兩個孩子咋辦？」

秋霞嬸子說道：「桂枝說，要是妳們還願意雇她，她就繼續來幹活。」

李氏點頭。「這個讓她放心，我們肯定願意雇她幹活。」

秋霞嬸子問道：「今天晚上立風大哥住妳家吧？我先帶著桂枝回我家住。」

「她男人咋說？」李紅琴小聲問道。

秋霞嬸子苦笑。「一個勁兒地跟桂枝賠不是，讓桂枝打他出氣，桂枝不理會他，看來這回是真氣狠了。桂枝看上去是個溫柔好性子的，實際上脾氣倔得很。」

幾個女人在一邊說話時，李立風帶了三個孩子在院子裡坐了，教他們辨識星辰。李立風講起天上的星星來頭頭是道，還講起了黃道十二宮。

鄉下夏日的星空乾淨美麗，璀璨的銀河看得格外清晰，院子的角落裡還有點點的螢火蟲飛舞，真是讓人沈醉的美景。

「大舅懂得真多！」冬寶由衷地讚嘆道。

李立風笑道：「都是你們太姥爺教我的，你們的太姥爺是給人算命的，懂這些。他去得早，沒帶我幾天，要不然我該繼承他老人家的衣缽了。」

冬寶忍不住笑了起來，她真沒辦法想像大舅穿著道袍，留著兩撇小鬍子，舉個布招牌在集市上算命的模樣。

幾個人在院子裡說著話時，秋霞嬸子扶著桂枝從屋裡出來了，李氏和李紅琴一直送她們到林家後才折回來。

後半夜的時候，李氏和李紅琴起身正準備幹活時，大門被人拍響了，桂枝沙啞的聲音傳了過來。

「嫂子，我是桂枝。」

李氏連忙去開門，果然是桂枝，頂著一雙紅腫的眼睛站在門口。

桂枝對李氏說道：「嫂子，我來幹活了。」

「好！」李氏本來想說讓她休息一天的，後來一想，這份工是她所有的希望和念想，便爽快地答應了，讓她進了屋。

桂枝還是一如既往地幹活麻利，話也不多說。

磨好豆子後，桂枝又殷勤地幫忙濾豆渣，等煮開了豆漿，李氏喊冬寶起來點豆腐時，她又知趣地站得離灶房遠遠的。

冬寶看著她，心裡一動，跟李氏商量道：「下午磨豆子的活兒也交給她好了，咱給她漲十文錢的工錢。」

李氏點點頭。下午她和李紅琴也能磨豆子，只不過她樂意讓桂枝多掙一點。李氏剛和桂枝一說，桂枝立刻紅著眼，拚命地點頭，表示願意，這事就這麼說定了下來。

豆腐壓好後，桂枝就走了。

因為有李立風和張謙在，原本由李紅琴和李氏挑的擔子，被兩人搶去挑了。

第五十章　瘸子

冬寶和張秀玉到鎮上時，李紅琴說已經送張謙進了書院了，這會兒上應該都上課了。

「好啊！」張秀玉十分高興。「以後中午時，哥哥就能到我們那裡吃飯了。」

兩個人到李立風那裡時，書院還沒放學，張秀玉把菜放到爐子上燉著，香味隨著風飄得老遠。

不一會兒，一個中年男子拄著枴杖，從書院一瘸一拐地走了過來，停留在冬寶的攤子前，看了好幾眼鍋裡冒著香氣的豆腐菜。

冬寶看了中年男子一眼，戴著書生巾，頭髮已經花白了，然而面容卻並不顯老，穿著洗得發白的藍棉布直裰。本朝有明文規定，身有殘疾者是不能考功名的，因此冬寶猜測他是書院裡的雜工。

「大爺，您要不要嚐嚐我們家的菜？可香、可好吃了！」冬寶笑著招呼道。

中年男子駐足看了看冬寶，小姑娘眉眼周正乾淨，挺機靈可愛的，只是……男子沒吭聲，掃了眼香氣四溢的菜，有點發饞，卻還是搖了搖頭。

冬寶笑了笑，拿了一個碗，盛了一勺菜遞給了他，說道：「大爺，我請您吃的，吃完讓學生把碗給我們捎回來就行了。」

中年男子相當驚訝，看冬寶執意要把碗遞給他，便笑了笑，接過了碗，作了揖道謝。

「如此就多謝姑娘了。」

「使不得，您太客氣了。」冬寶連聲擺手。

等中年男子走了，張秀玉悄悄搗了搗冬寶的胳膊，小聲說道：「妳咋白給他吃菜啊？」她倒是不心疼那勺菜，只是冬寶平日裡可不像這麼樂善好施的人啊！

冬寶白了表姊一眼。

「他肯定是書院裡的人，表哥進了書院，咱在裡頭又不認識啥人，跟個雜工搭上線搞好關係也行，多少能照顧一下表哥啊！」況且，林實也要進書院唸書呢！

張秀玉恍然大悟，感激地對冬寶說道：「還是妳聰明，想的多。」

兩人又等了一會兒，還沒等來學生，倒是等來了那個瘸腿的男人，旁邊跟了一個青布襦裙的婦人，拿著碗往她們這邊走。

「姑娘，真是不好意思。」婦人爽利地笑道。「我家老頭子犯了饞蟲，身上一文錢沒帶，居然厚臉皮地白吃姑娘的菜！」

被她稱為「老頭子」的中年男人也不生氣，微笑地看著那婦人，一臉無辜地搖頭道：「哪是我厚臉皮白吃的？分明是人家小姑娘請我吃的。」

中年男人瞧著面容不過四十上下，眉眼周正，婦人看起來卻有五十歲，圓盤臉，厚嘴唇。然而兩個人說話對視的時候，神態親暱自然，像極了恩愛多年的夫妻。

聽他這麼辯解，婦人笑了起來。「怎麼都是你有理，我說不過你。」

「妳不也挺愛吃的？還誇人家菜燒得好吃呢！」男子溫聲笑道。

婦人笑著把空碗遞給了冬寶，要給冬寶錢。

冬寶不要，脆生生地說道：「剛都說了是請大爺吃的，咋能收錢？大娘要是嚐著味兒好，以後再來照顧我家的生意吧！」

「小姑娘挺爽氣的啊！」婦人笑道。「這菜是妳做的？手藝不錯啊！」

冬寶拉著張秀玉笑道：「我跟我姊一塊兒做的。」

「前些日子我就看到有學生端著菜回來吃，今兒順著香味兒出來了，結果發現身上一文錢都沒有。」中年男子笑著搖頭。「虧得小姑娘請客，才飽了口福。這是豆腐吧？比我在別的地方吃的都好吃。」

「大爺還在別的地方吃過？」冬寶感興趣地問道。

中年男子點點頭，笑道：「我早年在京城吃過豆腐，不過會做豆腐的人極少……」

這會兒上，書院響起了鐘聲，學生下課了，一撥一撥地往外湧。

很快地，冬寶的攤子前就排起了長龍，中年男子和婦人見冬寶和張秀玉忙了起來，便告辭了。

忙裡偷閒中，冬寶抬頭看到中年男子拄著枴杖一瘸一拐走路的背影，而婦人始終慢慢地跟在男子的身旁，兩個人一路走一路說笑，格外的和睦溫馨。

不一會兒，張謙就一路小跑過來了。

張秀玉連忙給他盛菜，抱怨了一句。「你咋這會兒上才過來啊？」

張謙憨厚地笑了笑。「夫子留我說了一會兒話。」

「跟你說啥了啊？」冬寶笑道。

「沒說啥，就問了問我之前學過啥，又鼓勵我好好學。」張謙老老實實地答道。

張秀玉給哥哥盛了滿滿一碗菜，上頭蓋了兩個餅子，遞給了張謙，說道：「你去大舅的鋪子裡吃吧。」

正好這會兒輪到了周平山打菜，笑著問道：「你們認識啊？」

冬寶點點頭。「他是我表哥。」

常跟在周平山身旁的那個壯實小夥子從周平山身後冒了出來，笑呵呵地問張秀玉。「那他是妳親哥哥了？」

張秀玉點點頭。

「你跟我表哥是一個班的不？」冬寶問道。

周平山搖搖頭。

「上午休息的時候，我在別的班門口看到過他，我們不是一個班的。」

「欸，這幾天妳們也回家收麥子了嗎？」壯小夥子拿了菜、付了錢，卻不肯走，在一旁沒話找話說。

張秀玉紅著臉，只低頭打菜，不搭理他。

壯小夥子嘆了口氣，撓了撓頭，只得回去了。

等忙完了這一會兒，冬寶笑嘻嘻地戳了戳表姊的胳膊。「我看那個大個兒對妳有意思啊！」

「再瞎說我就讓小姨收拾妳了！」張秀玉羞得臉都脹成了豬肝色。

看把這姑娘給激動的……冬寶撇了撇嘴，道：「好嘛，別生氣了，不說了。以後他再來，我就攆他走！」

「人家好好地來買菜吃飯，妳幹麼攆人家走啊？」張秀玉急了。

冬寶斜著眼看著張秀玉，拉長了聲音揶揄道：「人家好好地——來吃飯，咋個好好法啊？」

張秀玉又羞又氣，捏了捏冬寶的臉蛋。「妳個沒羞沒臊的小丫頭，我都沒打趣過妳跟大實哥，妳倒是逮著機會就說我了。」

冬寶嘻嘻笑了笑，乘機搔了下張秀玉的腋窩，張秀玉也放下了勺子，搔起了冬寶。

正當兩個人笑鬧得厲害時，張謙捧著碗出來了，看著鬧成一團的兩個姑娘，笑著搖頭。

「妳們幹啥呢？我在後院都聽到兩個瘋妮子的笑聲了。」

張秀玉擦了擦眼角笑出的眼淚，問道：「哥，你吃飽了嗎？」

張謙點頭道：「吃飽了，剛大舅非要讓我帶一包點心，說下午餓了吃，我沒要。」

「對，咱不要！」張秀玉氣鼓鼓地說道：「要是拿了，妗子不定得心疼成啥樣了！咱用她一個爐子才費多大點柴禾，每天給她送豆腐、送菜的，還見天地囉嗦！」

冬寶笑著拍了拍張秀玉的手，勸道：「不為別的，咱得給大舅面子啊！再等段時間，咱們在鎮上賃間鋪子，就不用大舅的爐子了。」高氏頂多是尖酸小氣，大舅接濟她們家的時候，妗子不爽歸不爽，卻沒有攔著。這點上，冬寶承她的情。

「妳們打算賃鋪子？」張謙詫異地問道。

張秀玉得意了。「是啊，早就有這個打算了。」

賃鋪子，那說明要做的是大買賣了，不再是小打小鬧了。

冬寶笑了笑，突然就想起了剛才那個瘸腿的中年人，問道：「你們書院裡頭有沒有一個瘸腿的雜工？」

張謙搖搖頭。「我剛來，只認得山長。」

「喔。」冬寶有些失望地點點頭，本還想透過這個人多照顧一下表哥呢！

吃過飯，張謙就回書院了。

張秀玉和冬寶把剩下的菜留給了妗子，就去了李氏那裡，正碰上梁子端了碗站在攤子前大口地吃豆花。

「梁哥，你來啦！」冬寶高興地叫道。

梁子點點頭，飛快地把一碗豆花扒拉乾淨，抹了把嘴笑道：「還是這味兒好！謝嬸子給我留兩碗啊！」說完，端了一碗豆花匆匆離去了。

冬寶笑了起來，要是澆兩滴紅油，就更好吃了。她挺想用茱萸粉炸紅油的，澆在豆花上一定更受歡迎，可惜茱萸粉太貴了，只能留著自己做菜吃。

「梁子早上就來了，顧不上吃，要我給他留兩碗，這一留就到中午，他才過來。那一碗，估計是給嚴大人帶的。」李氏笑道。「咱老百姓都以為當官的清閒，沒想到人家也忙得很呢！」

「嚴大人是好官。」旁邊的耿婆子湊趣說道，又乘機問道：「咋妳們才來這兒不久，就跟梁小哥兒恁熟了啊？」

這話就有點酸溜溜的了。好比一個公司的同事，她比妳先入職，原以為妳是需要她點撥提攜的新人，卻驀然發現不知不覺中，妳比她更得上司的歡心。碰到這種情況，想不酸都難。

李氏笑了笑，圓滑地擋了回去。「梁小哥兒吃過一次豆花，就喜歡上了。他人好，不跟咱老百姓擺架子，一來二去就熟了，這也是我們娘兒幾個的福氣。」

冬寶笑咪咪地在一旁看著，李氏成長得真快，說話比以前利索多了，人也爽利大方了，只是性子依然溫柔，沒按照她的設想，往潑辣的方向發展。

中午收攤的時候，李氏先把空了的擔子挑到了李立風那裡，臨近端午了，要買過節用的東西。

李氏帶著冬寶找到了之前買白麵的糧鋪，這家糧鋪當初冬寶問過了，不是單家的產業，冬寶才願意在他們家買。

李氏先要了五十斤白麵，又要了十斤糯米，還買了一摞粽葉。出了糧鋪，李氏笑道：「是我糊塗了，該先買別的東西的。」五十斤白麵扛著也挺沈的。

李紅琴笑道：「我提著就是了，也沒多重。」

幾個人說著話時，就聽到旁邊有個男子的聲音，遲疑地問道：「妳是……宋嫂子？」

李氏抬頭看過去，是個穿著綠綢布衣裳的黑胖男子，沒認出來這人是誰，便笑著問道：「您是？」

那人笑了起來，臉上的橫肉都堆到了一起。「宋嫂子，是我，單強啊！」

李氏的笑容頓時就僵在臉上了，饒是她再好脾氣，面對單強也笑不出來。

抬手攏了攏頭髮，李氏點頭道：「是單兄弟啊。」此外再無他話。

冬寶也在觀察著單強，單強個頭只比李氏高一點，肚子挺得老大，把綢布薄袍繃得緊緊的，肥肥的手指頭上戴了三只黃澄澄的戒指，其中一只上鑲了好大一塊綠翡翠。

李氏態度冷淡，單強也不介意，依舊是一副笑臉，往張秀玉和冬寶身上掃了一眼，目光就鎖定在了冬寶身上。

自從手裡有點餘錢之後，李氏就給冬寶做了幾身衣裳，雖然都是普通的碎花棉布，然而冬寶眉目乾淨周正，穩重大方，漂亮小姑娘站在那裡，想讓人不注意都難。

「這是冬寶丫頭吧？還記得我不？我是妳強叔啊，妳小時候我還抱過妳呢！」單強親熱地跟冬寶打招呼。

冬寶往後退了一步，不搭理他。

單強呵呵笑了起來，對李氏說道：「妳看這孩子，長得多招人疼啊！嘖嘖，那眼睛、那眉毛，長得跟我秀才兄弟一模一樣。」

李氏淡淡地笑了笑。上回去他家的事，彼此心知肚明，單強是個見人說人話，見鬼說鬼話的生意人，他圓滑世故，可李氏不一樣，再做一輩子買賣，李氏也改不了老實厚道的本質。

李氏實在介意單強之前對她們的態度，因此勉強笑了笑，說道：「單老爺是做大生意的，您忙。」

「啥大生意？也就是勉強養家餬口罷了，還沒嫂子的豆花掙錢呢！」單強呵呵笑了起來，瞧見了幾個人手裡拿的米糧，單強拍腿攤手說道：「咱自家鋪子裡就有米糧，嫂子幹啥還去外人店裡買啊？」又拍著胸脯說道：「以後嫂子要買米買麵，儘管到我鋪子裡去拿，咱自家人不收錢！」

冬寶挺討厭單強這類人，當面親熱得好像親兄弟，實際上卻假得很，相比之下，什麼都寫在臉上的黃氏可愛多了。

「娘，天不早了。」冬寶扯了扯李氏的衣襟，小聲說道：「大舅還等著咱們哩！」

李氏連忙對單強說道：「單老爺，我們還有事，先走了。」

單強摸著下巴，看著李氏幾人遠去的背影，眼珠子滴溜溜地轉了半天。

剛才碰到單強，勾起了李氏心中不美好的回憶。在分家之前，單強幾乎是她解救女兒唯一的希望了，然而在單強家受的冷遇和屈辱，也時刻提醒著她這人不可信。

「就是那個單強？」李紅琴問道。

李氏點點頭，說道：「是他，胖得我都認不出來了。」

李紅琴臉上就帶了不屑的神情。「咋有臉過來說話啊?沒人搭理他，他自己說得還挺歡的。」

冬寶笑了起來，認真地說道：「大姨，這妳就不懂了，人家單老爺是做大買賣的，要是還有臉，買賣可就做不成了。」

一行人邊說笑邊往李立風那裡走，又和李立風說了這事。

李紅琴搖頭說道：「虧得小妹是個好性子的，要是別人，非得罵他個狗血淋頭不可。」

「伸手不打笑臉人。」李氏嘆道。「咱以後也不和他來往，犯不著撕破臉。」她也想罵單強忘恩負義、狼心狗肺，可單強那模樣，是怕人罵的嗎?再說了，她們現在從宋家分出來，日子挺好，挺有奔頭的，過去那些糟心事，能不想就不想了。

把買的米糧放到李立風家裡後，李氏就領著冬寶她們去了針線鋪子，買了幾卷絲線纏五彩線繩，還買了幾張小塊的紅綢布和香藥，準備縫香包。

「這是咱分家後的頭一個端午，得好好過。」李氏笑道。

冬寶也挺高興的，在宋冬寶的記憶裡，宋家壓根兒沒過過什麼像樣的端午節。安州不產稻米，南方的大米運過來，比白麵還貴上兩文，只有宋柏回來了，黃氏會包幾個粽子，炒幾個肉菜。然而粽子冬寶只能和李氏分吃一個，肉菜是她想都不需要想的。

買完東西已經過了中午飯點了，李立風說啥也不讓幾個人走了，吩咐高氏去蒸白麵餅子，把冬寶中午剩的豆腐菜熱了熱，幾個人湊合著吃了一頓。

「中午吃她幾個餅子，瞧她那樣，跟剜她肉似的。小姨把糯米分了她一半，足夠這點白麵錢了吧？她還嫌自己虧了！」一路上，張秀玉跟冬寶咬耳朵。

冬寶笑道：「妳當沒看到不就成了？想讓她不高興還不簡單？多吃兩個餅子就成！」

哎，表姊這是跟妗子槓上了。

張秀玉捂著嘴，呵呵直笑。「我本來吃一個餅子就飽了，又硬塞了一個餅子。」

幾個人到家沒多久，桂枝就來磨豆子了。

趁著周圍沒人，李氏問桂枝道：「妳咋打算的啊？」

桂枝低頭用力地推著石磨，半晌才說道：「不回去了，丟了那麼大的人，我家婆心裡不定咋惱恨我。我嫁到他們家那麼多年，吃最差的、穿最差的、幹最多的，我對不起誰都對得起我婆家人。」

「那妳娘家來人沒？這事咋說？」李氏問道。

桂枝抹了把臉，說道：「我娘家人上午過來了一趟，我爹娘的意思，是讓我給公婆認個錯，回去過日子，娘家我是回不去了。等磨完豆子，我就去地裡搭個窩棚。」

李氏搖頭嘆氣，真是個倔脾氣的小媳婦。然而她對桂枝也有些佩服，當年她要是有桂枝這勇氣、這心氣，冬寶不至於受這麼大的委屈。

「妳也別提啥窩棚了，要是不嫌棄，暫時就在嫂子的堂屋打個地鋪住著，幹活方便，想孩子了也隨時都能把孩子叫過來。」李氏說道。

桂枝感激地要給李氏磕頭，李氏趕忙攔住了。

看著桂枝紅腫的雙眼，李氏嘆道：「咱都是苦命人，要再不互相幫襯著點，這日子還咋過啊！」

桂枝磨完豆子後，說要先回去跟秋霞說一聲，今兒晚上就住這裡了。

冬寶去幫她開門時，就看到一個男子蹲在她們家門口，嚇了冬寶一大跳！

第五十一章　端午

男子抬頭就看見了桂枝，立刻站了起來，對桂枝說道：「桂枝，妳別生氣了，是我跟我娘不對，妳不能原諒我嗎？」

冬寶這才看出來，他就是桂枝的丈夫大榮。他滿臉憔悴，雙眼布滿了血絲，看著桂枝的神情既內疚又痛苦。

桂枝背過臉去，抹了把眼角的淚水後，強硬地說道：「我就是個忤逆不孝的，我走了正合你家裡人的意。你回你家去吧，人家秀才娘子是好人，你站人家門口不合適。」

「他們眼裡妳啥樣不要緊，擱我眼裡妳好就行了！」大榮激動地說道。「我還能不知道妳是啥樣人嗎？」

桂枝捂著臉問道：「知道你還打我？」

大榮怔怔地看著桂枝，忽然抬起手，往自己臉上狠狠地搧了好幾個耳光，啪啪啪的，臉很快就腫了起來。

冬寶都被他自己的狠手勁給嚇愣住了。

桂枝驚叫了一聲，趕緊抓住了大榮的手。「你這是幹啥?!」

李氏跑過來一看，嚇了一跳，趕緊把冬寶拉走了，把空間留給了這對夫妻。

大榮說道：「我要不打，我娘和小妹就得動手了，我打就是做做樣子……是我沒用，我知道妳心裡頭委屈，半夜就得來秀才娘子家幹活，掙的是辛苦錢。我大姊回回來家裡都哭窮，我也煩她，可我擋不住我娘給她拿東西、拿錢。」

「你回去吧。」桂枝意興闌珊地說道。這話她聽了很多遍，說了又有什麼用？

大榮接著說道：「妳不願意回去，咱就不回去了。我這就回去跟我娘說，分家！」

桂枝抬起頭，瞪大眼睛看著他，有點不敢相信自己的耳朵。

「大運今年十七，媳婦臘月裡就進門了，小紅明年也要嫁人了，咱這個家，也該分了。以後咱掙錢種地，日子慢慢就過起來了。」大榮說道，心裡難免有一絲沈痛，然而要是家人和媳婦之間只能選擇一個，他選擇媳婦。更何況，昨天的事確實是他娘和妹妹做得不對。

分家是件大事，不是嘴皮子上說說就行了。

大榮和桂枝算是恩愛夫妻，要不是錢的問題，不至於鬧到這分兒上，現在大榮終於領悟要分家了，桂枝心裡有再大的氣也消了。

兩人分頭行動，大榮回家去說分家的事，桂枝去找了村長、林福一家，還有村裡幾個德高望重的長輩，請他們來主持分家。

桂枝是十分尊重李氏的，原本也想讓李氏當個分家的見證人，然而李氏推辭了。她一個寡婦，不方便這麼高調地參與人家的家事，只囑咐桂枝，不管公婆分給他們啥，都不能再跟以前一樣想不開了。

下午貴子來挑豆腐的時候，豆腐還沒壓好，就順便跟她們八卦了下桂枝家的分家結果——

桂枝的婆婆又哭又鬧了好一陣子，才答應分家；桂枝的小姑小紅也不是個省油的燈，罵完嫂子罵哥哥，要不是被幾個媳婦拉著，還要上去撓人。

「大榮叔的妹子可真是潑辣啊！」貴子心有餘悸。「大家都說長見識了，見過厲害的，沒見過這麼厲害的，誰都敢罵，誰都敢上手打。大家背地裡都說，不知道哪家的倒楣蛋跟她訂的親，有這麼一個能鬧能打的攪家精，以後難過安生日子了。」

李紅琴搖頭嘆道：「還不都是大榮他娘慣的，最後坑的還不是自家閨女？婆家可不是娘家那麼好過的。」

好在家裡的兩個閨女都是好的，秀玉乖巧安靜，卻不是沒脾氣的；冬寶機靈潑辣，卻不是不講理的。

「那最後分給桂枝他們啥了啊？」李氏問道。

貴子笑道：「他們家旁邊是荒地，現在住的兩間房子歸他們，大榮叔說以後就把西邊荒地拾掇拾掇，蓋個院子出來，這邊就砌一道牆，算是兩家人了。地分了他們兩畝，其餘啥雜七雜八的我沒聽，就跑回來了。」

「才兩畝地啊？」李氏搖頭。「打下的糧食怕是不夠吃。」

如果地好，又有足夠的肥，收完麥子還能再種一季紅薯、高粱之類的秋糧；要是地的品質差，肥少跟不上，收完麥子就只能讓地歇一季，慢慢上著肥養著了。

在沒有化肥的時代，想要多產高產，並不是一件容易的事情。

等貴子挑走了豆腐，幾個人就開始包粽子了。塔溝集的粽子基本上都是白米粽子，頂多在裡面加個紅棗或是花生，煮熟了沾白糖吃。

冬寶不愛吃這樣的粽子，她想起了前世吃過的嘉興肉粽，那才叫一個好吃。把米用醬油和鹽拌了，再切五花肉丁用調料醃漬入味，包好後放進水裡一煮，米香就混合著肉香出來了。

在冬寶的指揮下，李氏按照這樣的法子包了兩個，煮好後幾個人分著吃了，都覺得不錯，比原來的白米粽子好吃。李氏決定後面的粽子都包成肉粽，送人也拿得出手。

「這粽子拿去賣，得賣多少錢一個啊？」張秀玉喃喃道。「這能賣得出去吧？我嚐著好吃得很。」

冬寶笑咪咪地看著張秀玉，說道：「大家都說我掉到錢眼裡了，表姊才是掉到錢眼裡呢，吃個粽子就想到做買賣上去了。」

張秀玉哼了一聲，笑道：「我跟妳說正經的，咱們明天要不賣兩個試試？我看成，就是要賣多少錢得合計合計。」

「這個成本不低。」冬寶尋思道：「不過要是賣的話，粽子肯定不能跟現在一樣大，一個粽子用二兩米、一兩肉，再加上粽葉調料什麼的，成本不會超過四文錢，那咱們就賣十文錢一個。」

李氏遲疑道：「十文錢是不是太貴了？」就是早上兩文錢一碗的豆花，也老聽見人嘀咕貴什麼的。

冬寶搖搖頭。「咱要是不定價高一點，還不夠辛苦錢。再說了，肉粽是新鮮玩意兒，能吃得起肉粽的人，必然不在乎這幾文錢的。」

「冬寶說的有道理。」李紅琴附和道。「這粽子就定十文錢一個吧！要是賣得不好，咱自己吃，瞎不了！」

說定之後，李紅琴帶著張秀玉，又去鎮上買糯米了。李氏打發冬寶去纏五彩絲線，等到明天就綁到手上腳上。

晚飯是李氏做的，其中有道冬瓜排骨湯。

飯做好了，李紅琴和張秀玉還沒回來，這時候大門被人拍響了。

宋二嬸的聲音在門外頭響了起來。「大嫂！是我啊，給我開開門！」

「啥事啊？」冬寶皺眉應了一聲。

「大嫂，妳給我開開門，咱娘有話要我帶過來！」宋二嬸嚷著，又叫道：「大嫂，我這可是懷著毛毛哩，站得久了肚子不得勁啊！」

「不得勁就回去！」冬寶不客氣地回敬道。真是受夠宋二嬸了，她肚子裡懷的不是孩子，是個價值連城的鑽石蛋！

李氏拍了下冬寶的頭，忍不住笑了起來，低聲說道：「她是妳長輩。」說著，就起身給宋二嬸開了門。

宋二嬸不是自己一個人來的，左手牽了大毛，右手牽了二毛，邊走邊抽鼻子，笑道：

「大嫂做的啥飯啊?聞著恁香……還燉排骨了!哎喲，大嫂，妳們見天雞鴨魚肉的吃，可憐我們連頓飽飯都吃不上呢!」

那碗裡的排骨都堆得冒尖了，散發著令人垂涎的香味，竹筐裡裝的都是白麵餅子，老大媳婦娘兒倆居然連雜麵餅子都不吃了!

大毛、二毛眼睛直勾勾地盯著排骨，饞得口水直往下掉，本來兩人的衣裳就髒得厲害了，再混合了口水，真是說不出的噁心。

冬寶別過臉去，再看那兩個邋遢小子一眼，她就吃不下飯了。二嬸就是個表面光鮮的，只顧自己乾淨俐落，兩個兒子髒成這樣都不管。

李氏沒接宋二嬸的話，宋家如今的日子肯定不如以前了，今年收成不好，黃氏還要堅持供宋柏唸書，便只能從嘴裡摳銀子了。

「大嫂，妳這可憐的兩個姪兒，都幾個月沒見一滴油水了。」宋二嬸誇張地說道，把大毛、二毛往飯桌前推了推，又喜孜孜地說道:「今兒個真是走運，趕巧了!」

趕巧個屁啊!冬寶忍不住想罵人。有這麼趕著人家飯點上過來的嗎?算計好的吧!

有冬寶陰著臉在一旁看著，大毛、二毛不敢伸手抓桌子上的菜。

宋二嬸不高興了，插著腰的模樣活像一隻大肚子茶壺。「妳兩個弟弟吃口剩菜都不讓啊?」

李氏瞪了冬寶一眼，笑道:「要吃等會兒吧，我大姊她們還沒回來。」

「小孩子吃兩口礙啥事啊?」宋二嬸笑道，催著大毛、二毛上去抓東西吃。要是等李紅琴和張秀玉回來，那分給她們娘仨的不就少了？而且李紅琴是個潑辣的。

冬寶笑了起來，對宋二嬸說道：「二嬸，妳看大毛、二毛都餓成這樣了，妳咋這會兒上帶他們出來了呢？」

「那不是要給妳們娘兒倆帶話嘛！」宋二嬸理直氣壯地說道。「妳們吃恁好，大魚大肉的過日子，也不能看著我們吃糠嚥菜餓肚子啊！說出去人家都戳妳們脊梁骨。」

冬寶哼了一聲，直接說道：「分家的時候我二叔可是說了，以後各家過好過賴全憑本事。你們躺床上睡大覺的時候，我娘和大姨就起來做豆腐了，天不亮就挑著兩百斤的擔子往鎮上走，掙點辛苦錢還要被不要臉的人惦記，光看見人家吃肉，沒看見人家幹活！」

「誰不要臉了？」宋二嬸惱了，指著冬寶罵道：「大嫂，妳咋管教閨女的？妳教冬寶這丫頭片子當著面罵我這個當嬸的？」

李氏伸手趕了趕飯菜上空盤旋的蟲子，淡淡地說道：「我咋可能這麼教冬寶？冬寶只說有不要臉的惦記我們掙的辛苦錢，可沒說妳。」

「就是！」冬寶樂了。「二嬸，妳惦記我跟我娘掙的辛苦錢了？」

宋二嬸瞪著冬寶，臉上的肉都氣得一抖一抖的，嘴唇嚅動著。

冬寶估摸著她是想罵人了，和黃氏對戰這麼久都不落下風，想必罵功也很了得。

大毛、二毛在一旁等不及了，二毛嗷嗷哭道：「我要吃肉！我要吃肉！」

宋二嬸彷彿終於找到了一個宣洩口，啪地一巴掌就打到二毛頭上，狠戾地罵道：「吃個屁！你姊不讓你吃，瞧不起你們這兩個當弟弟的！想吃就看人家吃，連口渣都不給你留！」

李氏看二毛哭得淒淒慘慘的樣子就於心不忍，這是打給她看呢！罷了，比狠她是比不過宋二嬸的。李氏起身，從灶房裡拿了個大碗，每樣菜都撥了一些進碗裡，放到了宋二嬸跟前。「我們也不是天天大魚大肉的，今天也是你們趕上了。拿回去給孩子吃吧，晚上打發孩子過來還碗就成了。」

宋二嬸趕緊把碗端了起來，然而瞧瞧盆裡的排骨還有不少，這個碗裡的排骨也就五、六塊而已，她就不高興了，暗罵老大媳婦尖酸小氣。

冬寶早把她的神情都看在眼底，出言譏諷道：「二嬸看不上我們家的菜啊？那就放下吧！」

「咋看不上？家裡連油星都看不到……」宋二嬸嘟囔了幾句，生怕冬寶再出什麼么蛾子，趕緊端了碗，帶著大毛、二毛走人。

冬寶叫住了她。「二嬸，妳不是來帶話的嗎？」

帶話不過是宋二嬸想進來混吃混喝的藉口，宋二嬸聞著肉香味，饞得不行，急著想趕緊吃，便頭也不回地說了句。「沒啥話，妳奶想妳們了。」

三人還沒走到門口，大毛、二毛就鬧著要吃，伸手往碗裡抓，宋二嬸連忙把碗舉得高高的，惱怒地大聲喝斥道：「餓死鬼托生的！饞不死你們！吃吃吃！好吃嘴，就知道吃……」

冬寶過去關上了門，回來跟李氏抱怨道：「妳給他們菜幹啥？他們啥樣的人妳又不是不知道，這回嘗到好處了，等著吧，以後天天都得過來。」

李氏笑著點了下冬寶的額頭，道：「多大點東西，看妳心疼成啥樣了？妳二嬸是大人也就罷了，兩個孩子來家了連口菜都不讓吃，叫人知道了不定咋編排咱娘兒倆呢！」

冬寶下意識地就想說：編排咱娘兒倆的最大嫌疑犯，就是懷著鑽石蛋的那個！又怕李氏聽到這些糟心事難過，只說道：「以後她再來就不給開門了，她要有臉就讓她一直拍門拍下去。要是養成這習慣了，還了得？肯定到飯點就過來，他們臉皮可不是一般厚。」

天擦黑的時候，李紅琴和張秀玉才扛著米袋子回來。

李氏早等得心焦了，笑道：「可回來了。」

李紅琴笑了笑，說道：「又跑了幾家買翁葉、買肉，耽誤了點時間。」

吃過飯後，李氏點了油燈，幾個人忙得手腳不停，冬寶和張秀玉拌粽子餡，李氏和李紅琴負責包粽子。

幾個人跟前的粽子漸漸地堆得高了起來，冬寶想起了前世的一個冷笑話，忍不住跟李氏她們賣弄了起來，笑道：「我給妳們講個笑話。有一天，包子家族和米飯家族打架，米粉把粽子逼到了牆角裡，粽子無路可逃，突然扒開了自己的衣服，大叫道『我是臥底』！」

冬寶自己說完後笑得樂不可支，李氏三人卻斜著眼看著她，壓根兒不懂這妮子瞎樂呵啥？

沒人捧場，冬寶抽了抽嘴角，認命地重新動手幹活。

第五十二章　賣粽子

第二天早上，冬寶起床時，就看到桂枝已經在院子裡忙著濾豆漿，她驚訝地叫道：「嬸子，妳這麼早？」

桂枝有些侷促地點點頭，笑道：「冬寶起來啦！」

冬寶衝她笑了笑。

「冬寶，」桂枝不好意思地開了口。「我聽說妳們想下午多做點豆腐，能不能勻出來幾斤，讓妳大榮叔也去賣豆腐啊？」

「那當然成了！」冬寶笑道。「只要大榮叔願意就行。」

桂枝嬸子高興得一個勁兒地點頭。「他願意！」在冬寶家幹這麼多天，桂枝瞧得明白，村裡人不瞭解秀才娘子家的情況，以為是秀才娘子撐起了家，實際上，這個家都是冬寶作主。

李氏和李紅琴挑著豆花、豆腐還有一百個粽子去了鎮上，冬寶和張秀玉也忙開了，炒菜、做餅子。

到了鎮上，冬寶先瞧了眼放肉粽的籃子，便鬆了一口氣，原本裝得滿滿一籃的粽子，如今只剩下三十來個的樣子。

李氏忙裡偷閒，對冬寶悄聲說道：「還是妳的法子好，剛開始都嫌貴，妳大姨就把一個粽子剁開，切成了小塊叫他們嚐，嚐過的人大部分都買了。」

這一會兒工夫，粽子又賣出去了幾個。冬寶聽著銅錢落入匣子裡的聲音，樂得眉開眼笑。做粽子可比做豆腐輕鬆多了，又賺錢。

看李氏這邊生意順順當當的，冬寶便準備和張秀玉去書院，然而人還沒走，就聽到有人在攤子前面叫道──

「妳粽子包的是金子啊？要十文錢一個？」

聲音流裡流氣的，就像是從鼻孔裡哼出來的一樣。

冬寶循聲望去，就見一個三十來歲的漢子光著膀子，插腰站在攤子前，身後站著兩個跟班模樣的漢子，粗布褂子、褲子上都沾著厚厚的一層灰。

瞧這打扮，像是給鎮上幾個商行卸貨的工人。

李紅琴笑道：「大兄弟，我們的粽子裡頭包的是上好的五花肉，您買兩個嚐嚐？」

「妳說得輕巧，買兩個要是不好吃怎麼辦？錢不白瞎了？」那人叫了起來。「先剁開三個，給我們兄弟一人一個，嚐嚐味兒！」

冬寶悄悄朝李氏搖了搖頭，這人一看就是吃霸王餐的賴皮主兒。

李氏有些為難，這三個人看起來一臉凶相，要是「請」他們吃上幾個粽子就能走人還好，就怕吃了粽子還要尋事欺負她們幾個孤兒寡母。

「這不是有切好的粽子嗎？」張秀玉說道，把李紅琴切好的一小碟肉粽往那人跟前推了推。「你嚐這個就行了！」

光膀子的漢子歪頭打量著張秀玉。「哪來的小丫頭？大爺沒跟妳說話，妳咋就自己送上來了？」

張秀玉又羞又氣，臉脹得通紅。她還沒碰到過這樣丟人的事，那領頭的光膀子漢子打量她的目光讓她有作嘔的衝動。

「臭不要臉的，胡說什麼！」冬寶沈著臉罵了一句，擋到了張秀玉前面，指著光膀子漢子叫道：「你知道梁子嗎？就是巡查這條街的衙役梁子，我們是他親戚！」

冬寶本來想抬出嚴大人的，可她一想到嚴大人那張嚴肅的面孔，心裡就不大有底，而且說不定人家不樂意跟她們有什麼牽扯。相比之下，把梁子抬出來就毫無心理壓力了。

治這些無賴流氓，一個梁子也就足夠了。

「妳、妳們是梁大人的親戚？」光膀子漢子結結巴巴地問道。

「我哄你幹什麼？」冬寶怒氣沖沖地說道：「有本事你在這兒等著，我去找梁子哥過來收拾你們！」說罷，冬寶就往街上跑，跑了兩步又回頭指著那人叫道：「你敢走就是烏龜兒子王八蛋！」

光膀子漢子和身後的兩個跟班徹底慌了，三個人也不管會不會做「烏龜兒子王八蛋」了，轉身就跑了。

其實冬寶壓根兒沒去找梁子，說這麼多只是為了嚇唬那三個無賴。雖然有小旭的那件事在那裡擺著，嚴大人很明顯地承她們這份人情，但冬寶不想有點雞毛蒜皮的事就麻煩人家。

不過冬寶沒想到的是，今天還真是巧了，她在人群裡裝模作樣地往前跑，還沒走幾步就碰到了梁子。

「冬寶！」梁子笑呵呵地打了招呼。

冬寶眼珠子一轉，拉著梁子就往回走，說道：「梁子哥，我們家新包了粽子，可好吃了，保證你以前沒吃過，過來嚐嚐吧！」

梁子拗不過她，笑呵呵地隨冬寶拉著到了李氏的攤子前。原本有幾個看熱鬧的，抱著看看真假的態度留在攤子前吃豆花，沒想到這家的小姑娘真的拉了梁子過來，看兩人之間關係還不錯，便相信了冬寶之前的說詞。

李氏她們沒想到冬寶真把梁子給拉過來了，便有些過意不去，然而礙於梁子在這兒，也不好說冬寶什麼。

張秀玉趕忙剝了一個粽子，熱情地把碗和筷子遞到了梁子手裡。「嚐嚐吧，梁子哥。」

梁子笑著看了眼張秀玉，咬了一大口，鹹香的粽子一入口他就愣住了，香軟油滑，說不出的好吃。梁子點頭笑道：「好吃！我長這麼大，還沒吃過鹹粽子，這味兒真不賴，香！」

趁梁子吃得高興，冬寶看著自己的腳尖，對梁子說道：「梁子哥，我跟你說個事兒，你可別生氣啊！」

「啥事啊？說吧！」梁子笑呵呵地問道。

冬寶把剛才的事說了一遍，最後說道：「我也是沒辦法，不是故意冒認你當親戚的……」

「欸！」梁子笑著揉了下冬寶的頭，豪氣地笑道：「啥大不了的事啊！以後只要有人不長眼敢欺負妳們，就報我的名字。妳們倆叫我一聲哥，就是我妹子，誰敢鬧事，妳梁子哥找他算帳！」

他可是瞧得清楚，嚴老大挺感激李氏母女的。再說了，這家人本性良善，為人老實厚道，他也樂意和她們交朋友。

張秀玉拉著冬寶笑道：「梁子哥不生氣就好。」

李氏和李紅琴也高興地笑了起來，趕忙給梁子盛了滿滿一碗豆花，按照他的喜好，放了足足的滷汁和炸黃豆，沒有放香菜和蔥花。

梁子接過了李氏遞過來的豆花，看了眼就笑道：「還是嬸子知道我喜歡咋吃。」

等吃完了，梁子要給錢，被冬寶和張秀玉死活攔住了。

冬寶笑道：「梁子哥，咱們不是親戚嗎？親戚吃個粽子咋還能要錢呢？」

「就是！」張秀玉急紅了臉。「梁子哥要給錢，就是把我們當外人了。」

話都說到這分兒上了，梁子再客氣就過了，便笑道：「好，那我就不客氣了。」

「早就該不客氣的。」冬寶笑道，又用麻繩繫了四個粽子給梁子，說道：「梁子哥拿回去給家裡人吃吧！」

梁子擺手道：「這可不是我跟妳們客氣，我一人吃飽全家不餓，家裡的鍋灶都多少年沒用過了，這粽子給我也沒用，還是妳們留著賣吧！」

冬寶還是頭一次聽說他的家境，心裡訝然，隨後又把粽子遞給了梁子，笑道：「那梁子哥帶給嚴大人和小旭嚐嚐吧！」

這回梁子沒有推辭，笑著拎上粽子走了。

折騰了這麼一陣，耽誤了不少時間，冬寶和張秀玉趕忙挑著菜和餅子去了書院，臨走時，冬寶還帶上了十二個粽子，先給了大舅兩個粽子嚐鮮，剩下的十個，準備賣給書院的學生。

然而讓冬寶意外的是，最先出來的不是學生，而是昨天碰到的瘸腿男子和他的夫人。

「小姑娘，來一碗菜！多點豆腐啊！」男子笑咪咪地揚了揚手裡的碗。

冬寶連忙接了碗，笑道：「好咧！」

說不上來為什麼，她挺喜歡這對雜工夫婦的，不是什麼有錢人，但兩個人之間的親切溫馨叫人羨慕。冬寶多撿豆腐打了菜，笑道：「大爺，我們這兒還有肉粽子，鹹香可口，要不要來一個和大娘嚐一嚐？」

「鹹的？」男子眼前一亮。

「是鹹的，拌了五花肉在裡頭，可香了！」冬寶賣力地做著廣告。

男子笑了起來，回頭對夫人說道：「當年我在江南的時候吃過肉粽子，那味道真是叫人念念不忘啊——」

他那夫人不客氣地打斷了他的話，笑道：「又吹起來了！」接著又對冬寶、張秀玉小聲笑道：「他說啥，妳們聽聽就行了，可別拆他的臺，就當哄哄他吧！」

男子忍不住跺了跺手裡的枴杖，笑著搖頭道：「夫人啊夫人，妳拆為夫的臺拆得可是利索得很啊！」

婦人也笑了起來，不再跟丈夫鬥嘴了，對冬寶笑道：「來兩個吧。」

一旁的張秀玉趕忙拿麻繩綁了粽子，遞給了婦人。

「一共多少錢？」婦人笑著問道。

這回冬寶沒再跟他們客氣了，笑道：「菜是兩文錢，粽子一個十文錢，一共二十二文錢。」

婦人掏出了一把銅板，數了二十二個給了冬寶。

冬寶接過錢，看著婦人和那瘸腿的男子慢慢離去的背影，笑著吆喝道：「明天再來啊！」

張秀玉撥拉著盒子裡的銅板，笑道：「聞風書院不錯啊，連雜工手頭都這麼寬裕。」二十二文錢不算多，但足夠一戶農家一個月鹽醬醋的開銷了，要不是手頭寬裕，只怕不會一下子買兩個粽子。

「我瞧著他們不像雜工。」冬寶搖頭道。

張秀玉抬頭瞧了眼兩個人的背影，奇怪地問道：「不是雜工是什麼？」

冬寶笑道：「我哪知道啊！」她只是覺得那個瘸腿的中年男子雖然沒有跟她那個便宜爹宋秀才一樣動不動就「之乎者也」地拽文，但總有種說不出的濃濃書卷氣，就連那位看起來蒼老的大娘，性格也爽朗大氣，沒有底層小婦人尖酸刻薄的樣子。

一會兒，書院下課的鐘聲響了，不少學生從書院門口湧了出來，冬寶的攤子前也排起了隊，每一個來買飯的人，冬寶都給推薦介紹了自家的肉粽，因為是個稀罕東西，不少人都買了粽子嚐嚐。

輪到周平山時，粽子就剩下一個了，周平山連忙笑道：「這個我買了！」

張秀玉遺憾地笑了笑，她還打算留給張謙呢！

打完了菜和餅子後，周平山和他那個高高壯壯的朋友卻沒有立刻回去，等來買飯的學生走得差不多了，才對冬寶和張秀玉笑道：「我們書院初五和初六放兩天假。」

這個冬寶聽張謙說了，點頭道：「我知道，那兩天我就不來了。」

「不是，我……那個……」周平山的臉有點紅，結結巴巴了半天才說道：「五月初六那天，我娘讓我去安州走親戚，我家馬車挺大的，夠坐幾個人，你們想不想去安州玩？我可以帶你們去。」

要是只有冬寶和張秀玉兩個女孩，他當然不方便帶，可現在不是還有一個張謙嗎？有他陪著，應該就沒問題了。

「你在安州的親戚？」冬寶遲疑了起來，她立刻就想起了那個長相漂亮卻「心術不正」的小少爺，多大點年紀就琢磨通房啊、屋裡人啊什麼的，呸呸呸，就是個下流胚子！

像是看出了冬寶的心思，周平山連忙說道：「妳放心，不是王家。等到了安州，你們在城裡逛，我去我表舅家坐坐，吃了中飯，我們就回來。」

冬寶和張秀玉互相看了一眼，都從對方眼裡看到了期待企盼的神采。女人哪有不喜歡逛街的？尤其是在這個閉塞的古代，能逛的地方只有沅水鎮這幾條街，早沒新鮮感了。安州可是大城市，在張秀玉這種土生土長的本地人眼裡，不亞於現代人去一趟北京、上海。

「那太麻煩你了。」張謙客氣地說道。

周平山笑著擺手。「不麻煩，反正馬車夠大。你們早上過來，咱們就在鎮子口那裡碰頭。」

「我還想再帶兩個人，是我們村裡的，你看成嗎？」冬寶試探地問道。

周平山以為冬寶想帶的是一個村裡的小姊妹，當即拍胸脯答應了。「沒問題！」

冬寶笑嘻嘻地道了謝，她對周平山的印象一直停留在當初在王家被王小少爺羞辱的那個倔強人身上，沒想到他還有如此少年心性的一面。

等周平山告辭要回去的時候，冬寶突然叫住了他，問道：「周大哥，你在書院認不認得一個叫宋柏的？」

周平山點頭道：「我知道這個人，他和我是一個班的。你們都姓宋，是親戚嗎？」

「他唸書咋樣啊？」冬寶問道。雖然她覺得宋柏那種人一看就是眼高手低的坑爹貨，還是忍不住抱著一線希望問了句。要是宋柏能有出息，宋家二房和黃氏就不會時時刻刻打她們孤兒寡母的主意了。

不過周平山頂多十四歲吧，宋柏都快二十了，居然在一個班裡頭？

周平山愣住了，半晌才委婉地說道：「這個我不大清楚，跟他不熟，聽說他準備今年下場試試的。」周平山以為冬寶是關心自家親戚的讀書情況。其實書院就這麼大，他知道宋柏是個什麼樣的人，但怕實話實說會讓冬寶不高興。

要是真的不知道，就不會停了半晌才說了。冬寶直接對周平山說道：「宋柏是我三叔，之前我奶就是為了供他唸書，才把我賣到王家當丫鬟的，我就是想問問他學的咋樣，看看我這個丫鬟當得值不值？」

「有這回事?!」周平山氣憤不已，憋不住說了實話。「妳奶奶怕是希望要落空了，宋柏經常跟鎮上的幾個人混一起，他……別的不好說，今年怕是要無功而返的。」

「跟啥人混一起啊？」冬寶問道。「我們都在這兒賣了好幾天的飯了，咋沒見他到這邊來過啊？」

周平山搖頭道：「我也不知道是啥人，宋同學一下課就跟著那幾個人去鎮上吃飯……」看冬寶那張白淨的臉，周平山就忍不住替冬寶氣憤，那麼小就被賣去當丫鬟，就是為了供親叔叔上學，而宋柏卻是那個德行！頓了會兒，他索性直接說了。「好幾回還喝酒了，一屋子都是酒氣，被夫子趕回廂房醒酒去了。」

冬寶驚得半晌回不過來神，這分明就是和不良小青年混一起的壞學生嘛！人家寒窗苦讀都不一定能考中秀才的，宋柏天天吃喝玩樂，能考上秀才就是怪事了！

「天天吃喝玩樂的，得多少錢啊？」張謙皺眉，為了那麼一個人，宋家老太太就要賣冬寶，叫人不生氣都難。

冬寶也挺生氣的，宋柏等於是她那個秀才爹供養出來的，結果就數他最急著賣掉自己，冷情自私。宋柏不顧念她這個姪女，也該顧念一下黃氏和宋老頭吧？父母在家裡吃糠嚥菜，他卻在城裡和一群狐朋狗友胡吃海喝……喔，錯了，在人家眼裡，這是有面子，被人看得起，黃氏還以此為榮呢！

「好，我知道了。」冬寶衝周平山點頭道了謝。

回到李氏和李紅琴那邊時，冬寶和張秀玉都有些沈默。張秀玉是可憐冬寶，心裡對表妹更加憐愛了；冬寶則是琢磨著該怎麼跟李氏說？估計說了李氏心裡也不好受。

這會兒豆腐什麼的都賣完了，幾個人都沒想到粽子居然這麼受歡迎，不夠賣。回去的路上，李紅琴和李氏都在笑著說明天要再多包些粽子賣，今天好多人都沒買到粽子，嚷嚷著讓她們明天一定要多做一些。

「這東西擱咱們這裡新鮮得很，人都愛吃個新鮮玩意兒。」李紅琴笑道。

李氏笑著點頭。「也是冬寶這丫頭能想得出來，照我說，這肉粽子這麼好賣，咱們以後天天都能賣。過了端午這一陣，咱們就不用做這麼多了，一天做二、三十個就成。」

經過這麼些日子的磨練，李氏現在頭腦伶俐得很，一提起做生意賺錢來，說得頭頭是道。

「一個能賺六文錢，三十個就是一百八十文，不少了。」李紅琴也說道。

又找到了一個賺錢的門路，兩個人都挺高興的，一路上嘴都合不攏了。

張秀玉插嘴道：「娘、小姨，別忘了咱們還有豆芽哩，要是豆芽能跟豆腐一樣賣那麼多，也不少錢了。」

「對！」李氏拍了下腦門，笑道。「今天早上炒的豆芽菜也叫人吃光了，咱們明天就挑上二十斤豆芽賣賣試試。賣的東西太多，我這腦子都不夠使喚了。」

冬寶看李氏高興的模樣，有些哭笑不得，湊趣說道：「娘，妳可別掉到錢眼裡出不來了。」

「去！」李氏笑罵了一句。今天一天就掙了一千多個錢，合一兩多銀子，她心裡實在是痛快啊！

第五十三章　宋二嬸撒潑

午休的時候，冬寶還是跟李氏說了宋柏的事，最後說道：「這些都是聽我三叔的同窗說的，應該不會有假，我爺奶供他也是白供。」

李氏嘆了口氣。「妳三叔小時候還好，到書院唸書後，家裡人就管不住他了……」邊說邊搖頭。「妳爹要是知道了，不知道得多難受。」

因為種種原因，宋楊止步於秀才這個階段，他把全部的希望都寄託在了小弟身上，只可惜，宋柏不是個好的。

冬寶不管秀才爹在地下難不難受，她只想著無論如何都不能把辛苦掙來的錢浪費到宋家二房和老三頭上。「娘，下午的時候咱們找林叔他們和村長，把欠的債還一半吧。還一半不那麼打眼，要是我奶來要錢，咱也能推說沒錢，掙來的錢都還債了。」

下午的時候，李氏和冬寶請了林叔、洪老頭做見證，由村長領頭，到各個債主家，把債還了一半。

「雖然是做了點小買賣，可本錢下得大，利薄得很。你們放心，剩下的我們肯定會盡快還上。」李氏紅著臉解釋。她本來就不擅長撒謊，此刻去哄騙善心借錢給宋家的鄉親，更覺過意不去。

然而她這番窘迫的表情落在眾人眼裡，就成了李氏沒有完全還上錢而羞愧的表現了，不但沒人指責，村裡人反而對她們讚賞不已。

這麼快就能還一半，剩下的還遠嗎？人家秀才娘子可是出了名的實誠人！就算是掙錢不多，然而給桂枝小媳婦幫工的錢，一天就有二十文哪！

「快別這麼說！」荷花嫂子快人快語。「咱都知道秀才嬸子是厚道人，趕在過節前還債，就想讓咱們過個好節啊！」

「欸！」李氏紅著臉應了。

等回到家，李氏撿了包好的肉粽子，一家送了兩個並兩斤豆腐，心裡這才踏實下來。冬寶在一旁看得直笑，她這輩子的娘可真是老實得可愛！

讓李氏和冬寶意外的是，居然每家都送了回禮，大多是雞蛋和鹹鴨蛋，滿堂嬸子還給冬寶和張秀玉一人送了一個小香包。

「知道妳們一家老小都忙，沒時間縫這個。」滿堂嬸子笑道。「別嫌嬸子針線粗糙就行。」

「這是哪裡話！」李氏笑道。「快屋裡坐。冬寶，給妳嬸子舀碗豆漿來喝。」

「不了！」滿堂嬸子客氣地推辭了，笑道：「我聽說嫂子想找幾個人幫忙賣豆腐？妳看，我們家滿堂咋樣？」

李氏沒想到她這邊還沒開始打算呢，村裡人就一個個自薦上門了，她下意識地就回頭看了眼冬寶。

冬寶端了碗豆漿走了過來，遞給了滿堂嬸子，笑道：「只要滿堂叔願意來就行啊！只是我們家這兩天要賣粽子，怕是沒那麼多豆腐分出來，滿堂叔要是願意等的話，就等到初七吧。」

「願意！」滿堂嬸子連忙笑道：「那咱就這麼說定了。」

滿堂嬸子一到家，滿堂叔就急急火火地問道：「咋樣？」

「成了！」滿堂嬸子笑道，又嘆道：「人家秀才娘子母女都是厚道人，我瞧她們住那屋子破破爛爛的，人家也難啊！想想我從前還到人家家裡鬧過，我這臉就臊得慌。那時候咋就那麼傻，聽老洪家的那個死女人嚼舌頭呢！」

滿堂叔勸道：「以後秀才娘子家要有啥事，咱們多幫著些就是了。至於豁子他媳婦，嘿嘿，估計現在悔得腸子都青了。」

冬寶和李氏將鄉親們送來的雞蛋放到罈子裡，李氏感慨道：「咱家還是頭一次有人來送節禮。」

冬寶笑道：「這說明咱家的日子過好了，人家願意跟咱們結交。」

李氏點點頭，她也明白這個道理。

做人只有自己強了，別人才會看得起你，願意和你來往。

下午的時候，李氏和李紅琴包粽子，冬寶和張秀玉領著桂枝做豆腐，今天的豆腐要分給三個人賣，所以做的比以往都多。

豆腐壓好後，林福、大榮和貴子都過來了，冬寶分給林福五十斤掛零的豆腐，大榮和貴子則是各四十斤。因為冬寶家和林家向來親厚，大榮和貴子沒有任何異議。

晚飯的時候，幾個人終於能歇口氣了。累了一天，也沒心思做多好的飯菜，擺在桌子上的就是秋霞嬸子拿來的鹹菜和雜麵餅子。

然而眾人還沒來得及動筷子，就聽到門被拍響了，宋二嬸的聲音在門口響了起來——

「大嫂！是我，開門啊！」

張秀玉和李紅琴聽冬寶抱怨過，紛紛看向了李氏，張秀玉還小聲說道：「小姨，妳昨天就不該給她開門，看吧，一到飯點就過來了。」

李氏嘆了口氣，她昨天也是一時心軟，宋二嬸是個孕婦，而大毛、二毛是她看著長大的。

「要不就別給她開門了，過一會兒她覺得沒意思，肯定就走了。」李紅琴小聲說道。「再說，今天咱可沒做啥好的。」

冬寶搖了搖頭，直接起身去開了門。

宋二嬸一手拉著大毛，一手拉著二毛，進來後還抱怨。「咋半天了才開門啊？」

等走到飯桌旁，宋二嬸眼睛就直了，空氣中似乎還有肉的香味，然而飯桌上卻是鹹菜、稀粥、餅子，肯定是老大媳婦壞心眼，怕自己和孩子來吃她們的肉，把菜藏起來了。

宋二嬸越想越氣，指著飯桌上的鹹菜問道：「大嫂，妳們就吃這個啊？」

李氏點點頭，不明白她這是在氣啥。「咋啦？」

宋二嬸氣呼呼地問李氏道：「妳們昨天不還吃好幾個菜的嗎？又是肉又是白麵的！」

「看妳這話說的。」李紅琴笑道。「誰有那個錢天天吃肉、吃白麵啊？昨天也是為了給我和秀玉接風，叫妳趕巧碰上了。」

這話擱旁人眼裡，是給宋二嬸臺階下的，然而擱宋二嬸眼裡，那是在給李氏找藉口打掩護。再說了，李氏是宋家媳婦，有好吃的也該給她這個懷了宋家男丁的「功臣」吃，李紅琴一個外人有什麼資格吃肉？

宋二嬸的火氣蹭地就上來了。「哄誰啊？當我是三歲小孩？」

「二嬸妳這是什麼意思？」冬寶站起來皺眉問道。「我們家沒錢頓頓吃肉、吃白麵，還成錯了？論年紀，我大姨比妳大，妳憑啥在我大姨跟前大呼小叫的？」

宋二嬸指著冬寶罵道：「小丫頭片子少作精，就數妳鬼心眼子最多！剛我喊了半天才過來給我開門，這恁長時間妳們幹啥去了？還不是怕我們娘兒幾個吃妳們一口菜！放碗鹹菜擱這兒，哄誰啊？」

這話一出，李氏反而不知道是該氣還是該笑了。院子裡是飄著肉香味，可那是做粽子的肉，要是解釋了，人家一準得又罵沒有給宋家送粽子啥的。

「老二媳婦，妳先回去吧。」李氏實在不想跟她吵，人家在床上歇了一天，她們幾個是勞碌了一天的，可沒宋二嬸那麼好命。

見李氏不回嘴，宋二嬸便認為李氏是心虛了，更來勁了。昨天吃了從老大媳婦家拿走的菜，真是好吃得要把舌頭都吞下去了，可那點菜壓根兒不夠她和兩個兒子吃，饞得她一天都坐不住，眼看要到吃飯時間了，趕緊拉著兩個兒子就過來了，生怕晚了吃不到嘴裡。

「我不走！」宋二嬸叫道，大有一股「妳不給我吃好的，我就賴這兒」的架勢。

這會兒上，挑豆腐去賣的林叔、大榮和貴子先後回來了，因為秀才娘子是個寡婦，林叔和大榮是在秋霞和桂枝的陪伴下過來的，正好聽到宋二嬸那一聲中氣十足的吼聲。

「又咋了？」秋霞嬸子問道。

宋二嬸見人來得多了，有意想讓老大母女在眾人跟前丟個醜，趕忙大聲說道：「你們給評評理，我們這當弟妹、當姪子的來我大嫂家，她們把做的好菜都藏起來，生怕我們看到吃她的，有這麼當大嫂的嗎？」

「妳哪隻眼睛看到我們把菜藏起來了？」李紅琴說道。原先礙於宋二嬸是個孕婦，不願意跟她計較，此刻也著惱了。「妳吃不到肉不去怪妳男人沒本事，反過來罵大嫂，有這個理嗎？」

「我都聞見有肉香氣了！肯定是妳們把好菜藏起來了！」宋二嬸脹紅了臉。「妳敢不敢讓我搜搜？」

李氏聞言大怒。「妳一天兩天地趕著飯點來，幾歲的娃兒都沒妳貪嘴。嫌我們家飯不好就回妳家去！就算我們把好菜藏起來了，不給妳吃，妳能咋地？妳有啥資格到我家裡來搜？」

張秀玉噗哧笑出聲來，聲音不大不小地說了一句。「給臉不要臉。」

宋二嬸氣得脹紅了臉皮，索性豁出去了，指著李氏大罵道：「妳有啥臉說我？誰知道妳那錢來得乾不乾淨？呸！求我吃我還嫌髒哩！還妳家？」宋二嬸插著腰，輕蔑地環顧了一圈破敗的小院，惡狠狠地說道：「這是我們老宋家的宅子，等冬寶那死丫頭出門子了，妳就得從這院子裡給我滾出去！這宅子是我兒子的，那口井也是我家的！誰叫妳沒本事生兒子？不下蛋的雞！到老了就是扔溝子裡等死的命！」

「妳說誰掙的錢不乾淨？」李氏氣得顫巍巍的。她可以忍受窮，可以忍受辛勞，但不能忍受被人潑髒水！

冬寶看李氏真動氣了，連忙勸道：「娘，別跟瘋子一般見識。」

秋霞冷冷地看了宋二嬸一眼，要不是宋家老二媳婦懷著孩子，她直接就大耳光搧上去了！她上前去勸李氏道：「冬寶說的在理，犯不著生氣。沒兒子又咋？妳這好閨女比那不上進的兒子強百倍！將來有閨女、女婿孝敬，好日子在後頭。」她家大實可是好孩子，保證孝敬丈母娘。

「趕緊滾！」李紅琴不客氣地攆人。「妳自己走還是我拉妳走？」

桂枝拉住了李紅琴，說道：「琴姊，妳別碰她，省得她裝肚子不得勁，訛上妳。我領她回宋家去！」說著，桂枝就上去拉住了宋二嬸的胳膊，沒好氣地說道：「走吧！」

桂枝心裡想得清楚，秀才娘子母女倆是厚道人，要不是她們給的這份工錢，她沒那麼大的硬氣分家，所以她這一舉動，不但是報恩，也是想讓冬寶看看自己的忠心。

宋二嬸嗷嗷叫了起來，順勢就要往地上坐。「桂枝妳個臭不要臉的，看她有錢了就想舔人家的屁股——」

宋二嬸話沒能罵完，桂枝就捂住了她的嘴，這臭婆娘連她都罵上了！

見自己親娘被人挾制住了，大毛、二毛立刻往桂枝身上撲，嗷嗷哭叫道：「打死妳！叫妳欺負我娘！」

大榮在旁邊暴喝了一聲，拿著扁擔往地上重重一敲，兩個小子立刻嚇得不敢吭聲了。

「滾蛋！」大榮罵道。

大毛、二毛嚇得跟鵪鶉似的，縮著脖子淌著淚，老實得連話都不敢說。

「走！」大榮的臉色陰沈得可怕，指著宋二嬸喝道：「我給我媳婦發過誓，這輩子不打女人，妳嘴巴不乾不淨，我不打妳，我打妳男人，叫他不好好管教自個兒的女人！」

大榮身材高大壯實，站在那裡跟座小山似的，把撒潑的宋二嬸也嚇住了，惴惴不安地偷看了大榮好幾眼，生怕他真的去宋家打宋榆。

說罷，大榮掏出了數好的六十個錢，遞給了冬寶，道了謝，就跟桂枝一起扯著宋二嬸和大毛、二毛往宋家走。

幾個人走出門口的時候，冬寶還聽到宋二嬸討好的聲音——

「桂枝妹子，妳跟大榮好好說說，是我說錯話了，我自己回去就行，你們不用送我……」

李氏重重地嘆了口氣，賺錢的喜悅蕩然無存。「還以為分家了就啥都好了，這才過了幾天舒坦日子啊！」

秋霞嬸子勸道：「別生氣，等她生了孩子，再敢胡說八道，咱們就大耳光子招呼她。」

冬寶在意的是宋二嬸說的另外一件事，她問林福道：「林叔，像我們家這樣的情況，我要是嫁出去了，這院子房子我娘就不能住了？分家文書上不是寫得很清楚了嗎？這宅子是歸我們的。」

「這個不好說。」林福嘆了口氣。「雖然說宅子是給妳們娘兒倆了，可你們這一房沒有男丁，等妳出門子了，他們要來占屋子，妳娘一個人是擋不住的。」

冬寶心涼了，隨後便笑了起來，點頭道：「我們還打算忙完這段時間修理房子呢，既然這房子只是給我們暫住的，那也就不用修了，不能白便宜他們。」

當她稀罕這漏雨的房子啊？宋二嬸還特意提到了院子裡的井，莫非還以為豆腐做得好是井水好的緣故？也罷，就讓他們這麼想吧！

端午前一天下午，許久沒出現的黃氏上門了。

當時冬寶正往豆腐上壓木板，聽到小黑一個勁兒地汪汪狂吠，也沒當回事，還是張秀玉戳了戳她，她才看到門口站著的黃氏。

「奶，妳咋來了？」冬寶笑道。

黃氏站在門口，四下打量了一圈，院子和她上次來時差別不大，多了一個雞舍和一個狗窩，雞鳴狗叫的，多了不少生氣。

黃氏看了眼冬寶，剛分家時瘦得一陣風就能吹倒的黃毛丫頭，現在白白淨淨，頭髮黑了，臉上也有肉了，又看到院子裡正在壓製的豆腐，滴滴答答地往下滴水，黃氏一陣眼熱，這一天天的，得多少錢啊！

「妳娘呢？」黃氏問道。

冬寶往灶房裡喊了一聲。「娘，我奶來了！」

李氏趕忙出來了，手上還沾著包粽子的米，看到黃氏後笑了笑。「娘，您咋來了？」

「我不能來啊？」黃氏張嘴就嗆了李氏一句，這對母女沒一個好東西，問的話都一樣。

李氏笑容不變。「看娘說的，您當然能來了。」

黃氏板著臉，要是擱以前，李氏哪敢回嘴？只會低著頭任她罵，罵完後眼淚一抹又去幹活了。如今能掙錢了，就不把他們這些長輩放眼裡了。早知道李氏的病沒什麼大不了的，說啥也不能分家！

「明天就是端午了，妳跟冬寶晚上回家吃飯。」黃氏以吩咐的語氣說了一句，見冬寶張嘴就想說話，立刻說道：「就這麼定了。老三也從書院回來了，咱一家人難得團圓。」

等黃氏走了，冬寶問李氏道：「娘，咱還真回去吃飯啊？」

李氏嘆了口氣，說道：「妳奶都上門了，咱肯定得回去的。就一頓飯，吃完咱就回來。到時候妳奶不管說啥不中聽的，妳都不許頂嘴，忍這一會兒，聽到了嗎？」

冬寶點點頭，這個她當然知道，就算黃氏對她和李氏進行人身攻擊，她也得裝作沒聽到。

今天幾個人從鎮上回來時，又買了一百斤的糯米，肉粽賣得極好，這兩天都是供不應求。李氏特意包了三十個大粽子，肉也放得多，準備給林家十個，自家留十個，再給宋家送十個去。畢竟是過節，不比平時，要是連節禮都不送，那就太說不過去了。

第五十四章　所圖

端午這天，書院放了假，因此冬寶和張秀玉一上午都在家縫香包。

冬寶的針線並不好，所幸她新鮮點子多，做的有蝴蝶香包、桃心香包、葫蘆香包。

「妳就會出鮮點子！」張秀玉笑咪咪地點了點冬寶的額頭，指著一個兩顆心並列一起的香包。「妳做的這是啥玩意兒啊？」

冬寶挑眉笑了笑。這妳就不懂了吧！

兩個人做好香包後，就一人身上掛了幾個，到了鎮上。今天是端午，來鎮上趕集的人格外的多。走到攤子旁，冬寶看到嚴大人也在，坐在後面的矮桌旁喝著豆花，旁邊還放著一顆剝好了的肉粽。

「嚴大人，您來了！」冬寶笑道。

「嗯。」嚴大人朝冬寶點了下頭，端起碗一口氣喝了個精光，又兩三下吃完了粽子。

冬寶用麻繩繫了六個粽子，等他起身，便把粽子遞到了嚴大人手裡，笑道：「嚴大人，您帶回去給小旭嚐嚐。」

「好。」嚴大人點點頭，從懷裡掏出了一串錢就要遞給冬寶。

冬寶趕忙退後了兩步，笑道：「嚴大人，這粽子是我請小旭吃的，不要錢。」

「我剛才喝了一碗豆花，還吃了一個粽子。」嚴大人說道，執意要給錢。

李氏趕忙過來說道：「嚴大人，今兒過節，就當是我們請您吃的。再說了……」她本來想說「那時候冬寶生病了，還是嚴大人您把藥費、診費給結了的」，但轉念一想，大庭廣眾之下，不大好說出兩家的過往，便沒再說下去。

嚴大人執意要給錢，這對母女人不錯，他有心想幫襯一把，前兩天聽梁子說有不長眼的地痞想欺負她們，他便這幾日都來攤子上吃豆花，也是給眾人一個信號——這個攤子有他罩著。

李氏不敢直接上手推嚴大人的錢，只能在一旁笑著擺手，然而一個執意要給，一個堅決不收錢，混亂中，李氏的手就碰到了嚴大人遞錢的手，嚇得她慌忙往後退了兩步，一顆心咚咚跳得厲害，生怕被人看到了，傳出什麼難聽話來。

「冬寶，妳送送嚴大人！」李氏尖著聲音說道，低頭回攤子上忙去了。

嚴大人也不好再推辭了，面皮隱隱透著紅。剛才是他唐突了，只得收起了錢，衝冬寶點點頭，準備走了。

「嚴大人，等一下。」冬寶從身上取下一個葫蘆香包，遞給了嚴大人。「這個也是給小旭的。」

嚴大人接過了小巧的香包，看著冬寶笑了笑，和藹地說道：「以後叫我嚴叔吧，別叫什麼嚴大人了。」

「好啊，嚴叔！」冬寶笑咪咪地應了。

下午的時候，李氏領著冬寶，帶著十個粽子、二十個雞蛋還有五斤豆腐到了宋家。

這還是分家後，冬寶和李氏頭一次回宋家。

剛一進門，冬寶就聞到了一股臭味，忍不住皺了皺鼻子，看向了豬圈和雞舍，抱怨道：「這得幾天沒打掃過了？虧得他們還能吃得下去飯！」

「行了。」李氏推了推冬寶，小聲說道：「就來吃一頓飯，忍忍就過去了。」

兩人正說著話，堂屋的簾子掀開了，宋柏從屋裡出來，看到了李氏母女。

「三叔，你回來了？」冬寶問候道。

宋柏上下打量了冬寶幾眼，點頭道：「嗯，回來了，妳們進屋坐吧。」

冬寶和李氏對視了一眼，心裡暗暗吃驚。宋柏的眼睛長在頭頂上，誰都看不起，今天居然和顏悅色地和她們兩個打招呼？冬寶強忍下了回頭看天的衝動，太陽一定是從西邊出來的。

這會兒上，黃氏出來了，往李氏和冬寶提的籃子裡掃了眼後，臉色好看了不少，對兩人說道：「先進屋坐著吧，我去做飯。」

就算是分了家，李氏也沒有讓長輩動手給自己做飯的想法，連忙對黃氏笑道：「娘您歇著吧，我來做飯。」

黃氏十分滿意李氏如此「懂事」，點頭嗯了一聲，抬腳就往灶房走，李氏連忙跟了上去。

冬寶拉住了李氏的手，跟著一起進了灶房，笑道：「我燒鍋。」

宋柏揀了塊乾淨的地方站著，看著李氏和冬寶的背影，神色十分複雜。他也是這次回家才知道，原來大嫂和冬寶在鎮上擺攤賣吃食。

剛聽說這個消息時，宋柏是十分不屑的，還怕被同窗們知道他有一個擺攤賣飯的嫂子。然而當他聽黃氏說，李氏一天能掙半兩銀子時，就驚呆了，埋怨黃氏不該分家。要是早知道李氏一天能掙半兩銀子，他這段日子也不至於過得這麼拮据。

灶房裡的案板上擺放著黃氏早切好的菜，還有一小堆切成片的豬肉。

「晚上吃燉冬瓜，豆角摻著肉炒，南瓜熬稀飯吃。」黃氏說道。

李氏笑道：「好。娘您歇著吧。」說著把手裡的籃子遞給了黃氏。

「奶，這是我和我娘給您和我爺的端午節禮。」冬寶連忙說道。

黃氏低頭在籃子裡翻了幾下，看到雞蛋時臉色好看了不少。現在是熱天，雞下的蛋少，雞蛋相應的就貴，二十個雞蛋能值十二、三個錢。黃氏拿著籃子往堂屋裡去了，臨走時說道：「妳別沾手了，等會兒我過來炒。」

李氏哪裡敢等她過來炒菜？黃氏也只是心情好，客氣地那麼一說，要真等她炒菜，不定有啥好聽的等著。

這會兒上，冬寶已經燒熱了鍋，李氏拿著灶臺上的油壺就往鍋裡倒油，然而剛倒一下，李氏就哎喲了一聲。

「咋啦，娘？」冬寶問道。

李氏小聲說道：「擱咱家炒菜倒油習慣了，妳奶可不高興倒這麼多油。」為了供養宋柏，宋家吃得最多的是醃菜，醃菜不用放油，還下飯。要是在以前，被黃氏看到李氏炒菜放這麼多油，肯定被痛罵了。

油倒進去已經燒熱了，再弄出來也晚了，李氏便直接把豆角倒進了鍋裡，隨著一聲嗤啦的聲音，炒菜的香味順著風飄出去老遠。

黃氏剛放完粽子和雞蛋從堂屋出來，就聞到了一陣油香氣，心裡一緊。哎喲，這敗家娘兒們，她放了多少油？弄出來恁大的香氣！

等黃氏板著臉跑到灶房的時候，李氏已經把豆角炒好出鍋了，看到案板上放的那盆油光發亮的炒豆角，黃氏的心揪痛了。豆角是給全家人吃的，可不是給宋柏一個人開的小灶，這得浪費多少油啊！

「過日子得精細點！」黃氏忍不住開口了。「別掙兩個錢就尾巴翹天上了，莊戶人家就得有莊戶人家的樣子。」

李氏笑著點頭。「娘說的是，我記下了。」

她打定主意，今天不管黃氏說啥難聽的都聽著，反正分了家，如今也過上了作夢都不敢想的好日子，聽黃氏說兩句又有什麼？

黃氏有些不高興，她覺得李氏沒有以前那麼聽話了，要是以前，她咋罵李氏，李氏都是不敢回嘴的，如今翅膀硬了，就不把她放眼裡了。

這會兒，宋二嬸聞到了炒菜的香味，到了灶房，看到了李氏和冬寶一個灶上一個灶下地忙著。

「冬寶來啦！」宋二嬸笑道。「早聽說冬寶做菜手藝好，咱村裡人不少都吃過了，咋回了家燒起鍋了，不做菜給妳爺爺奶奶嚐嚐啊？」

「她二嬸，妳從哪兒聽說的？」李氏看著宋二嬸問道。「冬寶一個十歲的孩子，咋就做菜手藝好了？招娣都十二了，她做菜手藝好嗎？」

瞧老二媳婦那副挑事的樣子她就來氣，前天鬧了一場，嫌不夠丟人嗎？擠兌冬寶一個孩子算什麼本事啊！

冬寶低頭偷笑了幾聲，現在李氏越來越「潑辣」了，像宋二嬸這樣的擠兌已經不能讓李氏難堪了。

「二嬸，妳記錯了吧？我爺奶已經嚐過我做的菜啦！」冬寶笑道。「前幾天不是讓妳給我奶捎了一大碗菜嗎？那個排骨是我燉的。」說到這兒，冬寶朝黃氏笑道：「奶，我家頭一次做排骨，也不知道咋做是好，您嚐著味兒咋樣？」

她敢以銀子發誓，宋二嬸絕不會把菜端回家一家人分的，肯定是私下裡偷吃光了，連碗都不給她們還回來！

果然，黃氏的臉色不好看了，瞪著宋二嬸問道：「咋回事？菜妳弄哪兒去了？」

宋二嬸訕訕地笑了笑。「那天回來的時候，大毛端著碗絆倒了，碗摔了，菜也灑地上了，怕娘妳罵他，我就沒說了。」

黃氏怒氣沖沖地往地上啐了一口，插腰罵道：「放妳娘的驢屁！懶不死妳個貪嘴的老貨！」

宋二嬸沒料到黃氏會當著李氏和冬寶的面罵她，脹紅了臉罵道：「我懷著老宋家的孫子，吃兩口菜就不行了？妳打死我好了，省下來的糧食都給妳！」

黃氏吼起來也是中氣十足，惡狠狠地盯了宋二嬸幾眼，罵道：「嚇唬誰啊？將來有老三媳婦給我生孫子！妳個腚溝子流膿的賴貨，十個八個ＸＸ塞不住妳底下的爛Ｘ！」

宋二嬸靠在門框上哼了一聲，一副無所謂的模樣。

倒是李氏和冬寶，兩個人臉脹得通紅。

李氏都想把冬寶的耳朵捂起來了，她算是理解為什麼林家大人都想搬家了，黃氏整天把這些下流的髒話掛嘴邊，一點都不顧忌孩子。

冬寶也是目瞪口呆，饒她內裡是個二十好幾的女青年了，也沒有聽過這麼露骨下流的髒話。

好在經過這場黃氏略輸一籌的爭吵後，宋二嬸和黃氏之間平靜了不少，一頓飯就這麼詭異地吃完了。

破天荒的，宋柏這次沒有吃小灶，跟眾人一起吃的大鍋菜。

一人還分了一個小粽子，只有冬寶半個巴掌大，裡面包的只有白米，冬寶不愛吃，被一旁的大毛搶了過去。

「嘖嘖！」宋二嬸翹著嘴說道：「大嫂日子過得好，冬寶丫頭連白米粽子都不放眼裡了，看大毛可憐的。」

黃氏沈著臉罵道：「吃個飯哪那麼多閒話！」

宋招娣看到母親因為李氏母女而被罵，憤恨不平地瞪了眼冬寶。

冬寶扭過頭去，不搭理她。

吃完飯，李氏站起來要收拾碗筷，被黃氏叫住了，黃氏吩咐道：「妳坐下，好不容易來家一趟，歇會兒吧。招娣，洗碗去！」

宋招娣相當不痛快，以前洗碗都是李氏和冬寶幹的活，分家後這些活兒都是她的了，可今天冬寶那個死丫頭都回來了，還得她洗碗！宋招娣一直認為她比冬寶要高人一等，因為她有兩個弟弟，而冬寶什麼都沒有。然而她沒膽回嘴，只能磨磨蹭蹭地去洗碗。

等宋招娣出去了，大毛和二毛也跑出去玩了，幾個大人便沈默地坐在堂屋裡，半晌都沒人吭聲。

良久，黃氏重重嘆了一口氣，算是開場白。「今年收成不如往年，每畝地得少打一百斤麥子，糧食收的價錢也壓得低，一斗麥子比往年少兩個錢。咱家裡人口多地少，幾個孩子都是能吃幹不了活的年紀，負擔比別家都重。」

李氏摟著冬寶坐在一旁不吭聲，大家心裡都清楚，宋家的負擔可不是幾個未成年的孩子。

而冬寶已經有了不好的預感，從她們進宋家時碰到宋柏開始，這種預感就有了，宋家人以前對她們可從來沒有這麼客氣過。

黃氏又說道：「老三秋裡就要下場考試了，這回穩穩當當的一個秀才逃不掉。咱家供了恁多年，不能到這個節骨眼上斷掉……」黃氏重重嘆了口氣，抹著眼淚說道：「老大要是還在，用得著我操心？我上輩子造孽啊，沒了個好兒子……」說著，黃氏捂著臉，嗚嗚哭了起來。

這是真哭，冬寶清楚地看到淚水順著黃氏的指縫往外淌。冬寶把頭埋在李氏懷裡，滿頭的黑線。咋這回不說宋楊是被冬寶這個「命凶的虎女」給剋死的了？

屋裡靜悄悄的，宋老頭坐在稍遠一點的床沿上，木著臉，沈默地吞雲吐霧；宋柏蹺著二郎腿，低著頭看不清表情；宋榆一臉的無所謂，像壓根兒沒聽到母親在哭泣；宋二嬸偷偷抬眼看了看李氏，又看了看宋柏。

宋柏先不耐煩了，抬頭說道：「說這些亂七八糟的幹啥！」

「三叔，你是有學問的人，怎麼我奶想我爹了，到你嘴裡就成亂七八糟的了？」冬寶不樂意了。她是不待見她那個「鳳凰男」的秀才爹，可宋秀才是冬寶的親爹，也疼愛過女兒。

更何況，宋秀才是供養宋柏唸書的人，誰都能對宋秀才不敬，只有宋柏不可以！

「行了。」黃氏抹了把臉說道，大約是不想這會兒上惹李氏和冬寶不痛快，只小聲嘟囔了一句。「小丫頭片子嘴不饒人。」

看了眼蹺著二郎腿，別過頭，一臉孤傲模樣的宋柏，黃氏扭頭對李氏說道：「旁的啥我也不多說了，妳三弟今年要下場，這事也是老大心心念念這麼多年的，現在老大沒了，妳這個當大嫂的多少得表示表示，不能叫妳三弟空著手、餓著肚子去考試吧？」

李氏心裡咯噔了一下，張張嘴，不知道該怎麼說，只能抱緊了懷裡的冬寶。她沒想到，黃氏會直接來要錢，還打著死去的丈夫的名義。

冬寶撇了撇嘴，她爹活著的時候要供養宋柏，她爹不在了，她娘身為未亡人還得繼續供養？呸，哪門子的歪理！

第五十五章　湊手

李氏和冬寶都不吭聲，黃氏忍不住了，說道：「我不要妳多的，妳就出十兩銀子吧！平常我也沒問妳要過啥，十兩銀子不算多，妳那攤子兩天就掙回來了。」

冬寶瞪圓了眼睛，黃氏還真是敢獅子大開口！

「奶，咱們家……喔不，是我家的外債還沒還上，哪來的十兩銀子給我三叔啊？」冬寶說道。

黃氏急著要錢，顧不上罵冬寶插嘴，連忙說道：「外債先欠著，不著急。妳們那個豆腐攤子，兩、三天工夫就把錢掙出來了。」

老大媳婦那攤子賺錢，她也是才知道的，她去鎮上趕集，在遠處觀察過一會兒，客人都沒斷過，銅錢跟天上掉雨似的，嘩啦啦地往錢匣子裡落，以後宋家有啥事都得找老大媳婦要錢！

「娘，妳這是要我的命啊！」李氏艱難地開口說道。「我要是兩、三天就能掙十兩銀子，我還住那破房子幹啥啊？」

「我們沒那麼多銀子，前天剛去村長家還了一些債，手裡一點餘錢都沒了。奶，當初分家的時候都說好了，有錢就先還債。這要是傳出去，不是叫人家戳咱脊梁骨嗎？」見黃氏臉色越來越難看，冬寶乾脆說道：「要不，您把我和我娘賣了吧，能賣多少都給我三叔考試用。」

黃氏臉色鐵青，強捺著怒火，指著李氏大聲叫道：「那妳出八兩銀子，再不能少了！」

宋老頭聽到黃氏的話，不敢去看李氏和冬寶，一張老臉透著紅。而宋柏就像是個旁觀者，事不關己地看著黃氏吵鬧。

「沒錢！要有錢我們就先還債了，還債比啥都重要。」冬寶立刻說道。

「有妳個丫頭片子說話的分兒？」黃氏氣得咆哮了起來。「再敢張嘴我就大巴掌伺候著！」

宋老頭皺眉放下了煙袋，咳嗽了一聲，打圓場似地輕聲說道：「有話好好說……」

黃氏陰著臉，哼了一聲，看向了李氏，說道：「老大媳婦，明兒中午妳把銀子送過來。老三下場是大事，耽誤不起。」

李氏摟著冬寶，氣得眼前發黑，半晌才抿唇說道：「去縣裡考試咋就要八兩銀子了？當年冬寶她爹去縣裡考，統共才花了三百來個錢……」

「那時候能跟現在比？」黃氏瞪著眼睛叫道。「窮家富路！妳當大嫂的，多出兩個錢咋啦？老大媳婦，妳良心都叫狗吃了！妳看妳那尖酸樣子，妳對得起我兒子嗎？我兒子被妳害得絕了後啊！都是被妳害的啊！」

李氏乾脆抱著冬寶低下了頭。她是沒生兒子，可冬寶就啥也不是了嗎？婆婆謀劃賣掉冬寶的時候，有沒有想過冬寶是她大兒子唯一的孩子？

半晌不見李氏吭聲，黃氏急了，罵道：「咋不吭聲？妳聾了？」

屋裡漸漸地黑了下來，卻沒一個人起身去點燈。

宋老頭輕聲開口了。「老大媳婦，要是錢上一時間不湊手，多少意思一下。將來老三做了官，咋也得記得嫂子對他的好……」

冬寶有些驚訝，同時湧上心頭的是說不清的失落感。

當初分家的時候，因為宋老頭為她們說了幾句話，冬寶和李氏對宋老頭很感激。沒想到，現在宋老頭居然會說出這樣的話。

想想也是，如果沒有宋老頭的支持和默許，宋家出不了兩個讀書人。光憑黃氏，宋柏不會被慣溺成這樣，也養不出這麼一堆極品兒孫。宋老頭對宋柏走仕途的期待之情，恐怕是不輸給黃氏的。

「啥不湊手？」黃氏嚷嚷道。「給別人不湊手，給自己的小叔子趕考盤纏還不湊手？八兩銀子，一個子兒都不能少！這錢是妳欠我們老宋家的，妳欠我大兒子的！妳沒本事生兒子，妳害我大兒子絕了後，妳掙的錢多少都是我們老宋家的！別給臉不要——」

宋老頭打斷了黃氏的話，黑著臉說道：「別說了！」走過來跟李氏說道：「天晚了，妳們先回去吧。」

黃氏急了，叫道：「錢的事就這麼說定了！明天中午……不，明天早上把銀子送過來！老三明兒一早就走。」

李氏也站了起來，她個頭本來就不矮，如今挺直了脊背站在黃氏跟前，比矮小的黃氏高出了一個頭，在氣勢上就壓倒了黃氏。李氏緊握著冬寶的手，看著黃氏，沒有之前的半分畏懼，說道：「娘，妳就是罵死我、打死我，我也變不出八兩銀子來。這段時間我們是攢了點錢，可都還債了。三弟要是手頭緊，早飯到我那攤子上吃，冬寶和秀玉每天中午都會去書院旁邊賣菜和餅子，我叫她們留夠中午、晚上兩頓飯給老三，這一天三餐都省了，就沒啥花錢的地方了。」

「那哪行？」一旁裝沒事人的宋柏叫了起來。「那飯能吃嗎？吃不好我還咋唸書？」

冬寶冷笑道：「三叔說的叫什麼話！書院裡的學生都吃我們家的菜和餅子，咋就你不能吃？不要錢的飯菜還嫌不好？三叔，你平時都在哪兒吃飯啊？」

宋柏惱羞成怒，叫道：「閉嘴！小丫頭片子沒規矩！」

一旁的宋二叔和宋二嬸聽得眼睛放光，一會兒看看冬寶，一會兒看看宋柏，眼珠子滴溜溜地轉。

「三叔，我問你在哪兒吃飯罷了，你咋就跟我發恁大火氣啊？」冬寶哼了一聲說道。她可不怕宋柏，宋家的錢都供養宋柏了，宋二叔和宋二嬸可是怨念頗深呢！

「我看這法子好。」宋二嬸先叫了起來。「老三在鎮上就吃飯花錢，要是擱大嫂那裡三頓飯都解決了，就沒啥花錢的地方了。」

言外之意，宋家以後就不用給宋柏錢了，今年剛收進來的麥子也就不用賣了。

好個屁！宋柏眼裡恨不能噴出火來。他就知道這家裡頭都是尖酸刻薄鬼！這群鄉下臭婆娘懂什麼？凡成大事者，像朱買臣、姜子牙……哪個發跡前不曾為銀錢發愁？哪個不曾遭這些無知蠢婦的奚落？他也會像這些名人一樣，考中秀才，再考中舉人、進士，到最後金榜題名做天子門生。

想到這裡，宋柏的牙根都激動得顫抖起來了。他惡毒地看著宋二嬸和李氏，等他衣錦還鄉的那天，他一定要這些一毛不拔的蠢婦們後悔！

趁眾人聽了宋二嬸的話，有些發愣的時候，冬寶趕緊拉了李氏，慌裡慌張地出了門，臨走時對黃氏和宋老頭扔下了一句話——

「那就這麼說定了！爺、奶，我們先回家去了。」

李氏拉著冬寶的手，跟逃命似地跑出去老遠，才鬆口氣慢慢停下了腳步。一摸額頭，出了一頭的大汗，彷彿劫後餘生一般，不由得苦笑著搖了搖頭。

「這可咋辦啊？」李氏嘆道。

冬寶笑道：「妳剛跟我奶講理的時候，不是說得挺明白了嗎？」

李氏笑了起來，她自己也有些驚訝，不知道自己哪來的勇氣，居然敢跟黃氏講道理，可事情已經實實在在地發生了。

這種揚眉吐氣、不受氣的感覺，真是相當不錯！李氏心底有一絲喜悅和興奮，她以前在宋家柔順了十幾年不覺得，現在自己當家作主不過一個月工夫，這種蠻橫不講理的長輩她就一刻也忍受不下去了。

冬寶說道：「咱可沒答應給她銀子，我奶愛咋說咋說，這事說出去也怪不得咱們。」回家就在地上挖個洞，把攢的錢都藏起來，以防萬一。

一口氣要八兩銀子，黃氏這是瘋了吧？村裡那些窮得連宋家都不如的人家，說不定一輩子都沒攢過一兩銀子呢！

這事要是傳出去，村裡人只會驚嘆黃氏嘴張得太大，吃相難看。

李氏和冬寶是逃掉了，宋家的氣氛可就沒那麼好了，黃氏氣得指著門口大罵，這會兒上也不顧忌了，什麼吃昧心食的狠犢子、不下蛋的野山雞……洋洋灑灑罵了足足有半個時辰，罵得她口乾舌燥。回頭看到宋二嬸，想起最後宋二嬸的那句話，又指著宋二嬸罵。「爛了下X的東西！」

黃氏罵累了，回堂屋瞧見宋柏，語氣一轉對宋柏鼓勵道：「別怕！有娘在，咋也供你唸書！你好好爭氣，給娘考個好名次出來，娘回頭也說得起嘴。」

在她看來，小兒子聰慧過人，考個秀才還不是手到擒來？

宋柏哼了一聲，眼底一片倨傲之色，甩了下袖子，慢條斯理地說道：「等我考中了功名，非得叫她跪下了求我原諒不可！」李氏不肯出錢，宋柏心中的憤怒不亞於黃氏。在他看來，大哥沒了，大嫂和冬寶孤兒寡母的，不得指望他這個能當官的三叔？至於宋家二房，那就更不用說了，一窩爛泥！不想出錢，還想沾他的光？宋柏冷笑，想得美！

要是冬寶聽到了宋柏的內心獨白，一定會扶額嘆息，勸告這個不到二十歲、意氣風發，躊躇滿志的三叔——你想得太多了！

回到家後，李紅琴拉著李氏問東問西，生怕宋家人又欺負她這個老實巴交的傻妹子。冬寶看到張秀玉喜氣洋洋地收拾明天要穿的衣裳時，才後知後覺地想了起來，明天要搭周平山家的順風車去安州。

「娘，我出去一趟。」冬寶朝屋裡匆忙說了一句，就要出門。

李氏連忙問道：「恁晚了去哪兒啊？」

「我去大實哥家裡。」冬寶說道。「表哥的同窗請表哥、表姊還有我明天搭他們家的馬車去安州逛逛，跟他說好了，再帶上大實哥和全子的，我剛忘了說。」

冬寶沒介紹周平山的身分，省得再牽扯出那一段「被賣」的經歷，讓李氏心裡不高興。

李氏點頭道：「那也好，帶著小黑一起去吧，天晚了。」在李氏眼裡，張謙是個穩重踏實的好孩子，他的同窗必然也是可靠的，而且這些日子以來，冬寶和秀玉兩個孩子都忙裡忙外的，有空去玩一玩也好。

冬寶連忙牽了小黑往外走，其實這個時候的鄉村是很安全的，而且都是鄉里鄉親的，真有什麼事，冬寶叫一聲，一會兒工夫，村裡人就都出來了。

農忙過後，冬寶家就忙起來了，所以沒有機會帶著小黑到處玩，難得有出來遛的機會，小黑激動得吐著舌頭呼哧著，撒著歡跑前跑後，時不時湊到冬寶腿邊蹭一蹭，撒嬌似地嗚嗚兩聲。

冬寶摸著小黑油光水滑的皮毛嘿嘿直笑，等小黑長成威武雄壯的大狗了，她牽著小黑威風凜凜地在村裡橫著走時，誰敢欺負她，她就放小黑！

走到宋家門口時，冬寶特意放輕了腳步，雖然明知道這麼晚了，宋家人不可能聽到或看到門口一閃而過的她。真是被宋家人給鬧怕了，冬寶無奈地想著。

到林家門口時，大門已經關上了。

「嬸子、大實哥。」冬寶壓低聲音敲了敲門。「是我！」

林實打開門就看到冬寶牽著小黑，笑嘻嘻地站在門口，月光下，冬寶嫩嫩的臉蛋白裡透紅，像上好的細瓷一樣。

「真是妳過來了！我剛聽到妳的聲音，全子還說我聽錯了。」林實又驚又喜，這兩天都沒見到冬寶了，實在想得很。

兩個人笑嘻嘻地說著話往堂屋走，秋霞嬸子笑道：「咋這個時候過來了？」

冬寶有些不好意思。「本來昨天就該跟大實哥和全子說的，一忙就給忘了。」

全子一聽還有他的事，立刻問道：「啥事啊？冬寶姊。」

冬寶就說了去安州城玩的事。

全子立即樂得蹦了起來，拉著林福和秋霞嬸子的胳膊，哀求道：「我要去、我要去！」

秋霞和林福對視了一眼，他們也願意讓孩子們出去見識世面。「會不會太麻煩小謙的同窗了？」

「不麻煩。」冬寶笑道。「那位公子天天在我們那兒買飯，都是熟客了。」

他長這麼大，去過最遠的地方就是沅水鎮，如今有去安州玩的機會，哪能不去呢！

從林家出來時，林實便順理成章地送冬寶回家。

新月彎彎，掛在枝頭上，月光照亮了鄉間的小路，林實拉著冬寶的手，慢慢在路上走著，微風吹過，愜意又舒暢。

「又差點忘了！」冬寶拍了下腦袋笑道，從懷裡拿出了一個香包，有些扭扭捏捏地塞到了林實手裡。

林實對著月光看了半天，也沒看出來手上的到底是個什麼東西，聞著像是端午節佩戴的香包，可這形狀卻是怪模怪樣的。

「給我的？」林實笑著問道。

冬寶努力地為自己「老牛吃嫩草」的行為做著心理建設：我才十歲，給喜歡的小男生送個定情信物神馬的，簡直太正常不過了。

「嗯。」冬寶紅著臉應了，指著那個形狀奇怪的香包說道：「你看像不像兩顆心疊到一起？我也有一個一模一樣的……」饒是她臉皮厚，這會兒上也說不下去了。

「像。」林實溫和地笑了起來，戴上了香包，看向冬寶的眼神溫柔似水。就是冬寶指著一頭豬說那像一顆心，林實也會點頭贊同的。

到了冬寶家門口，林實才恍然發現居然這麼快就走完了，他有點捨不得就這麼分開了，卻說道：「妳忙了一天了，早點睡。」

直到聽見冬寶的腳步聲進了屋，林實才轉身往家裡走去。一路上好幾次忍不住隔著衣服摸了摸脖子上掛的香包，嘴角噙著一絲溫柔的笑意。

兩顆心疊一起嗎？真好！

在林家，全子和哥哥睡一張床，林實等他洗完腳後攆他上床，自己倒了洗腳水才回屋脫衣裳。

已經躺到床上的全子突然一骨碌爬了起來，眼睛亮亮地看著林實。「哥，你身上好香。」說著，又湊到林實跟前嗅了嗅。

「趕緊睡覺去。」林實心裡一虛，推著全子進了被窩。

全子格格笑著，躲著林實的手，笑道：「哥，你是不是戴了香包？欸，我看到了。」說著一伸手，抓到了林實衣領裡的紅繩，把香包拿了出來，湊到鼻子下聞了聞。「是不是冬寶姊給你的？」全子問道。他是老么，大人們給吃的玩的，都是先緊著他，可冬寶姊不一樣，她凡事都緊著哥哥來，就像這個香包，給了哥哥，卻沒有給他。

林實俊臉微紅，搶過了香包放回衣領裡，拍了下全子的頭，訓道：「瞎咋呼什麼？趕緊睡覺！」

全子隱約明白了些什麼，瞪著眼睛半天睡不著覺，心裡的感覺很是奇怪，既是高興，又有些失落。

第二天，李氏和李紅琴去鎮上後，冬寶幾個人也上路了，在約好的地方，碰到了等在那裡的周平山。

「我們來晚了，讓你久等了。」冬寶抱歉地笑道。

周平山趕忙搖搖頭。「不礙事的，我也是剛剛才到。」然後他的目光就轉向了冬寶旁邊的人，除了張謙和張秀玉是他認識的外，剩下的就是林實和全子。

全子還罷了，一團孩子氣，林實卻長相俊秀，還比他高出半個頭，有些親暱地站在冬寶旁邊，叫他心裡有種說不上來的感覺。他以為冬寶是帶村裡頭的小姊妹，沒想到竟帶了兩個男孩。

「這兩位是……」周平山笑著問道。

冬寶笑道：「這是我弟弟全子，這是我哥哥林實。」

這會兒上，一輛車在晨光中慢慢地朝他們跑了過來，趕車的人從車上跳了下來，對周平山說道：「少爺，咱們上路吧。」

周平山點了點頭，對冬寶幾個人笑道：「上車吧。」

林實是這群人中年齡最大的，便衝周平山抱了抱拳，笑著道了謝。「如此就麻煩周公子了。」

「林大哥莫要客氣。」周平山笑著回了禮，有些吃驚。看林實的打扮，也就是個鄉下少年，可說話行禮倒不似鄉下孩子。

冬寶沒注意到兩個人的寒暄，她全部的注意力都集中在周家的馬車身上了。雖然不至於和電影裡看到的香車寶馬比，但寬敞結實，拉車的是一匹騾子，高大健壯。

哎，不知道自己還要賺多久的錢才能過上「有房有車」的日子？

馬車雖然寬敞，可一下子進來六個人就有些擁擠了，好在大家年紀小，不講究什麼男女大防，又有張謙和周平山議論著書院的趣事，剩下的人聽著湊趣，一路上的時間過得也快。

「大實哥以後也要來書院唸書吧？」張謙笑呵呵地問道。「如此我也能有個伴了。」

林實微笑著點了點頭。

周平山接上了話。「不知道林大哥以前在哪裡唸書？」

「早些年只在村裡的私塾唸過一年。」林實笑道，神態自若，絲毫沒有因為自己唯讀過一年書而在張謙和周平山面前自卑。

周平山一陣詫異，居然是個沒什麼功底的人！

「周公子，安州有什麼好玩的地方啊？」冬寶笑著問道，打斷了馬車中微微有些凝滯的氣氛。

說到這個，周平山就打起了精神，「好玩的地方多了，只是今天咱們待的時間短，我又陪不了你們，能去的地方就少了。不過，八角樓、城邊上的古運河都能去看看，街市也可以轉轉。」說到這裡，周平山朝冬寶和張秀玉笑道：「街市上好多賣吃的、玩的，妳們倆肯定喜歡。」

「那得去看看。」張秀玉笑道。

冬寶也笑著點頭，暗中摸了摸貼身掛著的荷包。女人都是天生的購物狂，不知道今天帶的錢夠不夠兩個人花？

話題轉移到吃的玩的上，氣氛就明顯鬆快多了。幾個孩子年紀差得不大，都是愛玩愛笑的時候，嘰嘰喳喳地說笑了一路。

馬車漸漸慢下來的時候，前頭趕車的中年漢子叫道：「少爺，咱們快到了！」

冬寶趕緊掀開了車窗上的簾子，伸頭一看，前方就是巍峨大氣的青磚城牆，城門口有兩列穿著皂衣的衛兵立著長戟把守著。

進城後，周平山就去了親戚家，而他們則在安州城裡逛，等吃完中飯後就在城門口集合，一起回沅水。

「這比咱們鎮上大好多啊！」全子只覺得眼睛都不夠用了。

冬寶捏了捏全子的耳朵，笑道：「當然比鎮上大了。」想笑話全子是鄉巴佬沒見識，結果看看張謙和張秀玉，甚至林實，都是一副東張西望、目不暇接的模樣，想想自己也沒好到哪裡去，還是別五十步笑百步了。

幾個人商量了一下後，決定先去看看八角樓和古運河，然後去城裡幾個熱鬧的街市逛逛，再找地方吃個中飯就回去。

從周平山的介紹中，冬寶大概瞭解了，八角樓是個名勝，可能還有文人墨客留下過什麼著名詩篇，他們一路打聽找到地方時，幾個人驚嘆地仰著脖子往上看，稀罕得不行。

「看看，簷子上還掛著鈴鐺呢！」全子指著高樓叫道。

古代最多也就兩層小樓，像八角樓這樣有八層樓的建築，算是氣勢恢宏的「摩天樓」了，更何況八角樓雕梁畫棟，朱漆廣柱，十分精美。

然而，這樣的名勝不是掏錢買門票就可以進的。

八角樓是個酒樓，門口客人馬車絡繹不絕，店小二殷勤地招待著客人。

「等咱們有了錢，也到八角樓來吃飯。」冬寶跟幾個人笑道。

張秀玉也很激動，然而莊戶人家的姑娘一向是儉省慣了，便說道：「咱有了錢也不能來這兒吃，多費錢啊！何況，這裡的廚子興許還不勝妳做菜的手藝哩！」

話音還未落，幾個人便聽到一個聲音嗤笑道——

「哪裡來的無知丫頭？真叫人笑掉大牙！」

第五十六章 大把賺錢

出言嗤笑他們的，是一個十四、五歲的公子，面容白淨，穿著青竹色的綢布罩衫，背著手看著他們，雖然面上一片譏誚之色，卻不像是來找麻煩的樣子。

林實心中悄悄鬆了口氣，轉身推了推冬寶和全子，示意大家去別的地方。

「冬寶姊做菜本來就很好吃啊！李舅舅都說冬寶姊做的菜比安州館子裡吃過的菜要強呢！」全子嘟囔了一句。

那年輕男子似乎是聽到了全子的嘟囔，背著手大踏步地朝他們走了過來，冷笑道：「我是不想和你們一群毛孩子爭，可也不能由著你們詆毀我八角樓的聲譽。」

「誰詆毀你了？」冬寶哭笑不得，被害妄想症吧這是！

與此同時，林實的聲音也響了起來。「這位公子，舍弟年幼，還請公子不要放在心上。」

綠衣公子的耳朵選擇性地只聽到了冬寶那句話，怒氣沖沖地說道：「我們八角樓說是安州第一樓也不為過，你們在樓下嚷嚷我們的廚子不勝妳一個小丫頭，不是詆毀是什麼？」

更何況，這黃毛丫頭明顯還是個鄉下來的，有這麼打臉的嗎？當然了，出於禮節，綠衣公子沒把這句話說出來。

「那算我們錯了好了，我跟你道歉。」冬寶無奈了，倒不覺得生氣。這公子雖然臉上氣憤，卻沒說什麼難聽話，可見也不是什麼刁蠻的人，就是有些迂腐和固執。

綠衣公子依舊不怎麼高興。這哪裡是道歉？根本就是敷衍！還有點像是大人在哄不懂事的小孩的意思。

「既然他們都說妳做菜好，」綠衣公子用下巴示意了下張秀玉他們，說道：「那今天就讓你們上酒樓看看，我要叫你們心服口服。」

幾乎是同時，林實和張謙說道：「不用了！」

冬寶反而有點好奇了，看綠衣公子跟鬥氣似的，非要他們對八角樓心服口服，便笑著問道：「這位大哥，你們八角樓有什麼招牌菜嗎？」

綠衣公子看了她一眼，略有些驕傲地說道：「招牌菜嗎？葷菜有十六個，素菜有七個，皆是我爹各地高價聘請的名廚所做，別說安州，就是整個大肅，我們八角樓也排得上號。」

冬寶的全部注意力都被綠衣公子口中的「高價」所吸引了，盤算著如今家裡的情況，要買房、要買車，還要買頭毛驢磨豆子……要用錢的地方實在是多。

「我這裡有好菜的方子，你買不買？」冬寶興奮地問道。

綠衣公子懷疑地說道：「妳能有什麼好菜的方子？我們八角樓可是——」

「我知道公子家的八角樓是安州第一樓。」冬寶好脾氣地笑道，又坦然說道：「公子也說過，八角樓的廚子是你們從各地高價聘請的，海納……」說著，冬寶笑咪咪地看向了全子。

全子立刻會意，大聲說道：「海納百川！」看所有人都看向了他，立刻羞澀地笑了起來，有些得意地躲到了林實身後，這可是哥哥教給他們的話。

林實笑著摸了摸他的腦袋，看向了冬寶，這小丫頭一張嘴真是能說，他差點都要被她繞暈了。

「現在有好的方子你不買，那不就是原地停滯不前了？」冬寶笑著說完了話，眨著眼睛看向了綠衣公子。

綠衣公子有些驚奇，沒想到這群毛孩子還能引經據典。看這群孩子胸有成竹的樣子，他的好奇心也被勾了起來。

「好！」綠衣公子笑道。「妳想賣我們好菜方子，得先做出來讓我看看，不是什麼鄉下大鍋燉菜都能入我們八角樓的眼的。」

一行人跟著綠衣公子進了八角樓後面的院子時，張秀玉有些不安地拉了拉冬寶的衣袖，小聲問道：「冬寶，萬一他們偷學了妳的菜，不給錢怎麼辦？」

冬寶故意抬高了聲音，道：「不怕，人家是大酒樓，哪會賴咱們這群小孩的錢？」走在最前面的綠衣公子聽到了聲音，不由得挺直了脊背，重重地哼了一聲。這群毛孩子，把他們八角樓當什麼了？要真有點什麼吸引人的微末伎倆，八角樓自然會給錢，這點錢他們還不放在眼裡。

綠衣公子並沒有領他們去人聲鼎沸的大廚房，而是帶他們到了一間小廚房，只有兩個灶，東西倒是一應俱全。

「我先醜話說前頭，要是敢矇我……」綠衣公子冷哼了一聲。

「成！」冬寶笑著衝他擺了擺手。「我要茱萸粉、黑木耳、芹菜，還有一條草魚，沒有草魚的話，鯉魚、鱸魚、青魚都可以。」

綠衣公子並不進灶房，只站在門口，吩咐夥計送東西進來。

等東西送進來後，冬寶便跟林實使了個眼色，林實立刻笑了笑，衝門口的綠衣公子做了個請的手勢。

「這是幹什麼？」綠衣公子不高興了。

林實笑著拱了拱手，和氣地問道：「貴樓的大廚在哪裡做菜？公子可否帶我們去看看？」

「嘿！」公子惱了，這群鄉下人也忒不懂事了！「大廚手藝乃是秘密，哪能叫外人看？」

林實只看著他笑，不吭聲。

綠衣公子瞬間便明白了林實的意思，悻悻地走了出去，有些不以為然。自家的是大廚，這群鄉下毛孩子也能跟八角樓的大廚比嗎？

冬寶手勁小，魚是張秀玉片的，冬寶先燙了黑木耳和芹菜，快手快腳地做了一道水煮魚。

等滾燙的油淋到魚肉上的時候，香氣飄了出來，不光綠衣公子抽著鼻子一臉期待，大廚房裡的夥計和廚子也聞見香氣，跑到了院子裡，踮著腳、伸長了脖子想往小廚房裡看。

然而有林實、張謙和全子把門口堵得嚴嚴實實的，任誰也看不到裡面是個什麼情形。

張秀玉把裝了滿滿一瓷盆的水煮魚端了出來，白嫩的魚肉，配著紅豔豔的茱萸油，旁邊還有綠色的芹菜和黑色的木耳點綴，十分誘人。

綠衣公子悄悄地嚥了下口水，撇嘴道：「還算是有兩下子。」

冬寶看他口是心非的樣子，只笑了笑，盤算著要多少錢合適。

早有機靈的夥計洗好了兩枝筷子，殷勤地遞到了綠衣公子手裡。

等把盆子裡的魚肉、芹菜、木耳都嚐過了一遍後，綠衣公子看向冬寶和張秀玉的眼神便不一樣了。

綠衣公子招過了一個小夥計，低聲吩咐道：「端到父親那裡去。」又帶了冬寶等人到了一間安靜的廂房，說道：「姑娘打算出什麼價錢？」

冬寶笑道：「公子是行內人，還是公子出個價錢吧。」

這會兒上，一個穿著灰綢布袍子的中年男子推門進來了，綠衣公子立刻從椅子上站了起來，朝中年男子恭敬地說道：「父親，這幾位就是做了那道菜的人。」

瞧見屋裡一圈都是半大孩子，男子有些吃驚，卻還是笑道：「自古英雄出少年，失敬失敬！」

冬寶低頭忍不住笑了，這老子和兒子一點兒都不一樣，兒子性格彆扭傲嬌，老子卻是滿身的市儈氣。

「您就是八角樓的東家？」冬寶站起身笑著問道。「想必您也知道了，我們想賣了這個做菜的方子。」

中年男子問道：「這方子是你們琢磨出來的？」

「是的。」冬寶鎮定地點頭。「在家沒事幹，就想點子搗鼓了幾個菜出來。」言外之意，她不止這一個拿手菜。

中年男子點點頭，笑道：「不知道姑娘想要多少錢？」

「您看著給吧。」冬寶憨憨地笑道。「八角樓是安州第一樓，肯定會給我們一個公道價錢的。」

中年男子看糊弄不了冬寶，便笑道：「這菜確實不錯，我們要是買了，這方子你們就不得再賣給旁人了，否則可是要賠給我們銀子的。」

「那是自然，我們手裡也不止一道菜能賣。」冬寶笑道。「不過要是有人從八角樓偷師學了，可不干我們的事。」

一旦一家酒樓推出了叫座的菜，立刻就會有別的酒樓買了來讓廚師試著做，冬寶記得前世裡有些金牌廚師，只嚐一口，立刻就能說出菜裡放了什麼樣的調料？放了多少？

不過，冬寶覺得這個時代廚子的水平還沒變態到這地步。

「五十兩銀子，姑娘還滿意嗎？」中年男子笑吟吟地說道，那神情彷彿在等著看冬寶大吃一驚、喜不自勝的模樣。

冬寶確實大吃一驚，不過沒有喜不自勝。

看冬寶那副似笑非笑的模樣，中年男子便知道自己開價少了，這鄉下小丫頭看不上眼。

又想到這小姑娘說自己還有幾個做菜的法子，就有些後悔剛才把價錢壓得太低了。

「今日多打擾老爺了。」冬寶說道。「這道菜就算我們送給老爺嚐鮮的吧。」便起了身。

等冬寶起身，其餘人都跟著站了起來，不等冬寶吭聲，就紛紛往外走去。即便是最小的全子，受冬寶影響，也覺得五十兩銀子好少，雖然他長這麼大，還沒見過五十兩銀子有多少。

中年男子立刻站了起來，客氣地拱手道：「請各位姑娘、小哥兒留步，凡事好商量。」

這時，後邊一道聲音響了起來——

「一百六十兩！」說話的正是懶洋洋地坐在椅子上的綠衣公子。

「哎，你這小子！」中年男子愣了一下，表情好不心疼。

「這一百六十兩是有條件的，以後你們的菜方子，只准提供給我們，不准賣給別家。」綠衣公子說道。

「還是這位大哥爽快！」冬寶笑嘻嘻地說道，看這位性格彆扭驕傲的公子瞬間就順眼多了。聽到一百六十兩的時候，她心裡一陣狂喜，這可是她來到這裡後賺到的第一筆鉅款啊！

既然兒子都這麼說了，中年男子也不好多說什麼，便要夥計拿了紙筆過來，讓冬寶寫了菜方子，他這邊寫契約，又叫夥計去找帳房，支一百六十兩銀子過來。

寫方子的任務，冬寶交給了他們當中寫字最好的張謙，冬寶小聲地說著步驟，張謙工整地寫下了方子。

中年男子這邊的契約也立好了，只是買賣雙方俱在，卻少了中人。冬寶他們在安州人生地不熟的，沒有認識的人能當這個契約中人。

「那怎麼辦？」全子問道。

冬寶想了想。「咱們去找周公子的親戚吧，聽他說今天是看望他表舅的，請他表舅給咱們當個中人。」周平山臨走的時候，怕他們有急事找他，還留下了他表舅家的住址。

林實點點頭。「這也是個主意，咱們買些禮物上門去，他若是不願意，咱們再想別的辦法。」

原本想著他們自己去找周平山的表舅就行了，哪知老闆說幾個孩子在安州不認路，熱情地塞了兩個夥計給冬寶幾個人領路。

其實他是看冬寶幾個人聽到一百六十兩銀子也不怎麼動容，還以為他們不怎麼滿意這個價錢，怕他們以找中人為藉口跑了，水煮魚的方子落到別家酒樓可就糟了。

到了街上，冬寶找到了家點心鋪子，買了糕點，這才去了周平山的表舅家。

周平山說他表舅是個讀書人，姓王，雖然讀了這麼多年書沒有功名，可家境殷實，生活無憂。

到地方後，夥計先上去拍了門，跟門房說了，不一會兒，冬寶就瞧見周平山快步從影壁後走了過來。

「還真是你們！」周平山又驚又喜。

冬寶笑道：「本來不想麻煩你和王老爺的，實在是我們在安州沒什麼認識的人。」說著，把手裡的點心包遞給了周平山。「這是給王老爺買的。」

「那麼客氣幹啥！」周平山笑道，想了想，還是接過了點心。要是冬寶是給周家送的，他肯定不能收，可這是求著他表舅辦事，還是送上比較好。看了看包點心的紙，周平山笑道：「是珍寶齋的點心，好東西。」

冬寶鬆了口氣，笑道：「那就好。」

周平山進去後，不一會兒，就和一個中年胖子出來了。

中年胖子四十上下，笑咪咪的臉，挺著啤酒肚，白胖得像個剛出蒸籠的饅頭，一副衣食無憂的富家翁模樣。

「你們就是平山的朋友？」王老爺笑咪咪地看著林實和張謙。

兩個人齊齊向王老爺行了個禮，幾下寒暄過後，就由夥計領著幾個人去了八角樓。

和八角樓老闆見面後，王老爺和老闆都笑了起來，一個稱呼對方為堂哥，一個稱呼對方為堂弟。原來八角樓也是王家的產業，王老闆是他出了五服的堂哥，不過因為隔得太遠，並不熟悉。

「這個王家是不是就是那個王家？」冬寶悄悄拉了周平山問道。

周平山點點頭。「在安州，王家是第一大族，城裡十之五、六的產業都是王家的。不光是安州，南邊的青州、北邊的省府，都有王家的旁支。」

很快地，一式三份的契約就寫好了，冬寶寫下了自己的大名，又摁上了手印。

王老闆將契約給了冬寶一份，又給了中人王老爺一份後，命夥計抬上了一百六十兩的銀子。

冬寶笑著問道：「王老闆，你們這八角樓一頓十個人的席面大約得多少錢啊？」

王老闆捋著鬍子笑道：「一般席面的話，十個菜不會超過二兩銀子。」

冬寶從箱子裡拿出了一小塊銀子來，約莫有二兩重，遞給了王老闆，笑道：「王老闆，這都快中午了，我們就在八角樓這裡請您和王老爺吃飯。」

王老闆笑了起來，把冬寶遞過來的銀子推了回去。可惜這小姑娘不是個男孩，不然的話倒是做生意的好苗子啊！

王老闆置辦了兩桌酒席，一桌有他和他兒子陪著王老爺喝酒，另一桌則是讓周平山帶著幾個孩子吃飯。

夥計們領著冬寶他們去了六樓，整個安州城的風光盡收眼底，幾個孩子都激動地站在窗邊看風景。

冬寶體會著古代難得的登高望遠，剛進安州城的時候她還立志等有錢了就來八角樓吃飯，沒想到這麼快就吃上了。

不多時，夥計就麻利地端上了十個菜。

菜有燉雞、滷肉，還有一道夥計特別介紹的烤鹿肉，端上來時，鮮紅的鹿肉還在冒著熱氣。

幾個人吃得很歡暢，人家酒樓也不是徒有虛名，有道醬牛肉嫩嫩的，入口即化，冬寶自認做不出來。

「沒想到妳還會做菜。」周平山對冬寶笑道。「還做得這麼好。」

全子看了眼時不時給冬寶挾菜的哥哥，大聲說道：「冬寶姊不止會做這一個菜哩，我們經常吃她做的菜。」

全子已經意識到了，冬寶姊是他哥哥的，也就是他們林家的，很明顯，他哥哥不喜歡這個姓周的跟冬寶姊說話。

張秀玉也笑著插話。「我以為那個王老闆是個尖酸小氣的，沒想到他還請咱們吃飯。」

張謙笑道：「做生意麼，肯定是想盡可能多賺錢嘍！現在談完了買賣，就該談交情了。請我們吃這頓飯，和買賣是不相關的。」

菜的分量很足，六個半大孩子根本吃不完，冬寶問夥計要了幾塊油紙，將肉菜打包了，準備帶回家給李氏他們嚐嚐。

第五十七章　逛安州城

下午沒什麼事，冬寶便想讓眾人一起去逛逛街，算是不白來安州一趟。

林實和張謙首先搖頭，笑道讓冬寶和張秀玉帶著全子去逛，他們兩個在這裡守著銀子。

冬寶見林實和張謙態度堅決，便和張秀玉帶著全子出去了。街上摩肩擦踵，人流不斷，兩個人一人一邊地牽了全子的手，慢慢地往前逛。

因為那一百六十兩銀子，冬寶從來沒有覺得底氣這麼足過，很大方地對張秀玉和全子說，今天買什麼東西都包在她身上。

張秀玉和全子從來沒見過這麼熱鬧的街市，兩隻眼睛都覺得不夠瞧似的，可看了一圈下來，又覺得沒什麼好買的。

「現在吃得好、穿得暖，沒啥好買的。」張秀玉笑道。

冬寶知道她是儉省慣了。

「那看看有什麼東西能捎給大姨和我娘的。」冬寶眨著眼睛笑道。「大姨和我娘還在家裡幹活哩，得給她們捎個包兒。」

捎包兒是這邊的方言，意思是帶禮物。

「全子你也瞧瞧，把大實哥還有你爺爺、你爹娘的包兒都捎上。」冬寶也跟全子說道。

給自己買東西，兩個人都沒啥想買的，可給家裡人買東西，兩個人就來精神了。

三個人在各個攤子上逛了許久，最終給李氏、李紅琴和秋霞嬸子一人買了一塊上等細棉布做夏裳，還有三根鎏金的銅簪子；全子給大實和張謙挑的是兩套硯臺，其中一個硯臺上刻的是牧童吹笛，另一個硯臺上刻的是老翁垂釣；給林福挑的是一罈酒；給林爺爺挑的是一把圓肚茶壺。

冬寶看到有賣煙草的攤子，停下來想了想，買了二十個錢的上等煙草，是給宋老頭的。

對於黃氏，冬寶就沒那麼好心了。經過一家繡品攤子的時候，冬寶挑中了一個老駝色的帕子，上面簡單地繡了一個「壽」字。冬寶同攤主討價還價了半天，冬寶堅持只給三文錢，而攤主要四文。

「布料一般，針腳又難看，也就值三個錢。」張秀玉在一旁幫腔。

見攤主還是不肯讓價錢，冬寶乾脆地說道：「算了，我不買了。」

攤主急了，把已經走了兩步的冬寶趕緊叫了回來，最後三文錢成交了。

張秀玉打趣道：「剛買這麼多東西、花這麼多錢，妳都沒皺一下眉頭，買個三文錢的帕子倒心疼上了。」

冬寶撇撇嘴，給黃氏買三文錢的禮物不管是啥她都心疼！

「三文錢哩！」冬寶可惜地看著帕子說道。「刨去本錢，咱們得賣三碗豆花才能賺回來。」

張秀玉和全子齊齊地笑了起來，笑話冬寶是個小氣鬼。

回去的時候，冬寶又去了珍寶齋，買了幾大包點心，不光周平山有一份，林家有、自家有、舅舅家也有，連桂枝家都有一份。

這些日子以來，桂枝不光磨豆子，能幹的活都搶著幹，連餵雞的活兒都搶了過去，李氏過意不去，想給她加工錢，桂枝卻說什麼都不肯要。

三個人是空著手上街的，回來的時候每個人身上都掛了大包小包的東西。

路過一家藥鋪的時候，冬寶又動了主意，讓全子在外頭看著東西等著，她和張秀玉進了藥鋪，秤了一百斤的生石膏出來。

周平山的馬車已經等在了八角樓下面，看到三個人跟大搬家似的，周平山趕緊跑過去，接過了冬寶和張秀玉抬著的石膏袋子。

張秀玉和全子上樓去叫張謙和林實了，剩下冬寶和周平山坐到了馬車上。

周平山看冬寶清點著買回來的東西，白淨的臉、圓潤的大眼睛、烏黑彎曲的眉毛，側臉好像更好看一些……他胡思亂想著。

冬寶抬起頭，就看見周平山目不轉睛地看著她。

周平山的臉騰地就紅了，慌亂之中，開口問道：「妳表姊可訂親了？」

冬寶詫異不已，莫非周平山看上張秀玉了？

「還沒有。」冬寶謹慎地回答道。

周平山一看就知道她誤會了，連忙解釋道：「不是我……是趙子會，就是常和我一起去妳那裡買飯的同窗。」

冬寶噗哧笑了起來，問道：「是不是那個老想跟我姊搭話的大個子？」

「就是他！」周平山笑道。「他今年十五了，讀書一般，可能不會去考功名，不過家境還不錯，有一百多畝地，還有兩個作坊。他家裡除了他，就只有一個已經嫁出去的大姊了。要是妳姊願意，他就回家讓他爹娘找媒人說親去。」

冬寶想了想，趙子會是個家境殷實的小地主，張家可比不上，只怕趙家父母看不上張秀玉。在她眼裡，張秀玉是千好萬好，可到別人眼裡就不一定了。

「我找機會問問我姊。」冬寶說道。「這事你千萬別跟任何人說啊！」

周平山滿口答應。「這個我知道，姑娘家名節重要。」

幾個人從樓上下來，搬了銀子上車，馬車比來的時候還要沈許多。頭一次帶這麼多錢，冬寶幾個人心裡都有些惴惴的，而周平山好人做到底，把幾個人送到了塔溝集。

快到村口的時候，冬寶叮囑周平山道：「周大哥，我們賣了水煮魚方子的事……」

「放心，我不會跟別人說的。」周平山笑道。

冬寶點點頭，嘆氣道：「你知道我們家的難處就好，昨天晚上，我奶還罵我們不孝順，非要我娘出八兩銀子，給我三叔做去縣城考試的路費。」

「八兩銀子?!」周平山驚愕了下，隨即搖頭道：「哪就用得了八兩銀子？儉省些，三、四百個錢就足夠了。」

「誰說不是？」張謙插話道。「剛開始一張嘴就要十兩，最後才改成八兩。」

「有錢也不能給。」周平山搖頭，宋柏就不是讀書的料，給錢就相當於打水漂。

馬車直接進了冬寶家的院子，幾個人把裝銀子的箱子還有禮物、麻袋搬進了屋裡。冬寶把糕點塞給了周平山，周平山推辭不要，後來看冬寶執意要給，才勉強收下了。

出了塔溝集後，周平山靠在馬車壁上休息，卻猛然想起來，他問了張秀玉的事，卻忘了問冬寶，那林家兄弟跟她到底是什麼關係……

等看熱鬧的人散了，李氏關上了門，幾個人一起進了屋裡，屋裡的地上、桌子上堆滿了幾個人買回來的東西。

冬寶笑嘻嘻地給了李紅琴和李氏一人一塊布和一支簪子，笑道：「這是我和秀玉姊給妳們挑的。」又把剩下的一塊布和簪子給了林實，笑道：「這是給秋霞嬸子的。」

林實心裡一熱，沒想到還有他娘的禮物，他笑著接過了。

待看到沈重的麻袋時，李氏打開了，發現裡頭是石膏，不由得嗔怪道：「咱沅水鎮就有賣的，妳還跑到安州買，沈不沈啊！」

「咱以後不能老叫全子和栓子去買了。」冬寶說道。「前一次全子還跟我說，去買石膏的時候老覺得有人跟著他，看那人挺面熟的，不是咱村的，就是咱附近村的。」

李氏心裡頭便有些憂慮了，豆腐生意好，眼紅的人也多，秘方就在這點豆腐的石膏上，換個地方買石膏，也能保存這個秘密。

「別怕。」冬寶安慰道。「等大舅去安州進貨的時候，就讓他去幫咱們多買點。」

幾個人分完了禮物後，冬寶就讓林實和張謙到院子裡看著，怕有人突然敲門進來，然後就當著眾人的面，打開了裝銀子的箱子。

李氏和李紅琴瞪圓了眼睛，李氏剛要驚叫出聲，立刻就被李紅琴眼疾手快地捂住了嘴。

李氏顫抖著聲音問道：「這……」李氏連銀子兩個字都不敢說，生怕被人聽了去。「妳從哪兒弄來的？」

張秀玉先得意地笑了，小聲說道：「小姨別怕，這銀子是冬寶掙來的！冬寶把水煮魚這道菜賣給了安州八角樓的東家，賣了一百六十兩銀子！」

李氏和李紅琴不可置信，半晌才遲疑地問道：「一個做魚的法子，就能賣恁多銀子？」

「別小看那做魚的法子。」冬寶笑道。「擱咱們手裡就是嚐個鮮，擱人家大酒樓手裡，就是賺不盡的銀子了。」

全子在一旁附和道：「大娘，那八角樓可氣派了，上去看看，整個安州城看得可清楚了。」

李氏這會兒上才完全放下心來，然而欣喜過後，看著白花花的一箱銀子，又犯起了愁，心裡直打鼓。她這輩子也沒見過這麼多銀子，現在有吃有喝，每天還有不少的進帳，似乎是完全用不到這些銀子，這窮家破落院的，放哪裡都覺得不安全。

冬寶看出了李氏的心思，拍了拍地上的箱子，輕聲說道：「娘，咱用錢的地方還多著哩！眼下豆腐不夠賣的，咱是不是得買頭驢？還有這房子，大毛、二毛成親的時候，他們能不過來跟咱們搶？我想著，咱們趁早在鎮上買房子，離他們遠遠的，這破房子就留給他們好了。」

「也是！」李紅琴先笑了起來。「這房子要修，那可得老大一筆錢，不如妳們娘兒倆另外買房子，省得一天到晚被賊惦記。」

李氏笑笑，卻沒有說話。她在塔溝集生活了十幾年，乍然聽女兒說打算離開這個生活了十幾年的地方，有些捨不得。

這會兒上，大門被人敲響了，林實快步走到了堂屋，對裡頭的人輕聲說道：「桂枝嬸子來了。」

李氏和李紅琴連忙把銀子和石膏都放到了李氏和冬寶的床底下，才示意林實去開門。

往日秀才娘子家有人的時候極少關門，即便是關了門，也很快就會出來開門了，對於今天的情況，桂枝雖然心裡感到奇怪，卻並不多話，只對迎出來的李紅琴笑道：「琴姊，我來磨豆子了。」

李紅琴欸的一聲，笑著應下了。

冬寶笑吟吟地從屋裡走了出來，對桂枝笑道：「嬸子，我們今天去安州玩了，這是給嬸子家的弟弟妹妹帶的點心。」

桂枝又是驚喜又是驚訝，看了看冬寶手中提著的印著漂亮花紋的紙包，不好意思地擺手道：「不用，你們幾個留著吃吧！」

「我們留的有呢！」冬寶笑道，把紙包遞了過去。「這是專門給嬸子的，嬸子先拿回家吧！」

桂枝把手在圍裙上擦了擦，才雙手接過了紙包。「這……嬸子謝謝妳了！」

過了一會兒，冬寶拿著給宋老頭和黃氏帶的煙草和帕子從屋裡出來了。

經過桂枝的時候，冬寶眼珠子一轉，衝桂枝大聲笑道：「嬸子，我去我爺奶家裡，送我從安州給他們捎的包兒。」

桂枝愣了一下，按說她只是個幫工，冬寶是東家，東家去哪裡還用得著跟幫工說嗎？然而，她立刻就明白了冬寶的意思，笑道：「冬寶姑娘是個孝順的，回頭我得跟人家好好說說。」

冬寶滿意地點點頭，笑嘻嘻地跟著林實和全子走了。

「這孩子！」李氏從堂屋出來，笑著搖了搖頭。「渾身上下都長滿了心眼兒。」

桂枝剛得了禮物，這會兒上正是死心塌地地給李氏母女幹活的時候，連忙笑道：「看珍姊這話說的！閨女有心眼兒是好事，到哪兒都沒人能欺負得了她。」

李氏笑得合不攏嘴，搖頭道：「我一說她不好，就有人來幫她說話，哎！」

到了宋家門口，林實怕冬寶一個人吃虧，想跟她一起進去，被冬寶推走了，笑嘻嘻地說道：「我來送禮的，我就不信他們能把我攆出去。」

林實看冬寶成竹在胸的樣子，也不好多說什麼了，反正萬一有事，他在隔壁聽得一清二楚。「那好，等會兒我過來找妳。」便先帶著全子，抱著禮物回去了。

冬寶推開柴門進去後，就扯開嗓子喊道：「爺、奶，我來了！」

這回不同於昨天下午兩人來赴「鴻門宴」的心境，冬寶底氣十足、得意洋洋，恨不得叫全村人都知道她這個「孝女」給宋老頭和黃氏送禮物來了。

黃氏壓根兒沒想到昨天晚上鬧得那麼難看，冬寶這會兒上還大剌剌地上門了，便沒好氣地問道：「啥事啊？」

冬寶沒有把黃氏的冷臉當回事，以冬寶的經驗，哪天黃氏要是對她笑臉相迎，準沒好事，所以她情願黃氏就這麼冷著臉，多有安全感啊！

「爺、奶，今兒我們搭我表哥同窗的馬車去安州了，這是我給你們捎的包兒。」冬寶大聲說道，把裝煙葉的紙包遞給了宋老頭，把裝帕子的紙包遞給了黃氏。

幾乎是同時，西廂房的簾子就叫人掀開了，宋招娣和宋二孀出來了。

「哎喲！」宋二孀誇張地叫道，眼神發亮。「冬寶你們去安州了？妳們娘兒倆這是要發大財啊！妳剛說給我們捎包兒了？」

黃氏抬頭就看到宋二孀和宋招娣直勾勾地盯著她和宋老頭手裡的紙包，似乎是恨不得立刻搶過來，當即火氣就衝了上來，破口大罵道：「看妳跟妳那X妮子沒出息的樣子！兩文錢的東西也叫妳惦記成這樣？眼皮子淺得跟那XX一樣！有本事妳去掙錢給老婆子捎包兒，看妳那模樣，就是賣X也沒人願意出錢！」

冬寶恨不得捂起耳朵。

宋二孀和宋招娣悻悻地看了黃氏一眼，便站到了一邊，壓根兒沒把黃氏罵人的話放在心上。

宋老頭拆開紙包後，看到裡頭的煙葉，有些激動地看向了冬寶。他愛抽煙，因沒錢買煙葉，只能找草葉子抽了解饞。紙包裡的煙葉有一股濃郁的煙草香味，宋老頭這輩子也沒抽過這麼好的煙葉！

黃氏打開紙包，裡面是一條駝色的帕子，應該是給老太太裹頭用的。

從來沒有人——包括宋秀才——給黃氏貼心地買禮物，然而她一向要強慣了，萬不肯表現得多感動、多喜歡，因此挑著毛病說道：「料子不咋地，繡得也難看。」

冬寶笑道：「這不是手裡沒錢嗎？等我跟我娘掙了錢，給奶買最好的帕子包頭。」

「光長著一張嘴！」宋招娣見不得冬寶賣乖的樣子，哼了一聲，尖刻地說道。

冬寶不打算再讓著宋招娣了。「妳這是啥意思？我給爺奶捎包兒了，妳給爺奶買啥了？到底是誰光長著一張嘴啊？」

宋招娣被噎了一下，隨即就惱了，她最恨冬寶這副「張狂」的模樣，如今冬寶穿得比她好，人緣比她好，就連長相也眉目清秀，比她好看了，有了錢還到她跟前來顯擺！

「誰稀罕妳家那兩個臭錢？指不定是賣X掙來的髒錢！妳個X妮子……」宋招娣張嘴就罵了起來。

冬寶先是愣了一下，再好的修養也拋到九霄雲外去了，顯然宋招娣這出口成「髒」是深得黃氏語言文化的精髓。惱怒之下，冬寶朝宋招娣撲了過去，把宋招娣壓倒在了地上，一手壓著她的脖子，一手用力地揪著她的耳朵。「再罵一句就把妳耳朵揪掉！」

冬寶手下可沒留情，宋招娣覺得自己的耳朵要和頭分家了，疼痛之下，嘴上越發沒個把門的，冬寶便更加用力地擰，直到宋招娣疼得哭了出來。

宋二嬸急得不行，怕上前去，兩個孩子打鬧會碰到自己的肚子，關鍵時刻宋二叔和大毛、二毛又都不知道去哪裡野了，居然沒個來幫忙的人。

「娘！」宋二嬸急了。「妳也不管管，冬寶這妮子手狠，這是要打死招娣啊！」

黃氏壓根兒不想管，兩個孫女一個奸猾、一個愚蠢，沒一個好東西！她只來回翻看著手裡的帕子，衝著這帕子，對冬寶就多了幾分偏袒。

「瞎叫喚啥？」黃氏訓斥道。「小姑娘家嘴臭成這樣，我看挨打不虧。」

林實在家裡聽到了宋家鬧哄哄的，立刻就往宋家跑，跑到門口就看到冬寶壓著宋招娣，這下才放了心，忍住笑，快步走了過去。

宋老頭見林實過來了，抱起了還在擰人耳朵的冬寶，勸道：「都是一家姊妹，別打了。」

冬寶被宋老頭抱起來時，還乘機擰了一把宋招娣腰上的肉，對滿身是泥的宋招娣氣勢洶洶地罵道：「再說髒話還揍妳！」

宋招娣看了眼走過來的林實，捂著耳朵，委委屈屈地說道：「大實哥，冬寶打我！」

林實皺著眉頭，看都不看她一眼，只說道：「妳若不先罵人，哪會被打？寶兒可不是不講理的人。」

宋招娣哭得更厲害了，都叫上「寶兒」了……

冬寶朝她哼了一聲，要是以前她肯定打不過宋招娣，不過現在天天炒大鍋菜到鎮上賣，胳膊上都練出肌肉來了，揍宋招娣輕輕鬆鬆。

林實看她跟個鬥贏了的小公雞似的，憋住笑，問道：「妳現在回家不？」

「回！」冬寶說道，轉身跟宋老頭和黃氏道別。「爺、奶，我回家去了！」

黃氏沒吭聲，宋老頭便擺手道：「去吧！」

等冬寶和林實走了，黃氏才酸溜溜地說道：「她們一天能掙半兩銀子，就給我買條不值錢的帕子，還好意思說嘴。」

宋老頭勸道：「到底是孩子的心意，別不知足了。」三個兒子、一個閨女、還有別的孫子孫女們，可從來沒給他們捎包兒。

「那是她們有錢！」宋老頭不勸還好，一勸黃氏反而發作了。想起昨天李氏不給宋柏出銀子，黃氏恨得臉都抖了。「她掙了錢不該給我？她生不出來兒子，害秀才斷了後，她給我們老宋家幹活累死了都還不清她欠我兒子的！」

第五十八章 冬寶作媒

宋家得了禮物也不開心，隔壁林家卻是一派其樂融融的景象。秋霞嬸子摸著布料和簪子，聽全子說這份禮物是冬寶挑的，喜得合不攏嘴，這說明冬寶把她當婆婆看了。

林福抱著小兒子，笑得開懷。「還不忘給爹捎酒，真是好兒子，爹沒白疼你。」

林老頭也拿著給他捎的茶壺，愛不釋手，笑呵呵地看著兩個招人疼的孫子。

高興過後，秋霞嬸子問道：「這得多少錢啊？」

林實還未開口，全子就連忙說道：「是冬寶姊出的錢，我們沒花錢。」

林福便生氣了，皺眉看向了林實，說道：「早上走的時候不是給了你們倆錢嗎？咋到了那兒還讓人家掏錢？」

「是我跟著冬寶姊去逛街的。」全子小聲說道。「冬寶姊賣了水煮魚的菜給安州的大酒樓，得了一百六十兩銀子，她一高興，就堅持出這個錢了，我也沒挑貴的東西。」

一番震驚過後，林福和秋霞嬸子便反覆叮囑全子，不能跟外人說這個事，免得給李氏母女倆招來禍害。

「我又不是小孩兒了。」全子不高興地說道。「冬寶姊的事，我一句話都沒跟外人說過。她們家的石膏都是讓我和栓子偷偷去鎮上買的，我們倆誰都不說。」

「冬寶是個有大能耐的。」林福嘆道，越發堅定了砸鍋賣鐵也要送林實去唸書的決心，要不然兩家差距越來越大，到手的兒媳婦就要飛了。

冬寶回到家後，和張秀玉在堂屋包粽子，李氏她們在院子裡忙。趁著兩人獨處，冬寶便問道：「姊，我聽大姨說，想給妳找婆家了？」

張秀玉冷不防聽到冬寶問這個，羞紅了臉，作勢打了冬寶一下，說道：「這話也能問得出口。」

「我說正經的呢！」冬寶嚴肅地說道。

「誰不正經了？」張秀玉哭笑不得。

冬寶壓低了聲音，將周平山拜託的事說了一遍。

然而張秀玉只是紅著臉笑，小聲說道：「人家家裡那麼有錢，哪能看得上我？再說了，親事是我娘作主，哪輪得到我說了算？」

「這個咱先不管。」冬寶說道。「我就想問妳願意不？」

然而張秀玉聽了冬寶的話，搖頭笑道：「人家是識文斷字的書生，家裡又有錢，我是配不上的。」

冬寶便了然了，看來表姊壓根兒沒看上那個趙子會。

「妳看不上人家啊？」冬寶笑道：「那妳看上了誰？」

張秀玉紅著臉瞪了冬寶一眼。「亂說什麼？叫人聽見還不羞死了。」

冬寶笑道：「妳要是不說，我就把趙子會的事跟大姨說，大姨肯定能看得上人家。」說著，就起身欲往外頭走。

張秀玉急了，一把拉住了冬寶。「我說就是了！我……」張秀玉紅著臉，低下了頭。她剛來塔溝集的時候，覺得大實哥很好，可後來發現大實哥是喜歡冬寶的，她就斷了這份心思了，母親說的對，當姑娘的要有臉面、要有骨氣，不能叫人家看不起。再後來，跟著冬寶去鎮上……

冬寶等得不耐煩了。「快說！等會兒我娘跟大姨該進來了。」

「是梁子哥。」張秀玉豁出去了，臉紅得都能滴出血來。

「啊?!」冬寶驚訝得張大了嘴，回想起梁子來，似乎只要張秀玉在場，對梁子就特別熱情，忙前忙後地給梁子盛豆花，只是梁子都快二十了，已經是個領差事的大人了，不自覺地，冬寶就把梁子劃到嚴大人那個輩分去了，便是張秀玉對梁子熱情，冬寶也從來沒往那方面想過。

冬寶吞吞吐吐地說道：「梁子哥大約比妳大上六、七歲哩！」

張秀玉輕輕哼了一聲，低著頭包著粽子，小聲嘟囔道：「大六、七歲也不咋樣啊！妳爹還不是比妳娘大六、七歲。」

冬寶笑了起來。「看把妳急的！這事妳得跟大姨說，要不然大姨才不會往梁子哥身上想呢！」

「說啥啊！」張秀玉嘆了一口氣。「他都那麼大了，家裡指不定已經給他說親了。」

「肯定沒有。」冬寶說道。「梁子哥家裡不是已經沒親人了嗎？也從來沒聽他說過訂親的事。要不我幫妳問問，要是有，咱就再不提這事了。」

「那他要是訂親了，或者是他不樂意，以後我可就沒臉見他了。」張秀玉吶吶地說道。

冬寶拍著胸脯表示。「我不告訴他誰託我問的，他總不能以為是我看上了他吧？」

李紅琴一進屋就瞧見兩個小姊妹頭湊在一起說悄悄話，打趣道：「說啥哩？還生怕人聽見似的。」

張秀玉瞧見母親，心裡頭發虛，手指頭都在顫抖。而冬寶臉皮則厚實多了，嘿嘿笑了兩聲，就是不說。

下午秋霞嬸子陪著林福來挑豆腐時，冬寶把從八角樓裡打包回來的菜熱了一遍，每樣菜挑出來一半，讓秋霞嬸子帶回家嚐嚐大酒樓裡的菜。

「沒多少菜，冬寶妳們留著吃吧！」秋霞嬸子笑著推辭。如今她越看冬寶越喜歡，真想立時把兩個孩子的親事給定下來。「再說了，這一路端著菜碗走回去，不定多少雙眼睛盯著，不好看。」

其實秋霞嬸子是怕宋二嬸知道了冬寶家吃得好，又要鬧。

冬寶跑到灶房，又拿了一塊籠布，罩在了菜碗上頭，滿不在乎地說道：「嬸子端好，有人要問也甭理她！她又不是天王老子，沒有咱們手裡端個啥還得讓她知道的道理。」

難道因為怕宋二嬸撒潑吃嘴，她們就不改善生活了？她巴不得自己日子過得更好一點，讓二嬸一家子在旁邊瞧著，乾看卻吃不著，饞死他們！

第二天一早，冬寶炒好了菜，就先跟著林福和大實去了鎮上。林福帶著大實先去找了李立風，在李立風的幫忙下去了聞風書院，而冬寶幫李氏她們賣豆腐和豆芽。

「寶兒，大實去書院的事咋樣了啊？」李氏忙裡偷閒地問道。

冬寶笑道：「我又沒跟著進去，不過大實哥聰明又努力，夫子一定會喜歡他的。」

李氏笑著點了下冬寶的頭，反正擱閨女眼裡，大實是哪裡都好。

正忙著的時候，嚴大人和梁子從街的另一頭過來了，走到了豆花攤子前。

梁子看到了冬寶，笑道：「冬寶今天來得早啊！」

冬寶笑咪咪地看了他一眼。來得早可是專門為了堵你！

嚴大人看了李氏一眼，簡短地說道：「兩碗豆花，四個粽子。」

李氏低著頭，不看嚴大人，欸了一聲，就麻利地拿了兩只碗，用桶裡的清水涮了幾遍碗筷後，才給兩個人盛豆花。

冬寶在一旁看著，要是別人，李氏可沒這麼盡心，到底兩個都是官老爺。

梁子年輕吃得快，不一會兒，一碗豆花已經倒進了嘴裡，正要喊「再來一碗」的時候，冬寶拉著他就往一邊走。

「這是幹啥啊？」梁子笑著任由冬寶拉著他走。

等到了拐角僻靜的地方後，冬寶認真地說道：「梁子哥，有人託我問你個事兒，你得跟我說實話。」

梁子被冬寶逗樂了，抱著胳膊點頭笑道：「好，妳問吧。」

「那個……你訂親了沒有？」冬寶問道。

梁子愣了下，隨即紅了臉。被一個小姑娘這麼問，他有些不好意思，伸手撓了撓頭，搖頭道：「沒有。」

冬寶喔了一聲。

梁子先忍不住了，問道：「誰……誰託妳問的？」

「這個你甭管。」冬寶擺手道，姑娘家的事哪能隨便交底？

梁子嘿的一聲笑了。「這事我不管誰管啊？」

「你為啥不訂親啊？」冬寶繼續問。梁子雖然父母都不在了，但他是吃皇糧的公差，人長得高大端正，性子又好，在沅水鎮上應該是相當受歡迎的，拖到現在，該不會是有啥毛病吧？

冬寶摸著下巴，一個勁兒地往梁子身上打量，那目光犀利得跟啥似的，讓梁子感到一陣陣惡寒。

「妳先跟我說誰託妳問的。」梁子笑道，他特想知道哪個姑娘對他有意思。

冬寶齜牙笑了，乾脆地說道：「你不說我也不說，就跟那人說你已經訂親了，叫你眼睜睜地看著好媳婦長了翅膀飛走了。」

梁子徹底笑彎了腰。「我服了妳了！小旭跟我說他冬寶姊嘴皮子厲害，現在可算是見識到了。給我說媒的不少，我沒覺得多喜歡，就耽擱到現在了，反正我一個人吃飽全家不餓，日子也樂得逍遙。」

「那你是不想娶親了？」冬寶皺著眉頭問道，該不會有恐婚症吧？

梁子只覺得十分詭異，被一個十歲的女娃問親事已經很神奇了，而且這個十歲的娃兒還毫無半點小孩子的自覺，那口氣、那神態，彷彿是年長他幾歲的姊姊在教育他似的。

「不是！」梁子連忙解釋，對冬寶說這個事兒實在扭捏。「我是想成家的，老這麼一個人晃著也不是個事兒，跟我同年的人，孩子都會打醬油了。」

冬寶略略咳嗽了一聲。「那個……我說的那個人，可能還得等兩年才能成親，你願意等嗎？」

梁子突然想到了冬寶嘴裡的「好媳婦」是誰！想到張秀玉那張白裡透紅的秀麗面孔、窈窕的身形，每次他來吃豆花時，都熱情又羞澀地喊他「梁子哥」……

「是秀玉吧？」梁子樂得嘴巴都合不攏了。

冬寶嫌惡地看著梁子笑得跟個白癡似的，還好林實從來不這麼傻笑，真是難看透頂！

「嗯，你啥想法啊？」冬寶索性承認了。

梁子只顧著傻笑了，張秀玉比他之前說媒見過的女孩都長得好，人勤快懂事，大小李氏也都是良善的好人，有這樣的丈母娘，他高興還來不及。

「喂！」冬寶哭笑不得地伸手在梁子眼前晃了晃。

梁子立刻點頭如小雞啄米。「願意！再多等幾年我也願意！」張秀玉已十二、三了，兩、三年工夫就能嫁人了，也不算等得久。

冬寶笑了起來，梁子的人品她還是信得過的，和那些吃喝嫖賭的衙役老油條們不一樣，也深得嚴大人看重。

嚴大人本人就是個守規矩的人，他看重的人絕不會是什麼奸猾之徒。

「那你得找人提親了。」冬寶笑道。「咱們回去吧，我娘給你盛的豆花該涼了。」

梁子笑著跟上了冬寶。「我找嚴大人提親。下午我去買東西，明兒下午我和嚴大人就去妳家提親。」

張秀玉挑著擔子過來的時候，梁子和嚴大人已經吃完了豆花，嚴大人先去給小旭送粽子了，而梁子賴在攤子前磨磨蹭蹭地不肯走，等了一會兒，才等到張秀玉過來了。

走了這麼長的路過來，張秀玉白淨的臉上沁出了一層薄汗，透著健康的紅暈，漂亮可人。

梁子看了張秀玉一眼，就紅著臉扭過了頭。

張秀玉也看到了梁子，旁邊又有冬寶壞笑著使眼色，頓時便什麼都明白了，白淨的臉一瞬間就脹得通紅，拉著冬寶去了書院前。

「妳跟梁子哥說過了？」張秀玉緊張地問道：「他咋說？」

冬寶笑嘻嘻地說道：「高興得都笑傻了，說明天下午就請嚴大人來咱家提親。」

張秀玉紅著臉，低著頭，只覺得自己的手腳都是顫抖的，心跳彷彿都不受自己控制了。

「這麼快？我一點準備都沒有……」張秀玉囁嚅道，欣喜中夾著茫然和不捨。

兩人說了一會兒話，書院就放學了，等買飯的人都走光了，周平山才過來笑著問道：「冬寶，昨天我問妳的事……」說著，意有所指地看了眼張秀玉。

冬寶讓張秀玉站得遠了一點，才對周平山小聲地說道：「我姊她不願意。」

周平山有些失望。「我知道了，我回去後勸勸他。」

冬寶點點頭。

這會兒上，冬寶先前認識的那位瘸腿的中年人拄著枴杖慢慢地走了過來，手裡還拿著一只瓷碗，對兩人笑道：「小姑娘，我又來了，給我打四文錢的菜。」

「欸！」冬寶脆生生地應了。本來四文錢應該只給兩勺菜的，冬寶盛了兩勺菜後，又添了半勺進去。

並不是冬寶想巴結他，而是她從內心裡很喜歡這對「雜工」夫妻，喜歡兩個人身上自內而外散發出來的蓬勃正派的精神氣。

「喲！」男子爽朗地笑道：「這多不好意思啊！」

冬寶笑道：「讓大娘多吃點。」

「那我可替她謝謝小姑娘嘍！」男子笑道。

兩人正說話的時候，張謙和林實結伴走了出來。

瞧見攤子前的中年男子後，張謙吃了一驚，嚴肅地朝男子行了個禮，口中說道：「見過柳夫子。」

男子擺手笑道：「在外頭不講究那麼多虛禮。」

冬寶吃驚不已，她以為的「雜工」居然是書院裡的夫子！

然而動腦子誰也快不過冬寶，既然要拉關係，正牌夫子豈不比雜工好太多了？

「夫子大叔，這兩個都是我哥哥，您以後可得好好照顧他們啊！」冬寶笑嘻嘻地說道。

柳夫子笑呵呵地點頭。這小姑娘從一開始就沒想到他是夫子吧？看那張小臉上變幻莫測的表情，他就好笑。

等柳夫子走後，張秀玉給林實和張謙盛菜，說道：「我也沒想到他會是夫子哩！」

張謙笑道：「說是夫子，其實他不教課，我見過他跟山長下棋，知道他姓柳。」

能跟山長下棋的人不會是庸夫俗子，只是不知道是個什麼來頭。

吃完了飯，林實捨不得走，看著冬寶笑得溫和，而冬寶也笑意盈盈地看著他。

「快回去吧！」還是冬寶先發話了。

林實點點頭，來書院唸書是他珍惜的機會，然而代價則是他和冬寶不能跟以前一樣天天在一起了。

「那我回去了，妳路上當心。」林實笑道。

「回去吧。」冬寶笑咪咪地擺了擺手，也十分捨不得。

下午張秀玉紅著臉跟李紅琴說了梁子要來提親的事，李紅琴驚訝之餘又有些擔心，和李氏商量後，覺得梁子品性不錯，又是個吃皇糧的，家裡沒有父母便不用伺候公婆，比那些不知根知底，光靠媒婆一張嘴說的人家要好多了。

冬寶瞧大姨擔心的模樣，便笑著勸解。「大姨，反正只是訂親，還有兩年的觀察期，要是梁子哥不好，咱們就把他踹了，給秀玉姊找個更好的。」

李紅琴笑著擺手，訂親了又退親，名聲上不好聽，肯定不大好找了。

第五十九章　黃氏賣地

第二天下午，嚴大人便領著梁子和小旭上門了，大大小小帶了十來包禮物，除了布料、糕點，還有給張謙買的筆墨紙硯，這還不算是正式訂親時的禮，只是見面禮而已。

這麼厚的禮在莊戶人家已經是罕見了，男方送的禮越厚，就代表對女方越看重。

村裡不少人來看熱鬧的，七嘴八舌地便打聽出了怎麼回事。梁子高大英俊，說話行事和氣，又是個吃皇糧的，一看就是個好女婿。

秋霞嬸子、林福還有村長都被叫來了，不過是走個過場，沒費多少口舌就把兩人的親事給定下了，等到收秋的時候去張家村辦正式的訂親禮。

這裡有個奇特的風俗，訂親宴比成親宴要隆重，家裡窮的人家成親的時候可以不擺酒，可訂親的時候卻不能寒酸了。

大人們在院子裡商量親事，而冬寶和小旭則坐在屋裡的床上陪著張秀玉。

「秀玉姊，妳別怕。」小旭說道。「要是梁子哥欺負妳，我就揍他！」

張秀玉相當感動。

冬寶逗他道：「梁子哥比你高、比你壯，你咋揍他啊？」

小旭眼珠子一轉，笑嘻嘻地說道：「過幾年我就長大了，到那時梁子哥也老了，我自然揍得了他。」

婿。

等嚴大人和梁子走了，圍在門口看熱鬧的鄉親們便散去了，都羨慕李紅琴得了個好女婿。

下午出去串門子的宋二嬸也得知了這個消息，不免眼紅。張秀玉比宋招娣大不了多少，張秀玉哪能比得上宋招娣？憑啥張秀玉就能走大運，而到現在連個上門給宋招娣提親的人都沒有！

吃晚飯的時候，宋二嬸拉著大毛、二毛又上門了，正好這個時候冬寶家的大門沒有關，宋二嬸便旁若無人地進門了。

小黑立刻警覺了起來，從窩裡爬起來，衝宋二嬸和大毛、二毛厲聲地叫。

大毛是出了名的賴皮，剛進門的時候被小黑嚇了一跳，待看到小黑脖子上拴著繩子的時候，立刻膽就壯了，撿起一塊壓豆腐的石頭就要往小黑腦袋上砸，抽著青黃色的鼻涕，一臉的凶相，嗷嗷叫道：「打死你！」

宋二嬸還在旁邊氣勢洶洶地叫道：「這該死的臭狗！打死了燉肉吃！」

冬寶從堂屋裡出來的時候，正好看到大毛拿石頭要砸小黑，嚇得她尖叫了一聲，衝上去把大毛撞倒在地上！

看著大毛手裡頭拿的那塊磚頭，冬寶氣得臉都抖了，問道：「你做啥要打死牠？」她把小黑當寶貝一樣養著，這小子倒好，自己跑來她家裡，還喊打喊殺的。

小黑才三個多月，被他這麼一磚頭下去，還能活命嗎？

要說他不懂事，可全子、栓子跟他差不多大，人家怎麼就不跟他一樣討人嫌啊？

大毛被冬寶滿臉怒氣的凶狠樣子嚇到了，畏畏縮縮地從地上爬了起來，縮到了宋二嬸身後。雖然冬寶和他差不多高，還沒他壯實，可他就是怕冬寶。

宋二嬸氣得眉頭倒豎，插著腰指著冬寶就罵開了。「小丫頭片子，妳能耐了啊？敢打大毛了？」

「妳這說的什麼話？」李紅琴不高興了，推著冬寶讓她進了灶房，對宋二嬸說道：「要不是大毛拿磚頭要砸狗，冬寶能推他嗎？」

「砸狗咋了？」宋二嬸更來勁了。「誰叫那狗不長眼？打死了正好吃肉！」

冬寶在灶房裡聽得一清二楚，氣得衝門外高聲說道：「我家的狗長眼得很，不長眼的是臉皮比城牆還厚的人！誰敢打我的狗，別怪我回頭打誰！有本事別進我家門！」

她知道李紅琴催著她進灶房，是不想讓她和宋二嬸起衝突，畢竟宋二嬸是她的長輩，姪女跟嬸子吵起來，不好看。可她忍不下這口氣！要不是宋二嬸挺著大肚子，她早就把人攆出去了，結果她還當自己有多大面子似的。

李氏這會兒上也在灶房裡，無奈地伸手點了下冬寶的額頭，笑道：「行了。」說著，就洗了手出去了。

宋二嬸拉著李氏叫道：「大嫂，妳瞧瞧冬寶這丫頭都說些啥！我是她嬸子啊，她當著恁多人的面落我的臉！」

冬寶在灶房裡涼涼地說道：「臉是自個兒掙的，咋沒人當恁多人的面給我娘沒臉啊？有些人上桿子拿喬，長輩沒個長輩樣，天王老子也阻止不了她給臉不要臉。」

李氏嘆了口氣，知道冬寶是真惱了，便喝道：「冬寶！」其實李氏也覺得閨女罵得挺解氣的，句句都罵到了心坎上，可也不能由著閨女這麼罵。李氏希望女兒還是溫柔點兒，別跟黃氏一樣。

冬寶在灶房哼了一聲，沒再吭聲。

這麼一打岔，宋二嬸忘了自己來的目的是問張秀玉訂親的事，想到冬寶家飯食不賴，咋也得蹭頓飯再走，便大咧咧地一屁股坐到了椅子上。

「大嫂，冬寶那丫頭妳真得管管了……」宋二嬸靠在椅子背上，兩條胖腿毫無形象地往前伸著，沒人搭理她，她就自己說個不停。宋二嬸說得口乾舌燥，對李氏說道：「大嫂，給我盛碗茶，我這跟妳說了半天話，嗓子都冒煙了。」

李氏瞧見她高高隆起的肚皮，輕輕嘆了口氣，舀了一碗開水，又抓了一把紅糖放進去，端到了宋二嬸前面。她覺得老天不公平，她很希望自己能多生幾個孩子，她會疼愛照顧每一個孩子的，只可惜她這盼孩子的盼不來，宋二嬸這樣不關照孩子的，孩子卻一個接一個地生。

「哎喲！大嫂，日子過得真好啊！」宋二嬸看著紅糖水，嘖嘖說道。「擱咱家裡頭，我多喝口稀飯，那死老太婆就嗷嗷地叫啊！」

這話李氏相信。今年收成不如往年，要是黃氏執意要繼續供宋柏，那一家人的日子便更不如以前了。

「妳趕緊回去吧。」李氏說道。「她奶肯定已經做飯了，一會兒天就黑了，妳挺著肚子路上不好走。」

見李氏說得堅定，半點沒留她吃飯的意思，宋二孅氣哼哼地扶著腰站起了身。轉身看到了窗臺上曬著糊好的鞋底子，看起來白淨，像是上好的白棉布。

宋二孅過去拿了一個鞋底子看，忍不住嚷了起來。「大嫂，這是細棉布糊的吧？哎喲，大嫂，說妳發了妳還不承認！」

莊戶人家糊鞋底子的布是把破衣服洗乾淨後，剪成鞋底子的形狀，一層層地刷上漿糊貼上去的，除非是家境很好的人家，否則誰會捨得用上好的細棉布做鞋底子？

那兩雙鞋底子是李氏特地買了上好的細棉布給家裡的兩個姑娘做的，現在家裡條件好了，她願意給冬寶和張秀玉用好東西。

「這鞋底子好啊！」宋二孅捨不得撒手。「正好招娣沒鞋穿了，我看這鞋底子她用著正好。嫂子，我就拿回去了啊！」宋二孅把兩雙鞋底子夾在胳膊肘下，準備往外走。

「那不行！」冬寶跑過去，從宋二孅的胳膊底下把鞋底子抽了出來，說道：「這鞋底子是我跟秀玉姊的，招娣姊用不合適，妳還是另給她做吧！」

宋二孅氣得臉皮有些顫抖，然而她想要人家的東西，不好再發火，而且冬寶可是會回嘴的。

「那能一樣嗎？」宋二孅臉上擠出了一個笑容。「妳們家這可是細棉布的，我們家可沒有這麼好的布。」

「妳家沒有細棉布鞋底子，就跑到嫂子家來搶姪女的？妳家沒錢，咋不去城裡有錢老爺家搶錢去啊？」門口一個誇張的聲音響了起來，正是陪著林福過來的秋霞嬸子，後面還跟著貴子和桂枝夫婦。

大榮的臉色陰沈了下來。「這婆娘，咋又來秀才娘子家撒潑了？上回沒打妳男人，妳當我們好欺負是吧？」

上回大榮要去揍宋二叔，一路上宋二嬸嚇得哭得眼淚鼻涕到處都是，怕大榮打了宋榆，她也得不了好果子吃。宋榆可是會打老婆的，黃氏也肯定饒不了她。

桂枝和大榮看她一個女人挺著大肚子哭得可憐，把她送到宋家門口就回去了，並沒有去找宋榆的麻煩。結果，宋二嬸並沒有學乖。大榮很是生氣，後悔那天沒把宋榆揍一頓，讓他好好管教老婆。

宋二嬸一見大榮就慫了，低著頭拉著大毛、二毛就走，連大氣都不敢出。

秋霞忍不住搖頭。「老宋家現在越發不像樣了！下午我還聽見宋家老二和冬寶她奶吵架，好像是要賣地啥的。」

「賣地？」李氏吃驚不已，宋家人口多，十五畝地勉強夠吃飯而已，咋要賣地？

「肯定是要供我三叔唸書。」冬寶在一旁插嘴道，看來黃氏的私房錢用完了。

李氏搖頭，心裡說不上來是什麼滋味。在莊稼人看來，土地是一家之本，賣地是相當敗家的行為。

林福和秋霞嬸子要走的時候，秋霞問冬寶。「中午見著妳大實哥了沒？」

「見著了。」冬寶笑道。「嬸子放心，我看大實哥精神頭挺好的，中午還吃了兩個餅子。」

秋霞嬸子這才放心，神情中有些不捨和牽掛，然而最後還是笑著和李氏打了招呼就走了。

第二天在攤子上碰到來吃豆花的梁子和嚴大人時，張秀玉就羞紅了臉，怎麼都不肯抬頭看梁子，梁子也尷尬得手腳都沒地放。

李氏打趣道：「好在咱是莊戶人家，不講究，聽說那些講究的人家，訂了親後兩人就不能見面了哩！」

這話一說，兩人的臉就更紅了。

冬寶要梁子幫忙看看鎮上有沒有人要出賣鋪子，最好是前頭鋪面、後面宅院的那種。

「好，我幫妳打聽打聽。」梁子應下了。他並不知道冬寶去安州得了一百六十兩銀子，想著要是鋪子不貴，他就買下來當聘禮，以後李氏和李紅琴賣豆腐方便。

冬寶當下就毫無節操地誇獎道：「姊夫你真好！」

「那是！」梁子被利用得相當開心。

中午林實和張謙早早就出來了，接過了飯勺幫忙打菜。

這個時代，讀書人對小商販是鄙視的，像宋柏，明知道親姪女在書院旁邊擺攤賣飯，卻從來沒出現過，就是嫌丟了他的面子。

他們兩個人打菜賣飯卻沒覺得有什麼不好，碰到相熟的學生，還會坦然打招呼。

在林實來之前，張謙也沒有這麼早出來幫忙過。張秀玉忍不住想，林實真體貼，冬寶嫁了他一定會過得很好。

等學生都買完了菜，冬寶從籃子裡翻出了一個籠布包裹，拿出了四個厚厚的油餅，給了林實和張謙。

兩人一咬就愣住了，有些驚喜地看向了冬寶和張秀玉。

冬寶笑著點頭。「煎了雞蛋夾在裡頭，趕緊吃吧！」

林實端著碗，和冬寶坐在一旁吃，而張秀玉和張謙則在另一旁低聲說著昨天訂親的事。

「秀玉姊跟梁子哥訂親了。」冬寶笑道。

林實笑道：「咋，妳等急了？」

冬寶瞪了他一眼，覺得臉都熱了起來，氣惱地說道：「趕緊吃你的餅子！」

林實就笑了，又說道：「以後別放雞蛋了，妳家的……宜妃、德妃們還沒開始下蛋吧？雞蛋還得花錢買。」

冬寶笑得樂不可支，連連點頭。「是哩，天氣熱，都沒下蛋。」家裡一隻公雞，七隻母雞，那隻公雞被她命名為「康師傅」，她每天看著康師傅趾高氣揚地帶著眾位妃子在雞舍裡覓食，盤算著什麼時候能孵出來一窩「小阿哥」，也算是生活的調味劑。

「昨天秋霞嬸子問起你了。」冬寶說道。「我看嬸子可想你了。」

林實笑了笑，他也挺想念家裡人的，從小到大還沒跟家裡人分開這麼長時間過呢。

第六十章　置業

端午過去幾天，豆芽賣得越來越好，冬寶又在鎮上找木匠訂了五個木架子、二十個竹籮筐，用來發豆芽用。

這天，梁子過來吃豆花的時候，跟冬寶說這條街上有人想賣鋪子，就在冬寶家攤位不遠的地方，鋪子後頭有三間大瓦房，還有口井，做豆腐的話，場地也夠用。

冬寶問梁子。「這條街上的鋪子不便宜吧？得多少錢？」她得先看看家裡存的錢夠不夠買鋪子。

「那人開價一百二十兩銀子。」梁子笑道。「原來鋪子是賣香燭的，尋了關係去縣裡做生意了，就想把鋪子賣出去。」

冬寶問道：「那鋪子裡的餘貨呢？我們只要鋪子，不盤貨的。」

「這個不用擔心，他們去縣城還是做香燭買賣，那些貨不想盤給別人。」梁子說道。「這條街是沅水最熱鬧的街道，東家開價一百二十兩必定是看在了梁子的面上。「中午梁子哥帶我們去看看鋪子吧。」冬寶說道。

「成！」梁子笑道，臨走前偷偷瞄了眼張秀玉，只看到張秀玉微紅的耳朵和脖頸，便笑嘻嘻地走遠了。

「咱真要買鋪子啊？」李氏笑著問道。剛開始做生意的時候，冬寶對她們說以後要買鋪子、買地，她還覺得是小孩子說大話呢！

冬寶點頭，笑道：「不光買鋪子，咱還要買頭毛驢推磨。」

兩人挑著擔子去李立風那裡，借爐子的時候發現爐子已經生好了火。生爐子的活兒是李立風交給高氏的，但高氏不幹，李立風也沒什麼辦法，他總不能因為這點小事和媳婦吵架。

上回冬寶從安州帶來的糕點，分了一大包給高氏，不用李立風吩咐，連著幾天高氏都給她們生好了爐子。

冬寶覺得高氏就是小氣了點，給點小恩小惠她就很開心，也挺滿足，跟宋二叔那種得隴望蜀的人不一樣。

買鋪子是大事，幾個人便一起去看了鋪子。如同梁子說的那樣，瓦房雖然不是新的，但房子和院子很大，而且院子裡有口井，方便用水。

「咱買不買？」這種大事，李氏自然要讓冬寶拍板。

「買！」冬寶的態度十分堅定。得離宋家人遠遠的，誰耐煩一天到晚被騷擾！

李氏和李紅琴便回家拿銀子，梁子和嚴大人做中人，冬寶和原來鋪子的東家簽了合同，過了鋪子的房契。

寫房主的名字時，李氏搶先說道：「寫宋冬凝。」看嚴大人看向了她，李氏不好意思地解釋道：「就是冬寶，大名叫冬凝。」

梁子帶著她們去鎮所備案後，冬寶才拿到了那張蓋著官府紅印的契約，這座前面鋪面、後頭三間大瓦房的宅院，此刻起就是她的了！

「梁子哥、嚴叔，」冬寶說道。「要是有人問起來，就說這鋪子是梁子哥出面幫我們租下來的，一個月二兩銀子的租金。」

李氏也趕忙說道：「是啊，不大好叫人家知道。」

梁子和嚴大人一同點頭，這個肯定是沒問題的。

「妳和大娘打算什麼時候搬到鎮上？」林實問道。

冬寶笑道：「暫時還搬不了，我娘剛和我商量了，慢慢地添置家什，等入秋差不多能搬了。」

其實她有點捨不得塔溝集，雖然有宋家幾口極品親戚在，但大多數村民對她們都是很和善、很照顧的，而且風景宜人。

不過大實大部分時間都在鎮上唸書，她要是搬到鎮上，那和大實的距離就拉近了。

幾個人帶著置業後的興奮和喜悅回到了塔溝集，李氏走路都覺得是飄的，滿臉都是笑。到宋家受了半輩子窮，沒想到還有能在鎮上買房子、買鋪子的一天！

剛走到村口，就瞧見一堆人圍到了一起，幾個婦人的叫罵聲此起彼伏。

「這咋回事啊？」李氏問道。

看熱鬧的老成湊過來說道：「前些日子桂枝家不是鬧分家嗎？因為鬧得太厲害，她家小姑子不講理、欺負嫂子的名聲就給傳出去了，婆家知道了，現在要來退親。看看，都要打起來了。」

李氏一行人瞠目結舌。「這也太不給人留情面了。」

老成小聲說道：「那後生的娘跟嫂子一開始是好商好量地說的，後來不知咋地就吵起來了，他娘跟他嫂子就跑出來了。結果老楊家的人不依不饒，追出來罵得難聽，老楊家的大閨女又趕巧今天回娘家來，嘖嘖，生怕親娘跟妹子吃虧了呢！」

「咱回家吧，不關咱們的事。」李氏說道。

回到家裡，冬寶和李氏商量了下，決定今天就把剩下的錢給還了。鋪子馬上要開起來了，要是叫鄉親們知道李氏有錢租賃鋪子卻不還債，難保人心會怎麼想。

下午，李氏由李紅琴陪著，找了林福和村長做中人，去村裡頭挨家還錢，一家還送了兩斤豆腐並兩個肉粽。

這當口，桂枝帶著兩個孩子過來了，不好意思地解釋道：「家裡頭吵得厲害，孩子在家害怕，我帶他們過來待一會兒。」又囑咐兩個孩子。「到大娘家要聽話，老實坐著不亂動啊！」

「嬸子那麼客氣幹啥！」冬寶笑道，她可沒有禁止員工上班帶小孩呢！

張秀玉從灶房裡抓了一大把炒黃豆分給了兩個孩子，笑道：「拿著吃吧！」

兩個孩子看了眼桂枝，得到了桂枝的點頭同意後，才害羞地跟張秀玉道了謝，安安靜靜地坐在桂枝旁邊吃豆子。

「嬸子，妳家的事現在咋樣了啊？」冬寶問道。不會真退親了吧？大榮的妹子明年就要出門子了，這會兒上退親，可難找到合適的婆家了。

桂枝嘆口氣道：「我婆婆說要請人來說和，但人家不肯。」說完，忍不住又加了一句。「現在後悔了，人家剛來的時候咋不好好說？把人都給得罪透了。」

這個年代對女孩子的要求太高，表現得太軟弱了沒人把妳當回事，表現得太強悍了被人嫌棄。不過，桂枝的小姑子算是自作孽吧！

想到這裡，冬寶忍不住慶幸她有大實，怎麼也不會嫌棄她的。

稍晚時，李立風牽著一頭毛驢，帶著一個老頭過來了。

李立風笑道：「下午我碰到這位師傅，說他家有毛驢賣，就牽過來給妳們看看。」

毛驢不大，灰黑色的毛皮，長長的耳朵，十分溫順地站在那裡，尾巴時不時地抬起，趕走背上的蟲蠅。

冬寶忍不住摸了摸毛驢柔軟溫潤的毛皮，小毛驢回過頭來看冬寶，一雙黑黑的大眼睛濕潤潤的，看得冬寶的心一下子就軟了，立刻喜歡上了這頭小驢。

李氏去叫了林福和秋霞，莊戶人家買牲口是大事，得多找幾個有經驗的人來相看相看。林福家沒什麼牲畜，對挑選牲口也知之不多，便找來了村長的大兒子劉勝，村長家有牛、有騾子，都是劉勝侍弄的。

劉勝先是摸了摸毛驢的肚子，牽著毛驢走了幾步，又扳開毛驢的嘴看了看牙齒，最後讓冬寶找了豆渣餵驢吃。

「我看不賴。」劉勝悄聲對李氏他們說道。

李立風便來問老頭價錢。

老頭知道肯定是人家滿意自家的驢，自豪地說道：「我們家這小驢兒，從母驢有了牠就精心地伺候著。這驢已經一歲了，買回家就能下地幹活，不過擱我家裡一直是白養著，沒讓牠拉架子，就怕把小驢累壞了。」

此刻有不少看熱鬧的人圍在了冬寶家門口，還有好些孩子跑進院子來摸摸小毛驢。全子以「主人翁」的架勢護衛在小毛驢身旁，小孩子們按他的吩咐，排成了一列，一個接一個地去摸小毛驢，前提還得是得到了他的許可。

李立風是生意人，自然明白老頭說這話是為了抬高驢子的價格，便笑著拉著老頭到一邊談了起來。

兩人嘰嘰咕咕一陣子後，李立風跟李氏說道：「五兩銀子，妳看成不？」

李氏也不懂，劉勝聽了後，點頭道：「價錢可以。驢是好驢，身子骨壯實，好好餵養，長大了能下地拉犁，農忙的時候租出去，也能掙錢。」

「有劉兄弟這話，我就放心了。」李立風笑道。

劉勝有些詫異。「這驢是李大哥要買？」不是秀才娘子買？不過想來秀才娘子如今手頭應該沒錢吧？不是剛還完了欠債嗎？

「不是，是我妹子手頭緊，我先借給她們。」李立風笑著解釋。

劉勝點點頭，笑著恭維李氏。「嫂子有個好哥哥啊！」

買賣完成後，李氏和冬寶麻利地做了幾個菜，招待老頭和劉勝，託林福和李立風作陪，冬寶和全子還去買了一罈酒回來。

冬寶家裡都是孤兒寡母，幾個男子便抬了桌子，把席面挪到了林福家裡，冬寶又送來了一籠南瓜餅，看著幾個人喝得滿臉紅光，便脆生生地說道：「大舅，你等會兒還得回家，我娘叫你少喝點酒。」

「欸！」李立風笑著應下了。

劉勝笑道：「來來，哥問妳，這菜都是妳做的？早聽說妳做飯好吃，今兒個才見識到啊！」

冬寶搖頭，笑嘻嘻地說道：「不是，大部分都是我娘做的，我哪趕得上我娘啊！」

賣驢的老頭抹了把嘴上的油，滿意地說道：「我婆娘也買過幾次豆腐，今兒嚐了秀才娘子家的豆腐，才知道我那婆娘做的菜上不得檯面。」

「大爺喜歡吃，以後就到鎮上找我們寶記豆腐。」冬寶笑道。「我們天天都在的。」

林福家的院子裡歡聲笑語，氣氛十分暢快，宋家的氛圍可就沒那麼好了。

如今已經不是農忙時節了，宋二叔不是在外頭閒逛，就是躺床上睡大覺，宋二嬸乾生氣也沒辦法。

宋二嬸坐到床頭，推著宋二叔說道：「你知道不？老大家今兒買了一頭驢。」

「她們有錢得很。」宋二叔一說起這個就滿肚子怨氣，哼了一聲，自言自語道：「大嫂那個老絕戶，掙恁多錢幹啥？我看她能不能帶到墳裡頭去！」

宋二嬸說道：「要不，你也去跟大嫂說一聲，也挑了豆腐去賣？她總不能厚著臉皮跟咱要豆腐錢吧！」隔壁林福天天挑豆腐去賣，也不知道掙了多少錢，林家都送林實去唸書了，肯定掙得不少錢。

「我不去！」宋二叔想都不想就直接拒絕了，賣豆腐多辛苦啊！

宋二嬸氣得要命。「我咋就嫁了你這麼個懶蛋！窩囊廢！」

「閉嘴妳個臭婆娘！」宋二叔被罵得火起，一巴掌拍到了宋二嬸臉上。「嫌老子不好？妳也不撒泡尿照照自己是個啥熊樣！」

宋二嬸頭髮被搧歪了，挺著肚子笨重地坐在床上，想哭又不敢大聲哭，怕被人聽見沒臉。

「秀玉的親事都定下來了，卻連個給招娣說親的人都沒有，還不是嫌咱們家窮？」宋二嬸抽抽噎噎地說道。「你當爹的，咋就不愁啊？」

宋二叔喝道：「我去掙錢，還不得都交給咱娘？交到咱娘手裡就是進了無底洞，連個聲響都聽不到。咱大哥年年往家裡拿錢，大嫂跟冬寶過的是啥日子？還不勝咱們！」

宋二嬸委屈地唉聲嘆氣，外頭黃氏喊她出去做飯，她也當沒聽到。趁著黃氏在灶房裡忙活，她溜了出門，往冬寶家走去。

李氏和冬寶正忙著給大榮幾個秤豆腐，今天林福不得空，分給這三個人的豆腐就多了不少，三個人心裡頭都挺高興的。

冬寶笑道：「以後有了毛驢拉磨，就不擔心豆腐不夠賣的。」

宋二嬸來了也沒人搭理她，好在她夠厚臉皮，直接拉著李氏說道：「嫂子，咱娘要燒湯，叫我來問妳要三斤豆腐。」

「妳這是要吃幾頓啊？」李氏詫異地看著她。宋家就那幾口人，一頓飯哪用得了三斤豆腐。

宋二嬸撇撇嘴。不就三斤豆腐，看李氏那小氣尖酸的樣子！

「給她兩斤吧。」冬寶說道，臉上也沒好氣。「今兒的豆腐也不多。」

宋二嬸心頭一喜，連忙點頭。看到拴在一旁的毛驢，眼紅得不行，眼珠子一轉說道：「大嫂買驢了啊？這下好了，以後咱家就有下地幹活的牲口了！」

啊呸！冬寶恨不得吐她一臉口水，真不愧是和宋榆一家出來的！

「二嬸，豆腐給妳切好了。」冬寶用葉子包了豆腐遞給宋二嬸。

宋二嬸見她沒秤，頓時脫口而出。「這夠二斤？妳秤了沒有啊？」

來挑豆腐的貴子忍不住了，譏諷道：「嫌少就不要唄！」白給還嫌這嫌那的，他賣了這麼長時間的豆腐，看得出來，冬寶切的那塊豆腐二斤只多不少。

被黃氏罵是一回事，但被貴子一個小輩不留情面地譏諷就是另一回事了。反正豆腐也要到手了，宋二嬸便提著走了。

「得了甜頭，總算走了。」桂枝在一旁嘆道。

林福今天做陪客，沒有去賣豆腐，少掙了不少錢，李氏覺得過意不去，給他和劉勝一人送了兩斤豆腐和一斤豆芽。林家和冬寶家關係好，林福接過豆腐也沒多客氣，劉勝就很不好意思了。

大家都知道秀才娘子孤兒寡母的，背著債單過不容易，才把債還完，正是手頭緊的時候，他今天不過是動動嘴皮子而已，還吃了人家那麼好的一桌酒席，再要東西就過了。

「以後還多的是找劉勝哥幫忙的日子哩！」冬寶笑道，把豆腐和豆芽塞給劉勝了。人家是村長的兒子，搞好關係總沒錯的。

這會兒上，天還亮著，林福和劉勝便砍了幾棵小樹，給小驢蓋了一個棚子，薰了艾草趕蚊蟲後，才把小驢牽進去，冬寶又找了桶子，給小毛驢盛了一桶豆渣。

大約是以前沒吃過這東西，小毛驢吃得很歡騰。

「這驢叫個啥名字好啊？」張秀玉笑著搗了搗冬寶。

冬寶瞧了眼小黑，便說道：「叫大灰！」

幾家人都挺高興的，只有桂枝忐忑不安。秀才娘子找她就是為了磨豆子的，如今有了牲口磨豆子，她怕是要失業了。

等大榮賣完豆腐來結帳時，冬寶叫住了桂枝，笑道：「嬸子，以後有毛驢磨豆子，妳就幫我娘打打下手吧。我們在鎮上租了間門面，需要人手，要是妳願意，做完豆腐後就跟我娘去鎮上幹活，到時候給妳漲工錢。」

桂枝沒想到還有這種好事，當即就樂得合不攏嘴了，連連說願意，恨不得就睡在冬寶家大門口，隨叫隨到！

自從大灰來了家裡，李氏和李紅琴一下子覺得輕省了許多，而且桂枝也是個能幹的。然而活兒少了，冬寶一家子卻一點兒都不覺得輕鬆。冬寶和張秀玉忙著打掃鋪子、訂做桌椅板凳，還要刻寶記的招牌。豆芽不夠賣的，冬寶又趕緊去訂木架子、買籮筐。看冬寶一家忙得不可開交，秋霞嬸子每天都去冬寶家幫忙幹活，兩家關係好，李氏也不跟她客氣。

幾天下來，一家人都瘦了一圈，之前攢的銀錢也嘩嘩地往外出。李氏和李紅琴都是儉省慣了的，每天光是聽冬寶報帳，都覺得心驚肉跳。

儘管如此，每個人臉上都是喜氣洋洋的，充滿了對未來的希望。

——未完，待續，請看文創風260《招財進寶》3

醫嬌百媚

她堂姊不識藥材、未讀藥書，夫君卻視如珍寶，唯願娶之；
她努力辨藥、苦讀藥書，卻被棄如敝屣，話不投機。
原來，她這輩子的存在，不過是個笑話罷了……

妙手回春冠扁鵲，起死回生賽華陀／上官慕容

為了討夫君歡心，被公婆貶為妾的寇彤幾年來努力辨藥，
每當夫君需要，而她立即就拿對藥時，總會得來夫君一笑，
這個時候，她便覺得自己真是世上最幸福的女子了，
只要夫君喜歡她，願與她同房生子，她便沒什麼好擔心的。
整日盼呀盼的，終於，離家一年的夫君被她盼回來了，
但，他卻穿著大紅喜袍，還笑容滿面地與人拜堂成親！
她當場吐血身亡，幸得老天垂憐重生，回到未嫁前，
原本她是打算此生鑽研醫術，好好帶著寡母過活就好的，
偏偏，永昌侯世子關毅卻闖入了她平靜的世界，
照理說，他們這輩子應該是很難有什麼交集才對，
壞就壞在她曾一時心軟，救了身上帶傷倒地的他，
說實在的，那就是道小傷，對她來說是個微不足道的小忙，
可自此後他就看上了她，對她百般的好，還要以身相許！
若說對他沒好感是騙人的，但她實在是怕了男人的無情背叛，
面對他這份上天送來補償她的大禮，她是收還是不收啊？

芳草扶疏雁南歸

全套三冊

未來公公是上一代戰神，
親爹是這一代戰神，準夫婿是下一代戰神，
有三代戰神從旁護持，你敢惹她?!

擅寫甜寵文．深情入你心 ／月半彎

上一世的姬扶疏，作為神農山莊最後一位傳人，她受盡寵愛。
這一世重生為陸扶疏的她，成了爹和二娘認定的掃把星，
小小年紀就和大哥被送到這貧瘠得草都不長一根的小農莊，
雖然過著自己吃自己的生活，但她卻快樂似神仙！
這世她不想情情愛愛，只想低調過日，
偏偏老天爺讓她遇見前世自己救過的那個小不點兒楚雁南，
竟已長成驚天地、泣鬼神的絕世美男，還對她疼寵得不行，
意外露了一手本事也攪亂了她平靜的日子……

前世，當她是小菜一碟處理了，
這世，她教你懂得——什麼叫高人不好惹！

藥香襲人

降服城府深的腹黑男，妳可得有一顆七巧玲瓏心……

綿柔裡藏著犀利與深情／維西樂樂

上　二十一世紀的中醫師穿越成了架空時代的小姑娘，
這喬家雖然不是名門高府，卻要鬥繼祖母，救親叔叔，鬥姨娘，
幫娘親生小弟弟，還要幫爹爹賺大錢。
不過她再聰穎，還是遭人算計，
嫁了個冷酷、武功高強的腹黑大男人顧瀚揚當平妻，
她嫁的這位爺，可得打起十二分精神好好伺候呢！

下　當初她是不得不嫁，他呢可有可無地娶了。
如今，她不想他待她的只是因為應諾了師傅，
她希望他眸子裡的冷酷淡漠可以添上溫暖，
他待她的周全維護是出自於對她的喜愛……
過往那些傷害他、教他變得如此冷情寡愛的因，
可以在她的全心付出、溫柔呵疼下轉變成彼此真心相屬的果。
就算扯入朝廷權力鬥爭，甚而得拿命去搏，她也甘心相隨……

如果可以，人家不嫁！
不得不嫁，人家不做小妾！
來生再約，人家不做平妻！
你可是答應了喔，老爺！人家可不許你賴！

文創風 244-245

閨香

女人專屬的迷人香味，為她引了蝶，也招了蜂……

文創風 049-051

《小宅門》作者最新力作

字裡微苦微甜　斂藏情思萬千／陶蘇

淪為棄婦，她靠著製造香水翻身致富，
反是樹大招風，惹人眼紅，
難不成要過好日子，還是得找個人來靠？

李安然是感懷養育之恩才守在程府，誰料到頭來竟得一紙休書，
甚至幾要被人逼上絕路，幸好，天仍有眼——
護國侯雲臻負傷路過，拯救了她，為報恩她幫忙包紮傷口，
但他竟大剌剌欣賞起她外洩春光，還問她是否故意？
看這侯爺相貌堂堂、威儀棣棣，原來不過是個登徒子！
以為兩人不會再見，無奈卻斬不斷這孽緣，
只是沒想到她和他性子不合，八字居然也相剋?!
一次遭人推打，一次腳踝脫臼，一次胳膊瘀青又掉入河裡，
她真是每見必傷，都說紅顏禍水，看來他雲侯絕對更勝紅顏！
但……次次落難，次次都被他所救，他究竟是災星還是救星呀……

誘嫁小田妻

農村居，大不易，現代女的小農求生記！

田園靜好，良緣如歌／花開常在

人道是魂穿、身穿、胎穿，凡穿越女角皆身懷金手指，
出外總有發家致富的兩把刷子，還不忘攜手如意郎君……
可穿越成七歲農村娃的田箏卻趕不上這等際遇，
眼看日子只能得過且過，數著米粒下鍋圖個溫飽，
沒想到，後世風行的手工皂，竟成了她在古代的開源良機！
好不容易以香皂生意熬過苦日子，孰不知這財富竟引來禍事；
幸好她和青梅竹馬魏琅急中生智，方逃出人口販子的毒手，
而這一路共患難的經歷，讓兩小無猜的喜歡似乎也有不同了……
時光荏苒，當年舉家遷京的魏琅再次返村，
如今搖身一變成了高富帥！
且不說這「士別三日，刮目相看」的男大十八變，
前程似錦的他會對她這鄉下姑娘情有獨鍾就已不尋常，
更讓人詫異的是，自己的心還不受控制，
對這昔日以欺她為樂的鄰家男孩動了情……

文創風 237-241

嫌妻當家

全套五冊

妻令一出，誰敢不從？

樸實純粹　演繹種田精髓／芭蕉夜喜雨

現代OL魂穿古代，竟然成了有夫有女的農村婦？
丈夫好不容易從軍歸來，這下卻帶了城裡的小三一起回家？
她想乾脆讓位逍遙去，卻發現脫身不易，丈夫還想勾勾纏……

方茹遭逢人生打擊，
一覺醒來卻在什麼魏朝的下河村，還有個從軍的丈夫和幼女，
原來她穿成農家媳婦喬明瑾，但丈夫軟弱，婆婆苛刻，女兒受欺，
娘家也不給力，無依的她也不願委屈留下，立馬擬定脫身計劃——
但古代求生大不易，尤其她還帶著小女兒，該怎麼發揮穿越女的本事？
而且看似軟趴趴的丈夫這次卻堅決不放手，怪了，莫非他真的愛自己？

招財進寶 2

國家圖書館出版品預行編目資料

招財進寶 / 天然宅著. --
初版. -- 臺北市 : 狗屋, 2015.01
冊 ; 公分. --（文創風）
ISBN 978-986-328-402-4（第2冊：平裝）. --

857.7　　103025061

著作者	天然宅
編輯	黃淑珍
校對	黃薇霓　馮佳美
發行所	狗屋出版社有限公司
地址	台北市104中山區龍江路71巷15號1樓
電話	02-2776-5889～0
發行字號	局版台業字845號
法律顧問	蕭雄淋律師
總經銷	知遠文化事業有限公司
電話	02-2664-8800
初版	2015 年1月
國際書碼	ISBN-13　978-986-328-402-4
原著書名	《良田美井》，由創世中文網（http://chuangshi.qq.com）授權出版

定價250元

狗屋劃撥帳號：19001626

網址：love.doghouse.com.tw　E-mail：love@doghouse.com.tw